들끓는 꿈의 바다

THE LIVING SEA OF

WAKING DREAMS

리처드 플래너건 장편소설

김승욱 옮김

들끓는 꿈의 바다

RICHARD

FLANAGAN

창비

등대지기 데이비드와 다이앤 매스터스에게

스포일러와 사리사욕이라는 도끼에 사냥감이 떨어졌다
크로스베리로[註]와 오래된 라운드 오크의 좁은 길
속이 빈 나무들이 설교단처럼 서 있는 그곳을
나는 다시 보지 못하리
보나파르트처럼 울타리를 두르니 남는 것은 하나 없고,
모든 덤불과 나무, 모든 산이 평평해졌다.
배신자들을 위해 두더지를 널어놓았으나, 개울은 아직 흐르지,
알몸을 드러낸 차갑고 싸늘한 개울.
──존 클레어 「회상」에서

차례

일러두기

1. 이 책은 Richard Flanagan, *The Living Sea of Waking Dreams* (Vintage 2022)를 번역 저본으로 삼았다.
2. 본문 중의 각주는 옮긴이의 것이다.
3. 본문 중의 고딕체는 원서에서 이탤릭체로 강조한 부분이다.

제 1 부

1

그녀의 손.

2

사라지는 현상이 어떻게 시작됐는지, 벌써 끝난 건지 알 수가 없어. 애나는 속으로 생각했다. 따지고 보면, 그걸 시작하는 방법도 모르네. 그게 나 때문인지, 엄마 때문인지, 그애 때문인지, 엄마인지 우리인지 너인지, 지금인지 그때인지 이제 금방인지. 심지어 딱 맞는 목소리 시제 대명사조차 없으니 훨씬 더 힘들다. 어쩌면 아예 불가능한 것 같기도 하다. 말틀이 문제인가? 프랜시가 지적한 그대로다.

음, 그게 뭐라고?

마치 그들 역시 이미 무너져내리고 있는 것 같다. 곧 떨어질 재와 검댕이 너무 많고, 빨려들어갈 연기도 너무 많다. 할 수 있는 말이라고는 우리 말하다 너 또는 만약 그것 그렇다면뿐인 것 같다. 그들 우리 우리 너였나?

3

어쩌면 프랜시는 아-아-아무 말도 못 해서 더 좋을지도 몰라. 토미가 말을 더듬는다. 내 말은, 경험을 말로 바꾸는 게 훌륭한 업적이긴 해? 우리가 느끼는 모든 불행의 원인 아니야? 우리의 비극이자 계속 이어지는 공상 아니야? 세상은 단어에, 구절에, 공들인 문단에 휩쓸린다. 한 단어가 또 다른 단어로 이어지다보면 순식간에 불륜, 전쟁, 인종학살, 인류세*에 닿는다. 술에 취했을 때 토미가 하는 말에 따르면, 침묵은 진실을 찾을 수 있는 유일한 곳이다.

그런데 우리에게 있는 것은 무엇인가? 소음이다. 사방

---

* Anthropocene. 인류가 원인이 된 지구온난화 및 생태계 침범이 특징인 현재의 지질학적 시기를 일컫는 신조어.

에서 조잘거리는 소리.

4

애나의 남동생 토미는 오랫동안 자신의 안팎에서 점점 커지는 비명을 의식하고 있었다고 말을 이었다. 그는 그 비명을 억누르려 하다가 말을 더듬게 되었지만, 비명은 계속 고집을 피웠다. 세상은 날이 갈수록 더 뜨겁고, 더 연기가 자욱해졌다. 밤에는 더 시끄러워졌다. 더 많은 건설 소음 더 많이 사라지는 곤충들, 더 많은 도로 소음 더 줄어드는 수산자원, 더 많은 뉴스 소음 더 많이 죽어가는 개구리와 뱀, 더 많은 브렉시트트럼프 기후석탄 더 더, 어디서나 더 더 늘어나는 망할 관광객들, 심지어 여기 태즈메이니아에도 심지어 여기 세상의 끝에도, 하기야 에베레스트 꼭대기에도 사람들이 줄을 서 있었는데 어쩌겠어? 더 많은 망치 더 많은 후진 트럭과 버찌를 따러 나와서 넘어졌다 일어나는 사람들 삐-삐-삐이, 골목을 메운 더 많은 관광버스 딸깍딸깍 구르는 더 많은 캐리어 더 많은 위네바고* 나부랭이 더 많은 에어비앤비 나부랭이 온 도시에 텐트에서

* 캠핑카의 일종.

자는 주민들 천지라 나중에는 꿈에서조차 악몽 같은 소음과 움직임이 점점 자라는데 그걸로 이득을 보는 사람은 하나도 없고 점점 늘어나는 것들 때문에 사람들은 불안하고 불행해지고 더 가난해졌다. 계속 커지는 당황과 공포가 움직임으로, 적막에 대한 두려움으로 표현되고, 섬을 구해줄 것이라던 관광은 정반대의 것이 되고, 관광객들은 심지어 주민들의 앞마당에서 똥을 쌌다 도대체 뭐라고 떠드는 거지? 그들은 망할 펭귄들을 굴에서 끄집어내 안고서 인스타그램에 올릴 셀카를 찍었다, 이거 뭐 하는 사람들이야? 그들은 저가 비행기로 여객선으로 왔다. 해가 갈수록 더 크고 더 시끄럽고 더 유치한 죽음의 별들이 계속 더 커지는 워터슬라이드 번지점프대 위를 장식하고 벙커유의 안개 같은 연기 바로 아래로 밀려 나온 스크린에서는 억지로 해-해-행복이, 토미가 말한다. 멀리-멀리-망할 교도소가 호바트 쪽에 떠 있는 유-유-유원지인 척하는데 얼간이마을 같아 다들 일곱살이 되고 싶은 거야?

응 아니야 아마.

5

도시 뒤편 산 바로 너머에서 불길이 계속 가까이 다가오

고, 매일 올라오는 뉴스와 소셜미디어 게시물에는 수백명
이 북적거리는 대피소 사진 전쟁터 같고 피난민 같았는데
실제로 전쟁이고 그들은 지는 쪽 누가 누구한테 이기는 거
지? 그의 휴대폰에서 정부는 더 많은 석탄광산 새 석탄 발
전소를 외쳤다 여기에 반대하면 21년 징역을 받을 거다 이
제 오스트레일리아에서는 살인과 같아 불과 연기가 더 있
어야 해 하지만 사실 그는 무서워서 거-거-겁에 질렸다,
참을 수 없어. 태즈메이니아는 그런 거지 같은 일에서 도
망치려고 오는 곳이었지만 이제는 여기도 마찬가지였다.
오래된 숲들이 사라지고, 바닷가에는 쓰레기가 가득하고,
새들은 슈퍼마켓 비닐봉지를 토하고, 사라지는 세상 최후
의 심판을 위해 다시 나타나는 무시무시한 폭력.

어떻게 뭐가 왜 누가?

6

토미가 말한다. 그런 것들이 점점 더 늘어나고 있으니
세상이 점점 사라지고 어쩌면 자신도 사라지는 것 같다
고. 무당벌레도 사라졌고 딱정벌레 청파리도 사라졌고 한번
도 보지 못한 집게벌레도 사라졌고 그들이 어렸을 때 그 번
쩍거리는 금속 같은 껍데기를 모았던 아름답고 밝은 색의

풍뎅이도 사라졌고 날아다니는 개미떼도 사라졌고 봄의 개
구리 울음 여름의 매미 울음도 사라졌고 사라졌고 작은 새만
큼 몸집이 큰 황제검나방, 가루를 뿌린 페르시아 융단 같
은 날개로 여름밤에 붕붕붕 소리를 내던 그것들도 사라졌
고 주머니고양이 쥐캥거루 보석새 스위프트 앵무새도 사라
지는 중 사라지는 중 사라지는 중. 모든 게 옛날보다 훨씬 줄어
들었어. 토미가 말한다. 누나 나랑 같이 왕새우잡이를 하
러 가자 누가 그런 걸 해? 넓은 해초 숲도 사라졌고 전복도
사라졌고 왕새우도 사라졌어! 사라졌어! 사라졌어! 뭔가 잘못
되었음을 그는 자기 몸 안에서 자라나는 질병만큼 고통으
로 느꼈다. 점점 자라나서 점점 사라지는 가슴과 몸의 답
답함과 가쁜 호흡, 날이면 날마다 밤이면 밤마다. 들리지
안 들을 수가 없을 거야 그렇지?

7

누나는 사랑이 문제라고 생각해? 사랑하는 법을 아는
사람이 없는 건 사랑이 사라졌기 때문? 그래? 그의 마음도
휴대폰보다 더 작아진 것 같았다. 누나는 내 말이 무슨 뜻
인지 알아 알아 알아?

8

애나는 토미에게 그가 정말로 줄어들었다고 말했다. 하지만 느껴졌다. 그것이 그녀 자신을 갉아먹고 있음을. 뭔가가 사라지는 것이 느껴졌다. 그런데 그게 뭐지? 전화기가 진동했다. 무슨 일이야? 뭐가 잘못된 거야? 미안해, 토미. 애나가 말했다. 난 그저 이것저것에서 도망치고 싶은 미안해 뭔가를 모든 것을 무엇이든 확인할 필요가 그렇게 하고 싶을 뿐이야.

9

토미는 버니에 있는 마리스트 파더스 기숙학교에 다녔다. 버니: 항구, 펄프 공장, 색소 공장, 아-아-아동성애자. 열두살 생일이 지난 뒤 말을 더듬는 증세를 갖고 집으로 돌아왔다. 토미는 술을 마셨다. 로니도 마리스트 학교에 다녔다. 어쩌면 로니가 술을 훨씬 더 마셨을지도 모른다. 그들은 로니에 대해 이런저런 이야기를 아주 많이 나눴지만 그 이야기는 한번도, 그 이야기는 전혀, 그들은 그의 상태에 대해, 그의 간단한 말과 틱 현상에 대해, 그가 사랑하는 장난감과 그의 개 버프에 대해 이야기했지만 주로 이야기한 것은 로니의 미래였다.

애나 토미 로니 터조, 이 순서로 각각 대략 2년 터울. 로니가 사남매 중 가장 재능이 많다고 그들은 자기들끼리 말했다. 운동도 잘해. 머리도 좋아. 어쩌면 그래 어쩌면 아니야 어쩌면 살았을지도 몰라, 애나가 말했다. 어쩌면 아주 뚱뚱해졌을지도 어쩌면 술을 마셨을지도 어쩌면 마흔일곱살때 뇌출혈로 죽었을지도. 어쨌든 로니가 언제 죽었는지는 중요하지 않았을 것이다. 사남매 중 가장 재능이 많았어도 어쨌든 죽었고, 정확히 아무것도 아닌 132킬로그램의 몸이 정확히 죽었으니 마흔일곱이든 열넷이든 중요했겠어?

이것이 바로 로니의 형제들과 누나가 로니에 대해 이야기한 것이다. 같은 자리를 맴도는 그들의 이야기는 아무런 결론도 없이 자꾸 안으로 파고들면서 로니의 여러 미래를 계속 꾸며냈다. 그들은 그것을 로닝이라고 불렀다. 소용돌이. 로닝 소용돌이.

토미는 자기가 로니를 구하지 못했다고 말했다. 토미는 마치 자기가 그를 구하려면 구할 수도 있었던 것처럼 항상 그런 말을 했지만, 토미는 심지어 자신도 구하지 못했다. 그게 최선이었어. 토미는 이렇게 말하곤 했다. 그러고는 다시 로닝을 시작했다. 로닝, 로닝. 그게 최선이었어 그게 최악이었어 어쨌든.

에이시팔절대.

10

다시 태어나고 싶다고 토미는 고백했다. 나무로, 토미에 대해 사람들이 꼭 알아야 하는 만큼 말해주는 나무로. 애나는 만약 토미가 지금 나무라면 불에 타고 있을 거라고 말했고, 토미는 이미 불에 타고 있다고 말한다. 토미의 아들이자 애나의 조카인 데이비는 조현병을 앓고 있어서 목소리들에 시달린다. 그것들이 말을 한다고 토미가 말한다. 토미는 걱정하는 기색이 역력한 얼굴로 사랑하려는 투쟁은 말을 억제하려는 투쟁인데 아들은 그 투쟁에서 졌다고 주장한다.

11

프랜시가 손이 왜 그러냐고 물었을 때, 애나가 아무 말도 하지 않은 건 바로 그 때문인지 모른다. 그녀는 어머니 앞에 현탁액 한잔을 내려놓았다. 그들은 그것을 '차'라고 부르기로 합의했지만, 사실은 어머니가 마시다가 숨통이 막히지 않게 젤처럼 걸쭉하게 만든 것이었다. 곧 그것을 한모금 마신 프랜시는 다른 주제로 옮겨갔다. 이번에는 그 날 병원 창문 밖의 동굴에서 본 것에 대한 이야기였다. 동물들이 새로 변했다가 식물로 변했다고 했다. 짐마차에는 전에 타이거가 말했던 노인들이 가득했다.

애나는 어머니의 침대 옆에서 창문으로 갔다. 물론 창밖에는 동굴도 짐마차도 형상이 바뀌는 동물도 없고 그냥 쓸쓸한 도시풍경뿐이었다. 그녀는 유리창 밖으로 뛰어내리고 싶다는 충동에 압도당했지만, 용서를 모르는 호바트 거리가 몇층 아래에 멀리 있었다.

그래도 애나는 문득 어떤 느낌이 들었다. 꿈을 꿀 때와 같은 감각. 자신이 창밖으로 뛰어내려도 죽지 않을 것 같다는 느낌, 자신이 부드럽게 호선을 그리며 힘차게 하강할 거라는 느낌이었다. 그렇게 날아서 캠벨 거리를 올라가, 신비롭고 화려한 이집트의 부활을 연상시키는 놀라운 옛 시너고그를 지나갈 것 같았다. 석방된 유대인 범죄자들이 세운 그 건물은 이 섬 밴디멘스 랜드*가 그들의 이집트이자 이집트가 아니며, 또한 자유였음을 말하는 듯했다.

그녀는 그 위를 날아서 지날 것이다. 비행에 그리 자신이 없으니 아주 높지는 않겠지만 지상에서 1~2미터 높이에서 즐겁지만 다소 무섭기도 한 속도로 여기저기 미끄러지듯 날아다닐 것이다. 어깨를 아주 살짝 기울이거나 쭉 뻗은 다리를 어렸을 때 꿈에서 본 것처럼 아주 살짝 움직

---

* 오스트레일리아가 식민지이던 시절 영국이 태즈메이니아를 부르던 이름.

이면 방향을 바꿀 수 있다. 정적과 움직임이 동시에 존재하는 순간, 다시 말하자면 무엇보다 완벽한 균형이 유지되는 그 순간을 절대적인 집중력으로 통제하며, 지극히 세밀한 몸의 움직임에 전적으로 초점을 맞춘다. 조금만 잘못움직이면 마법이 끝나고 최고의 재앙 같은 추락으로 끝날것이다.

하지만 만약 애나가 조금만 더 비행능력을 믿는다면, 곧자신이 꼭 있어야 하는 곳에 도달할 것이다. 말하자면 조용한 초록색 장소, 상념에 잠겨 어쩌면 초월까지도 할 수있는 곳……

12

하지만 먼저 몇가지 세부사항을 똑바로 밝힐 필요가 있어. 터조가 말했다. 막내 남동생 터조의 말은 평소 그럭저럭 가족의 의견이 되는 편이었다. 애나의 백일몽이나 토미의 생각이 아니라 터조가 피할 수 없는 확신을 갖고 입에담은 의지가 이제 애나 뒤의 병동을 가득 채우는 소리가들렸다. 아주 멋지게 조절되어서 어긋난 것이나 불필요한것이 모두 제거된 그 의지는 닫히는 문처럼 단조로웠다.

그녀는 갑자기 데굴데굴 떨어지고 있었다. 가진 능력을

모두 잃은 채로. 그녀가 남동생의 당밀 같은 목소리에 창가에서 고개를 돌려보니, 터조가 토미에게 말하는 소리가 들렸다. 마치 속이기 쉬운 고객을 상대하는 것 같았다. 우아한 이탈리아제 양복, 일부러 넥타이를 매지 않아 캐주얼한 분위기를 연출한 것, 아주 약해 보이는 얼굴에서 유난히 강렬하게 반짝이는 눈. 이런 터조의 모습은 헐렁한 작업복 청바지에 찢어진 폴라 플리스* 상의를 입은 토미와 대조적이었다. 애나가 항상 도살자의 얼굴 같다고 생각했던 토미의 표정은 조금 살집이 있지만 기운이 쭉 빠진 것 같았다. 애나는 동생들에게 인사를 하려고 한 손을 들었다가 곧바로 툭 떨어뜨렸다. 프랜시가 본 것을 터조와 토미는 알아차리지 못하게 하기 위해서였다.

13

그해 태즈메이니아의 여름은 끝날 줄을 몰랐다. 평소의 규칙 중 어느 것도 지켜지지 않았다. 봄비도 없고 여름비도 없었다. 매일 날이 덥거나, 전날보다 더 더워졌다. 그런데도 밝고 행복한 여름은 아니었다. 이 섬의 황무지에 마

---

* 플리스 원단의 일종.

른 번개폭풍이 몰려와 며칠 동안 계속되는 바람에 수천, 수만번이나 되는 번개에 사방에서 작은 화재가 발생했다. 한때는 습하고 신비로운 세상이었던 강우림도 이제는 바싹 말라서 힘겨워하는 삼림지대가 되었고, 화재가 그곳을 차지했다. 화재가 점점 자라났다. 오래지 않아 화재가 온통 뉴스를 장식했다. 불이 가깝게 다가왔다거나 멀어졌다는 소식, 불이 계속 다가온다거나 제자리에 멈췄다는 소식. 중요한 건 불이 지금 어디에 있든 어찌할 도리 없이 계속 자라고 있으며 그와 함께 질식할 것 같은 지옥의 연기, 폭풍처럼 밀려오는 재도 함께 자라난다는 점이었다. 재가 지배하는 이 섬의 주도州都를 가득 채운 이재민들은 화재가 끝나 집과 일상으로 돌아갈 수 있게 되기를 멍하니 기다리고 있었다.

삶 그 자체가 정지된 것 같았다.

모두들 뭔가를 엄청나게 기다렸지만, 그것이 무엇인지 아는 사람은 하나도 없었다. 몇주가 흐르는 동안 화재로 인해 오래된 숲, 섬 서쪽과 고산지대의 고산식물 공원과 훌륭한 히스 황야 등이 서서히 잿더미로 변해가자 잔뜩 날이 선 긴장이 흘렀다. 어머니를 보러 온 애나가 에어비앤비 숙소에서 매일 아침 눈을 떠보면, 재가 침대보에 주근깨처럼 떨어져 있었다. 고대의 양치류와 도금양 이파리가 탄화된 작은 조각으로 변해서 이 섬의 오래된 도시에 비처럼 떨어져 완벽한 음화陰畵를 만들어냈지만, 그녀가 손을 대면 그림은 사라지고 검댕 얼룩만 남았다. 천년을 살아온 킹빌리 소나무와 고대의 그래스트리, 펜슬파인 숲, 판다니와 리치아, 마운틴 애시, 그리고 그 옆에 펼쳐진 버튼그래스 평원과 아주 작고 희귀한 마운틴 오키드*가 있던 자리에 남은 것, 그 수많은 신성한 세계들이 사라지고 남은 것은 검댕이 묻은 애나의 침대보뿐이었다.

연기 때문에 공기가 담배 같은 갈색으로 변했다. 눈이 멀 것처럼 화창하던 푸른 하늘은 섬을 대부분 뒤덮은 연기 장막에 바람이 작은 구멍을 하나 만들어줄 때에만 언뜻 볼 수 있었다. 연기는 잠시도 걷히지 않았다. 상황이 최악으로 치닫는 날에는 모든 사람의 세상이 고작 몇백 미터로 줄어들어 폐소공포증이 느껴질 정도였다. 태양은 매일 범인과 마주쳤다. 폭력적인 빨간색 불덩어리, 가장자리 선이 불분명한 그 빨간 공이 숙취 같은 안개 속에서 부르르 떨고, 황토색 빛 속에서 연기는 모든 거리의 숨통을 막고 모든 방을 가득 채우고 모든 술자리와 식사의 분위기를 망쳐놓았다. 매캐한 유황 냄새가 나는 타르 같은 연기가 모두의 목구멍을 태우고, 모두의 입과 코를 가득 채워 따스하고 부드러운 여름의 냄새가 들어오는 것을 막았다. 마치

---

* 모두 오스트레일리아 고유종인 나무와 풀.

만성병에 시달리는 흡연자와 함께 사는 것 같았는데, 흡연자는 바로 세상이고 사람들은 모두 더럽게 오염되어 쪼그라드는 그 세상의 허파 속에 갇혀 있었다.

14

그 수요일 오후, 한시간도 채 안 되는 바로 얼마 전에, 애나는 로열 호바트 병원 맞은편 아가일 거리의 주차장으로 차를 몰고 들어가다가 바로 그 연기 때문에 목이 타는 듯이 아파서 콜록콜록 기침을 했다. 입을 가리려고 왼손을 드는데 뭔가가 이상했다. 손가락 하나가 사라진 것 같다는 이상한 생각이 들었다. 너무 이상해서 그녀는 곧바로 손을 내리면서 그 생각도 치워버렸다.

주차장 사층 진입로로 들어서면서 애나는 운전대 맨 위를 왼손으로 잡았다. 그런데 이번에도 뭔가가 이상했다. 흘깃 아래를 내려다보니 정말로 이상했다. 엄지가 있고, 나머지 손가락 세개가 있었다. 그녀는 운전대를 획 돌렸다가 다시 반대로 돌렸다. 손가락 하나가 있어야 할 자리에 아무것도 없는 것이 이번에는 분명히 보였다. 그 손가락이 있어야 할 자리, 그러니까 새끼손가락 옆, 정확히 그쯤인데 정말로 정확히 아무것도 없잖아. 애나는 속으로 생각했다.

고개를 이리저리 돌리며 주차장 안의 어스레한 불빛 속에서 여기저기를 훔치듯 바라보았다. 혹시 사라진 손가락이 어디서 훌쩍 나타나지 않을까 싶어서. 자신이 몰고 있는 렌터카의 대시보드에 손가락이 떨어지기라도 한 것처럼 살펴보기도 했다. 남은 손가락으로 컵 거치대가 있는 콘솔을 쓸어보았지만 만져지는 것이라고는 모래와 렌터카 서류뿐이었다. 다리 사이 좌석 상판도 여러번 흘깃흘깃 내려다보다가 나중에는 바닥도 보았다.

그러다 돈키호테처럼 우스꽝스러운 짓을 하고 있다는 생각이 들었다. 손가락을 열쇠나 휴대폰처럼 잃어버리는 사람은 없지 않은가. 애나는 이제 운전대를 9시 방향에서 잡고 있던 손을 12시 방향으로 홱 움직이며 운전대를 함께 끌고 갔다. 그 바람에 하마터면 앞에서 오던 자동차와 충돌할 뻔했다. 그 차의 운전자가 경적을 울리고, 그녀는 브레이크를 밟으며 방향을 홱 꺾어 차를 세웠다. 덜덜 떨리는 손을 이마로 올리면서 안도감이 아니라 훅 밀려오는 공포를 느꼈다.

새끼손가락과 가운뎃손가락 사이, 원래 약지가 손과 연결되어 있던 자리로 빛이 산란해 들어오면서 손가락 관절이 흐릿하게 뭉개져 보였다. 문제가 많은 얼굴, 엉덩이, 허벅지, 주름살과 잡다한 결함 등을 사진에서 포토샵으로 수정해 일부만 사실대로 남기고 나머지는 지워버릴 때의 효과와 다르지 않았다.

이번에는 그녀의 손가락 하나가 그렇게 된 것 같았다.

애나는 족히 일분 동안 손을 열심히 살펴보았다. 이상한 환상이나 망상이 아니었다. 정말로 약지가 없었다. 부정할 수 없는 사실이었다. 그녀는 엄지와 나머지 세 손가락을 꿈틀꿈틀 움직였다. 손가락이 할 일을 잘 해내고 있는 것 같았다. 아픈 곳도 없었다. 당장 어디가 아프거나 상실감이 느껴지지도 않았다.

그냥 뭔가가 사라졌을 뿐이었다.

15

애나는 손을 아래로 내리고, 이 이상한 현상을 너무 피곤한 탓으로 돌렸다. 새벽 2시에 토미에게서 걸려온 전화 때문에 깨어나 프랜시가 상태가 악화되어 구급차를 타고 로열 호바트 병원으로 급히 실려갔다는 말을 들었다. 아무리 좋게 말해도 짜증스러운 일이라는 생각이 들었다. 프랜시의 상태가 악화되는 일이 끊임없이 일어났는데, 지금 생각해보면 토미의 말처럼 상황이 심각했던 적은 한번도 없기 때문이었다.

토미가 어머니의 건강상태를 자주 알려주는 것이 때로

는 어이없을 정도였다. 애나와 터조는 프랜시가 식사를 해서/말을 해서/숨을 쉬어서 걱정이라며 토미가 전화를 걸었다는 농담을 서로 주고받을 정도였다. 토미는 어머니의 여러 증세가 건강에 커다란 문제가 있다는 증거라도 되는 것처럼 형제들에게 계속 알려주는 것이 자기 의무라고 생각하는 것 같았다.

최근에 몇번 문제가 있었던 것은 사실이지만, 매번 어느 정도 시간이 흐르면 저절로 해결되는 문제였다. 몇년 전 프랜시가 이상한 행동을 하기 시작하면서 치매라는 진단이 떨어졌다. 걸음걸이도 점점 이상해져서 반쯤은 터벅터벅 걷고 반쯤은 비틀거리는 이상한 형태가 되었다. 터조의 표현에 의하면 환각에 시달리는 말 같았다. 의사는 파킨슨병이라는 진단을 내놓았다. 그러다 어머니가 쓰러져 급히 병원으로 달려갔더니 치매도 파킨슨병도 아니고 완전히 다른 병이라는 진단이 나왔다. 뇌에 물이 차는 뇌수종이라는 병인데, 목 뒤쪽을 통해 뇌 안으로 관을 넣어서 물을 위장으로 빼내면 괜찮아진다고 했다.

말로 설명을 들을 때는 무서웠지만, 그 치료법은 성공을 거뒀다. 이상한 걸음걸이와 성격변화가 사라지고 다시 과거의 모습을 되찾은 프랜시는 일상으로 돌아왔다. 그녀의 세 자녀도 일상을 되찾았다.

오래전 이 섬을 떠난 애나와 터조의 경우에는, 어머니에게 더 자주 전화하고 몇달마다 비행기로 날아와 하루나 이틀쯤 어머니를 만나고 가는 것이 새로운 일상이 되었다는 뜻이었다. 섬을 떠난 적이 없는 토미는 실패한 예술가로서 간간이 왕새우잡이 배에 나가 심부름꾼으로 일했는데, 가끔 남에게 엄격해지는 순간에 애나는 솔직히 토미가 평생 무엇이든 제대로 한 적이 없다고 생각하기도 했으나, 어쨌든 그에게 새로운 일상은 더 많은 것을 의미했다. 하기야 토미에게는 시간이 많았다. 그러니 어머니를 모시고 병원에 가기, 요리, 장보기, 오랜 친구들과 차를 마시러 나가는 어머니를 차로 모셔다드리기 등 사소한 일을 도울 시간이 있었다.

1년이 가고, 2년이 가고, 3년이 갔다. 그 뇌수종 시술로부터 3년 뒤 프랜시는 서서히 진행되는 암인 낮은 등급의 비호지킨 림프종 진단을 받았다. 곧 비교적 순한 항암치료가 시작되었고, 그 치료가 끝날 무렵에는 놀랍게도 효과가 있었다. 프랜시는 그리스도교 세계에서 가장 건강한 노인 시체라고 스스로를 평했다.

16

이런 식으로, 마치 모든 것이 정상으로 돌아간 것처럼,

내일은 오늘과 그리 다르지 않을 것처럼, 서서히 쌓여가는 갖가지 증상과 건강의 쇠퇴가 중요하지 않은 것처럼, 거의 5년이 흘렀다. 그 세월 동안 애나는 오래전부터 바라던 일들을 아주 많이 성취한 것 같은 기분이 들었다.

그녀는 다니던 건축회사의 상급 파트너가 세상을 떠난 뒤 우연히 듀런드 하우스의 설계를 맡게 되었다. 그렇게 해서 블루마운틴스의 절벽 위로 무언가를 동경하듯 외팔보를 내민 낫 모양의 강철 구조물로 지어진, 유명한 사업가 토니 듀런드의 별장은 대단한 찬사를 받았다. 건축가들이 들뜬 목소리로 떠들어댔을 뿐만 아니라, 국내에서 여러 개의 상을 받고 나중에는 세계적인 상도 하나 받았다. 그러나 사실 애나에게 그 건물은 어렸을 때 본 유칼립투스 이파리의 기억을 바탕으로 한 것이었다.

그녀가 회사에서 파트너가 되는 데에는 그때의 성공이 적잖은 영향을 미쳤다. 그때 그녀는 듀런드 하우스를 시공한 회사에서 프로젝트 매니저로 일하던 메그를 만났다. 전에 사무실에서 일하는 모습을 봤을 때는 그냥 이름이 잘 기억나지 않는 전문직 여성에 불과했지만, 어느 주말 카페에서 우연히 마주쳤을 때 메그는 요가팬츠 차림이었다. 정수리까지 틀어올린 검은 머리 때문에 광대뼈와 미소가 한층 더 돋보였다. 그녀가 한쪽 다리를 다른 다리 아래에 무심히 접어넣은 자세로 앉아 있어서 튼튼한 종아리가 드러났다. 내 옆에 앉으세요. 그녀가 말했다.

그렇게 시작되었다.

17

퇴근 뒤에 만난 날에는 메그가 이마에 두른 머리띠에 건설용 헬멧의 플라스틱 라이닝 모양이 아직 선명하게 찍혀 있었다. 그 머리띠를 산업용 머리띠라고 부르던 메그는 별로 신경 쓰지 않았다.

나한테는 애니의 날과 애니가 없는 날밖에 없는데, 그중에 애니의 날만 진짜 같아. 메그는 이런 문자를 보낼 사람 같았다. 다른 날은 사실 존재하지 않아. 당신은 나와 헤어질 때마다 집에 가서 더 어린 여자를 만나지.

네가 여기 없으면 난 어디에도 없어. 그러면 애나는 이런 답장을 보냈을 것이다.

후회를 깍둑썰기하자, 메그가 다시 올 거야, 케일을 넣고 반죽한 다음 진이 부풀기를 기다려. 걱정근심이 발효하게 놔두는 거야. 이럴 때 애나는 자기도 모르게 하트 이모티콘만 문자로 보냈다.

애나는 메그와 함께라면 행복하게 늙어갈 수 있을 것 같았다. 애나의 아들 거스는 스물두살인데, 계속 자라고 있었다. 또한 메그의 말대로 점점 멀어지기도 했다. 비록 제방에서 사이버 공간으로 여행을 떠날 때가 대부분인 것 같았지만. 그 시절에 애나는 거스에 대해 그렇게 많이 생각하지 않았다. 따지고 보면 어머니 생각도 별로 하지 않았다. 어머니 생각을 하더라도, 어머니 자신보다는 지금보다 조금 더 나이를 먹은 자신의 모습을 상상했다. 사회적으로 성공해서 독립적으로 살아가며 자기만의 방식으로 삶을 일구고, 역경을 만나도 이겨내는 모습. 아들도 자신을 비슷하게 생각할 거라고 애나는 확신했다.

그래서 토미가 낙상, 위기, 입원, 가장 최근에 집에서 있었던 극적인 일(어머니가 토스터기 위에 행주를 놓아두는 바람에 작게 불이 붙었던 흔적, 냉장고 안에서 썩어가는 음식 등등) 같은 것으로 전화를 하거나 문자를 보내는 것이 그녀에게는 짜증스러웠다. 그런 일들은 언제나 토미가 알아서 정리하겠다고 말하는 것으로 해결되었지만, 그 뒤로 토미는 무엇이든 제대로 정리하는 법이 없었다. 그렇지 않고서야 애나가 항상 비서에게 고향으로 가는 비행기를 또 예약해달라고 말할 이유가 없지 않은가.

애나가 느끼기에 토미는 프랜시가 일으키는 문제에 대해 항상 지나치게 호들갑을 떨며, 어머니에게 마치 결정적인 순간이 닥친 것처럼 걱정하고, 이런 사건들이 더 근본적인 쇠퇴의 징조일 것이라고 확신했다. 하지만 애나는 어

머니의 활기와 건강에 대한 믿음이 워낙 컸으므로(옛날에
터조가 말했듯이, 어머니는 핵무기에 직격당해도 살아남
을 사람이었다), 토미에게서 연락이 올 때마다 공연히 당
황하지 말라고 잔소리를 했다. 어쩌면 토미에게 너무 가혹
하게 굴었던 건지도 모른다. 아닐 수도 있고.

18

  그래서 그날 새벽 2시에 토미에게서 전화가 걸려 왔을
때, 애나는 어머니가 앞으로 10년이나 20년쯤은 거뜬히 사
실 거라고 말하고는 전화를 끊어버렸다. 그리고 휴대폰 벨
소리를 무음으로 바꾸고, 다시 침대에 누웠지만 금방 토미
에게서 음성메시지가 들어왔다. 프랜시가 병원에서 화장
실에 가려다가 낙상했다는 내용이었다. 토미가 어머니와
함께 있었고, 상황이 별로 좋지 않아서 9시에 뇌 촬영을 할
예정이라고 했다. 의사들은 그날 오후 4시 30분에 가족들
과 만나는 자리를 마련해달라고 말했다. 터조가 그 만남을
위해 브리즈번에서 비행기로 날아오는 중이었다.
  애나는 시각을 확인했다. 7시였다. 이른 아침이라 그날
의 회의 일정을 애나가 스스로 다시 짜고, 낮에 떠나는 비
행기도 스스로 예약해야 했다. 이것만으로도 짜증스러운

데, 태즈메이니아 남부를 뒤덮은 산불 연기 때문에 비행기가 네시간이나 연기되었다. 그녀는 토미에게 몇번이나 문자를 보냈지만 토미는 언제나 그렇듯이 답장이 없었다. 애나는 자신의 소셜미디어에 접속했다. 약초로 불안증을 치료하는 법에 대한 글이 올라와 있었다. 새로운 욕실 인테리어 유행에 관한 글. 남은 물을 전부 석탄회사에 몰아주는 바람에 곧 바싹 말라버릴 어느 도시에 대한 글. 친구들이 여행하며 올린 글. 가전제품 옷 신발 화장품 음모陰謀 자기 집 앞마당에 캥거루들이 드러누워 계속 죽어가고 있다는 어느 농부의 트윗 가뭄은 슬로모션으로 일어나는 산불이라고 그는 썼다. 좋아요 공유 업데이트 친구 구독. 너무나 번잡스러웠다. 토미는 어느 유람선이 고동 소리로 「사랑의 유람선」 주제가를 너무 시끄럽게 연주하고 있어서 병원에 있는 사람들이 생각을 제대로 할 수 없다는 문자를 보냈다.

19

어머니의 비좁은 입원실에 삼남매가 어색하게 모여, 침대 옆 파란색 비닐 의자에 차례로 앉아 프랜시와 이야기를 나눴다. 그동안 나머지 두 사람은 침대 발치에서 작게 속삭이며 이야기를 나눴다. 애나는 의자에 앉을 차례가 되자

오른손을 뻗어 어머니의 손가락을 잡고, 왼손은 비닐이 갈라진 팔걸이를 잡은 채 둥글게 오므렸다. 새로이 알게 된 문제점을 잘 가리기 위해서였다. 프랜시는 의자에 앉은 사람이 하는 말과 서 있는 두 사람이 속삭이는 소리를 모두 들으려고 애쓰다가 금방 기진맥진해서 잠이 들었다.

오후 늦게 의사 두명이 들어와 부드러운 목소리로 자기 소개를 했다. 밝은 네온 불빛 아래에서 신경외과 의사 램 선생이 침대 한편으로 식구들을 조용히 모았다. 키가 큰 램 선생은 머리에 터번을 썼고, 몸에서는 뚜렷한 특징이 없는 데오도런트 냄새가 났다. 애나에게 전문직을 연상시키는 냄새였다. 램 선생은 뇌수종 때문에 고인 물을 장치를 이용해 안전하게 빼내고 있지만, 뇌의 왼쪽 앞부분에 작은 출혈이 있다고 말했다. 그리고 마치 걱정할 필요 없다는 듯 손마디로 자신의 터번을 두드리며 미소를 지었다. 우리 뇌는 모터와 같아서 세월이 흐르면 조금 헐거워져요. 그가 말했다.

식구들은 불안한 표정으로 마주 미소 지었다. 램 선생은 무언의 공모자들과 조금 불법적인 거래를 마친 사람처럼 손가락으로 콧대 옆부분을 두드렸다.

둥글게 모여 선 의사와 식구들 뒤편으로 베개 여러개를 등에 받쳐 똑바로 앉은 채 자고 있는 어머니가 보였다. 시들어버린 목에서 뼈가 오르락내리락하며 계속 뭔가를 삼켰다. 그동안 식구들은 어머니의 운명을 가를 결정을 내리고 있었다. 어머니는 화들짝 놀란 사람처럼 잠깐 깨어났다. 염증 때문에 상처처럼 빨갛게 변한 눈꺼풀에서 병든 눈동자가 충혈되고 누렇게 변한 부자연스러운 모습으로 지나치게 크게 튀어나왔고, 홍채에는 구름이 낀 것 같았다. 어머니는 곧바로 다시 잠에 빠졌다.

램 선생이 말을 이었다. 연세가 여든여섯살이시니, 노화로 줄어든 뇌와 두개골 사이에 어머님의 경우처럼 작은 출혈이 쌓여도 압력이나 통증이 느껴지지 않을 만큼 공간이 있을 겁니다. 어머님의 기능에 장기적으로 눈에 띄는 영향을 미치지도 않을 거예요. 정신적 장애가 나타나더라도 단기적인 현상일 가능성이 높고, 출혈로 고인 피는 몸에 심한 멍이 들었을 때처럼 천천히 몸에 다시 흡수될 겁니다. 그는 프랜시의 나이에 뇌출혈이 있을 때는 수술하지 않고 문제를 관리하는 편이 훨씬 더 현명하다고 가족들에게 설명하는 중이었다. 그때 잔뜩 갈라져서 거슬리는 목소리가 끼어들었다.

나한테는 효과가 있었어. 프랜시가 침대에서 이렇게 말하는 바람에 모두 대경실색했다. 식구들은 어색하게 시선을 돌려 아픈 어머니를 보았다. 어머니가 자고 있는 줄 알았는데. 너희 아버지를 만난 뒤로는 머리에 그렇게 심각하게 피가 몰린 적이 없어. 어머니가 말했다.

그러고는 세상에, 어머니가 자식들에게 윙크했다.

20

그들이 불안한 얼굴로 웃음을 터뜨리자, 프랜시도 마주 미소를 지어주었다. 하지만 뇌출혈 때문에 입이 마음대로 움직이지 않는 모양이었다. 윗입술 한쪽 끝만 위로 올라가서, 휘어진 노란색 치아가 몇개 드러났다. 잇몸이 패어서 올라가는 바람에 치아가 부자연스럽게 길어져 마치 해골이 비웃는 것 같았다. 어머니의 뻔뻔스러운 말과 유쾌한 몸짓에 너무나 어울리지 않는 얼굴이라 기괴하게 보일 정도였다. 애나는 순간적으로 말하는 시체를 보는 것 같다는 생각이 들었다. 하지만 방금 프랜시 자신이 분명하게 보여주었듯이, 어머니는 그 비참한 몸속에 생생하게 살아 있었다.

토미가 앞으로 나서더니 양팔을 뻗어 어머니의 얼굴을 들어올렸다. 그러고는 부끄럽거나 민망한 기색이 전혀 없이, 크디큰 애정을 담아 속삭였다. 엄마! 세상에, 엄마! 그러면서 그 지칠 대로 지치고 늙은 몸이 마치 갓 태어난 자식이라도 되는 것처럼 살살 흔들었다.

애나는 토미가 자기도 모르게 한 이 행동이 품위 없다고 생각했지만, 심지어 어머니의 존엄성을 모욕하는 행위라고까지 생각했지만, 프랜시의 윙크와 토미의 포옹으로 어머니의 노화와 건강악화에 자기들도 왠지 공범이 된 것 같은 느낌이 들었다. 뇌수종과 암과 뇌출혈과 그밖에 어머니가 앓고 있는 모든 병을 그들도 함께 앓게 된 것 같았다.

애나는 연민이 아니라 혐오를 느꼈다. 기묘한 두려움에 가까운 혐오였다. 죽음은 감당할 수 있었다. 삶도 감당할 수 있었다. 하지만 어머니가 그 둘 사이에서 왔다 갔다 하는 것은, 계획을 세우고 시간표에 합의하고 스프레드시트에 복종하는 사람인 그녀에게는, 간단히 말해서 확실성을 추구하는 사람이라고 할 수 있는 그녀에게는, 자연스러운 흐름에 대한 짜증스럽고 예기치 못한 저항이었다. 변덕스럽고 이기적인 영혼의 증거나 다름없었다.

입원실 침대에서 어머니가 아니라 중병에 걸렸으면서 계속 인간이기를 고집하는 짐승을 발견하고서 느낀 혼란을 애나는 마음속 깊은 곳에서 받아들일 수 없었다. 그래, 그거였다. 짐승. 병든 짐승. 그 병에 감염되지 않으려면 도망쳐야 했다.

애나의 존재 가장 깊숙한 곳에는, 병상에 누워 있는 저여자, 마침 그녀의 어머니이기도 한 그 여자가 죽었다면 상황이 더 간단하고 덜 힘들었을 것이라는 생각이 있었다. 아니, 최소한, 최대한, 그 여자가 윙크를 하며 계속 살아 있겠다고 고집을 부리지 않고 죽음에 동의한다면.

마음속 가장 깊숙한 곳의 이런 생각에 충격을 받은 애나는 다른 사람들에게 당연히 있는 것이 자신에게는 없는 건가 하는 생각이 들었다. 꼭 필요한 인간애나 측은지심이나 공감능력 같은 것. 아무래도 자신에게 뭔가 문제가 있는 것 같았다. 자신이 사악한 사람인 것 같았다. 그래서 결혼생활에 실패하고 아들이 그렇게 된 것 같았다. 확실하지는 않았다. 그녀의 머릿속은 정글이었다. 그녀는 자신에게 경악했다.

그 순간 어머니의 지치고 끔찍한 눈이 그녀의 눈과 마주쳤다. 그녀는 주름이 많고 많이 시든 것만 빼면 자신의 얼굴과 아주 흡사한 그 얼굴에 포획된 것 같았다. 애나가 너무나 기묘하고 혼란스러운 기분에 몸을 부르르 떨자, 토미가 그녀를 올려다보며 프랜시를 잡고 있던 손을 놓고 병상에서 물러나 애나의 손목을 꼭 움켜쥐고 속삭였다. 나도 알아! 나도 알아!

애나는 너무나 커다란 죄책감에 압도당했다. 누군가를 사랑하면서 동시에 그 사람의 죽음을 바라는 것은 불가능한 일 같았다. 내가 어떻게 그런 끔찍한 생각을 한 거지? 바로 이 부끄러움 때문에 앞으로는 어머니를 살리는 데 자신의 존재 자체를 쏟을 수밖에 없음을 그녀는 깨달았다. 자기도 모르게 신음이 나왔다.

나도 알아! 나도 알아! 토미가 또 조잘거렸다.

토미가 뭘 안다는 거지? 그녀가 어머니의 죽음을 바랐다는 사실을 안다고? 그래서 이제는 그녀가 어머니를 살리는 데 헌신할 수밖에 없다는 걸 안다고? 토미도 그녀만큼 위선자였나?

토미를 바라보며 이런 생각을 하다보니 화가 났다. 그녀가 마음속 아주 깊은 곳에서 느끼는 것을 말할 수 없어서 화가 났다. 그녀는 자신의 생각을 말하지 않을 것이다. 그런 끔찍한 생각을 다시는 하지 말아야 한다는 점도 이해했다. 그녀는 손을 들어 남동생의 손을 밀어냈다. 애는 그냥 지독한 멍청이 같아. 애나는 속으로 생각했다. 그럴 수 있었다. 무엇이든 가능했다.

21

그러다 갑자기 손가락 하나가 사라진 사실을 생각해낸 애나는 손을 올렸을 때처럼 재빨리 아래로 내렸다. 이제 램 선생은 뇌출혈이 어떤 의미에서 긍정적인 결과를 낳았다고 말하고 있었다. 어머니가 먹는 심장약, 혈압약, 변비약, 우울증약, 체액저류약을 모두 재조정했으므로, 이제부터는 약을 하루에 열네알이 아니라 아홉알만 먹으면 된다는 것이었다.

아홉. 프랜시가 병상에서 말했다. 아홉이 좋아.

램 선생은 빙긋 웃었다. 그는 시간이 흐르면 약의 개수를 여섯알까지 줄일 수 있을 것이라고 낙관했다. 여섯은 마법의 숫자예요! 그는 이렇게 말했다. 매일 먹는 약이 너무 많으면 더 많은 합병증이 생길 뿐이고, 합병증에 합병증이 겹치면 부작용이 미친 듯이 늘어난다고 했다. 그는 심지어 관련 논문과 자신의 경험을 들먹이기까지 했다.

맞지요, 프랜시스? 그는 환자에게 시선을 돌려 이렇게 말했다. 하지만 순간적으로 기력을 회복한 것처럼 보였던 노모는 대답 대신 목구멍으로 작은 휘파람 소리 같은 것을 낼 뿐이었다. 어찌나 순식간에 잠들었는지 아무도 그 사실을 알아차리지 못했다.

식구들은 고개를 끄덕이고, 작게 중얼거리고, 마치 모든 것을 이해한 사람처럼 굴었다. 하지만 나중에 병원 복도에서 의논할 때는 의사의 말을 일부 이해하지 못했거나 정확히 이해하지 못했다고, 아니 따지자면 사실 전혀 이해하지 못했다고 인정하는 수밖에 없었다.

22

세 사람 모두 기진맥진해서 다음 날 아침 병원에서 다시 만나기로 했다. 애나는 그제야 숙소에 체크인을 할 수 있었다. 빌린 집에 들어온 그녀는 손가락이 사라진 있을 수 없는 일을 자세히 살피는 데 필요한 고독을 누릴 수 있었다.

그녀는 손을 들어 눈앞에 가까이 대고 손가락이 있어야 할 자리를 자세히 살펴보았다. 손가락이 손과 연결되어 있던 경계선이 살짝 흐릿하게 뭉개져 있었다. 그녀는 남은 손가락을 꼼지락거렸다. 솔직히 사라진 손가락 때문에 딱히 곤란하지는 않았다. 손을 흔들어봐도 통증이 전혀 없었다. 다섯 손가락이 아니라 네 손가락만 있으니 손의 기능이 예전 같지는 않아도 여전히 쓸 만했고, 그녀는 원래 자신의 문제로 호들갑을 떠는 성격이 아니었다.

하지만 이것이 암의 징후일까봐 걱정이 되기는 했다. 그녀의 나이에는 모든 것이, 그러니까 멍이 들거나 숨이 가빠지거나 몸에 혹이 생길 때마다 치명적인 종양의 징후나 전조증상으로 여겨지기 때문이었다. 하지만 다시 생각해보니 암은 원래 없던 것이 생겨서 자라는 병인 반면, 손가락이 사라진 것은 원래 있던 것이 사라져 존재하지 않게 된 현상이었다. 그러니 암일 리는 없지만, 이 현상의 정체나 의미는 여전히 아리송했다.

애나는 노안안경을 끼고, 구글에서 '사라진 손가락'을 검색했다. 아무것도 나오지 않았다. 아무것도? 그녀는 불이란 불을 모두 켰다. 그리고 가장 밝은 불빛 앞에 손을 들어보고, 창문을 향해 손을 들어보고, 협탁 스탠드 불빛 아래에 손을 대보고, 자신의 몸 쪽으로 손을 움직였다가 다시 반대 방향으로 움직여보았다. 늙어서 형편없어진 시력 때문에 초점이 잘 맞지 않아 손가락이 사라진 것처럼 보일 뿐임을 마침내 증명하겠다는 듯이.

그녀는 안경을 벗고, 거슬리는 손을 다시 눈에서 몇 센티미터 거리까지 움직였다. 이쪽저쪽으로 뒤집어보았다. 모든 각도에서 자세히 살피고, 다른 손으로 만져보고, 냄새를 맡아보고, 나중에는 딱히 존재하는 것도 존재하지 않는 것도 아닌 그 기묘하고 뭉뚝한 자리를 핥아보았다. 느낌은 부드러웠지만 맛은 전혀 느껴지지 않았다. 혀가 살짝 간질거려서 엄지, 손바닥, 손목에도 시험 삼아 혀를 대보자 역시 간질거렸다.

새롭게 변한 손이 정말로 정상처럼 느껴졌다. 옛날 손과 전혀 다르지 않았다. 이게 왜 이렇게 이상하게 느껴지는지 도저히 알 수가 없네. 애나는 속으로 생각했다. 어차피 이것도 그녀의 손이었다. 하지만 그것을 보고 있자니 왠지, 말로는 도저히 설명할 수 없지만 하여튼 더이상 그녀의 손이 아니었다.

제 2 부

1

내가 미처 보지 못한 토미의 문자에는 4:07am이라는 시
간이 찍혀 있었다.

엄마가 밤ㅁ중에 두번째 뇌중현을 일으켰어 첫번째보다
훨씬 심해 아주 심각한 듯. ㄱㅅ

애나는 시계를 보았다. 6시 몇분이었다. 병원에 가니 프
랜시는 의식을 잃은 상태로 중환자실에 있었다. 얼굴 한쪽
이 마치 뼈를 발라낸 것처럼 아래로 늘어져 있어서 생김
새를 거의 알아보기 어려울 지경이고, 느슨하게 벌어진 입

속으로 호흡기 줄이 뱀처럼 연결되어 있었다. 하루아침에 10년쯤 늙어버린 것 같았다.

두시간 동안 말도 못하고 두려움에 시달리던 애나는 젊은 여성 수련의가 들어오는 것을 보고 비로소 마음이 놓였다. 수련의는 고작 일분 동안 환자를 살피면서 저산소증과 신경학적 문제가 어쩌고 하며 중얼거리더니, 즉시 램 선생을 불러야겠다고 말했다. 한시간 뒤 그녀가 램 선생과 함께 돌아왔다. 아마 진단을 위해서라기보다는 동정심 때문인지, 아니면 단순히 생각할 시간을 벌기 위해서인지, 램 선생은 프랜시의 이마를 손으로 짚었다.

그렇게 고개를 숙이고 자기만의 생각에 빠져 서 있었다. 전날의 낙관적인 모습은 사라지고 없었다.

2

마침내 그가 손을 떼고 시선을 들었다. 그리고 엄청나게 지친 모습으로 입을 열었다. 그는 수술을 할 수는 있다고 말했다. 두개골에 구멍을 뚫어 피를 빼내면 뇌압을 낮출 수 있다고. 하지만 예후가 아주 좋지 않다고 했다.

아주? 토미가 물었다.

위험부담을 무시할 수 없는 수준입니다. 램 선생이 말했다. 어머니의 나이에는 그 부담을 이겨내지 못할 수도 있다고.

터조가 그게 무슨 뜻이냐고 대놓고 물었다.

램 선생은 어머니의 뇌가 심하게 손상됐을 가능성이 있다는 뜻이라고 대답했다.

긴 침묵이 흐르는 동안 램 선생의 뺨이 움찔거렸다.

램 선생은 어머니가 돌아가실 수도 있다는 뜻이라고 말했다. 수술 도중에. 수술이 무사히 끝나더라도 어머니가 말하는 능력을 잃을 수도 있고, 아예 거의 식물인간 상태가 될 수도 있었다. 어머님이 그런 걸 원하실까요? 램 선생은 그들에게 선택권이 있다고 말했다. 사랑하는 사람의 마지막 나날을 가족들이 함께 잘 보낼 수도 있다고 말했다. 그런 사례를 많이 보았다고 말했다. 그는 말하고 그는 말하고 그는 물었다 어머님이 사전의향서를 남겨두셨나요?

아무도 대답하지 않았다.

어머님이 무엇을 바라시는지 아시나요? 램 선생이 물었다.

그들은 전혀 몰랐다. 터조와 애나는 토미를 바라보았다. 토미가 프랜시와 이야기를 아주 많이 나누지 않던가. 심지어 토미는 어머니와 이야기하는 것이 즐겁다는 말까지 했다.

하지만 토미의 대답은 별로 도움이 되지 않았다.

몸이 아프면 어머니는 죽게 해달라고 말씀하셨어. 하지만 몸이 괜찮을 때는…… 음, 그냥 몸을 고쳐서 계속 살게 해달라고 하셨지.

램 선생이 말을 이었다…… 위장관 영양공급…… 다발성 장기부전…… 존중…… 존엄성…… 그는 말하고 그는 말하고 그는 말하다가 갑자기 뚝 그쳤다.

움찔거리듯이 미소를 지었다.

가족들끼리 의논해보시라면서 고개를 끄덕이고 밖으로 나갔다.

3

삼남매는 프랜시의 침대에서 멀지 않은 곳에 조용히 서 있었다. 마지막에 선택권이 있으며, 결정을 내리는 건 죽어가는 사람 본인이 아니라는 말을 누구도 그들에게 미리 해준 적이 없었다.

존엄성이라. 마침내 터조가 혼잣말처럼 속삭였다. 프랜시가 원하는 건 그거야.

토미도 그렇다고 중얼거리는 것 같았지만, 문장을 끝맺지는 못했다. 존엄성이 무엇을 의미하는지 잘 모르겠다는 듯이.

잘 몰라서 헤매는 일이 거의 없는 터조는 굴욕이냐 존중이냐가 진짜 문제라고 말했다. 어머니가 비참한 죽음을 맞게 할 것인가, 평화로운 죽음을 맞게 할 것인가? 의사들은 첫째, 프랜시가 이제 죽을 준비가 되었다, 둘째, 의학적인 개입은 죽음의 고통을 길게 늘이기만 할 것이다, 이런 의견인 것 같아.

애나는 이 말을 듣다가 자식인 **자신들**이 준비가 되지 않은 것 같다고 말했다. 그들은 전혀 준비가 되어 있지 않았다. 그들은 여전히 어머니의 자식이었다. 왜 어머니가 직접 결정하면 안 되지? 애나는 대신 결정할 수 없었다.

터조가 계속 존중에 대해 이야기하는 동안 애나는 아무 말 없이 이 자리를 뜰 수 있는 기회만 기다렸다.

램 선생이 다시 나타나자 터조는 수술을 진행해봤자 의미가 없다는 게 가족들의 의견이라고 말했다. 그동안 애나는 토미가 병상으로 다가가 허리를 숙이고 어머니에게 사랑한다고 속삭인 뒤 이마에 부드럽게 입 맞추는 모습을 지켜보았다. 어머니의 왼팔이 얼굴보다 조금 높은 곳까지 올라왔다. 아들을 안아주는 듯한 모양새였다. 토미가 이마에 입을 맞추는 동안 어머니의 팔은 허공에 계속 머물러 있었다. 피부가 축 늘어진 팔이 커다란 감정을 담고 가늘게 떨렸다.

4

달리 무엇을 해야 할지 알 수 없어서 그들은 점심을 먹으러 갔다. 집안의 미식가 터조가 고른 식당에는 바쿠*나 베를린 최고의 식당들처럼 벤치 테이블이 놓여 있었다. 시애틀이나 산티아고의 웨이터처럼 수염을 기른 웨이터들이 역시 시애틀이나 산티아고에서처럼 자기네 식당은 특별하다는 말을 늘어놓았다. 음식을 함께 나눠 먹는 것이 우리의 **철학**이죠, 그렇게 나눠 먹어보신 적이 있나요? 어느 식당이나 그렇듯이 서로 어울리지 않는 재료들에 인스타그램에 잘 어울리는 화려한 식용 장식이 뿌려져 있고, 70년대의 오지그릇에서부터 음식에 들어간 근대에 이르기까지 모든 것이 인근에서 난 것이라고 거드름을 피우며 자랑하는 말이 음식의 가치를 보장해주었다. 시대가 달랐다면 이런 요리는 다다이스트의 농담으로 여겨졌을 것이다. 아이스크림으로 훈제한 해초, 아니 해초로 아이스크림한 연기인가요? 터조가 물었다.

애나와 터조는 말하지 못한 죄책감으로 하나가 되었다. 최근 몇년 동안 두 사람은 어머니 곁에 있어주지 못했다. 어머니가 곧 돌아가실 것 같다는 확신 앞에서 그 죄책감이

* 아제르바이잔의 수도.

이제는 거의 견딜 수 없을 만큼 무거웠다. 애나와 터조는 이른바 안락한 생활을 했다. 돈도 조금 있고, 힘도 조금 있었다. 진짜 부자들의 기준으로 보면 한심하고, 진짜 힘 있는 사람들의 척도로 보면 하찮다 못해 웃음이 나올 정도였지만, 그래도 돈과 힘이 있었다. 그래서 그들은 세상에 휘둘리기보다 세상을 휘두르는 데 익숙했다.

하지만 어머니를 도울 수 없다면 그런 것이 다 무슨 소용인가?

그 짐을 진 사람은 장남인 토미였다. 하지만 토미에게는 돈도 힘도 없었으므로 두 사람은 토미를 동등한 존재로 보지 않았다. 이상하게 돈에도 힘에도 별로 관심이 없어 보이는 토미를 보며 애나와 터조는 뭐라고 형용할 수 없는 수치심을 느꼈다.

여러 면에서 뒤처진 그가 두 사람과는 달리 어머니를 위해 모든 일을 했다.

이것이 돈도 있고 힘도 있다고 생각하던 두 사람을 건드렸다. 아마 이 불쾌감 때문에, 미처 말하지 못한 분노 때문에, 그래서 토미가 모든 면을 생각했을 때 비록 끔찍한 일이지만 프랜시가 돌아가시게 두는 것이 어쩌면 최선인지도 모른다고 터조에게 동의한 순간, 모든 것이 변한 것 같다.

5

복잡한 장인의 솜씨가 느껴지고 화관 같은 것으로 장식된 뭔가를 훌륭하게 균형을 맞춰 들어올린 터조의 포크가 허공에서 얼어붙었다. 그의 손가락은 길고 하얗고 앙상했다. 관절이 유난히 불룩해서 대나무처럼 보이는 것을 제외하면, 터조의 손은 유대류의 앞발처럼 부드럽고 덜 완성되어 있었다.

절대! 그가 말했다. 그런. 말은. 절대로. 안. 할 거라고.

빈틈없이 돈을 투자하고, 몸을 가장 귀한 투자 대상으로 취급하며 돈을 아낌없이 써서 몸을 유지하고 강화하고 운동하는 터조와 애나는 세월과 질병에 저항해 노화를 늦추고, 죽음도 지연시켰으므로, 아까 자신들이 어머니에 대해 동의했던 내용을 토미가 이렇게 요약해서 들려주자 화가 났다.

터조가 슬레이트 접시에 포크를 내려놓자 둔탁한 소리가 났다.

내가 아까 한 말은 인간적인 노력을 해야 한다는 거였어. 터조가 말했다.

이런 식으로 표현하니 애나의 귀에는 왠지 고상하고 옳은 일처럼 들렸다. 마치 꼭 필요한 진실 같았다. 이런 걸 두고 토미는 어떻게 다른 생각을 할 수 있지?

터조는 토미의 말 때문에 자기가 사형선고를 내린 것처럼 되어버렸다고 말했다. 자기들이 이런 일에 전혀 손을 쓸 수 없는 사람이 되어버린 것 같다고.

나중에 애나는 가끔 생각했다. 그게 진짜 모욕이었을까? 우리가 손을 쓸 수 없다니. 터조가 비트를 넣은 후무스를 알아차리지도 못하고 다 먹어치우는 동안, 아까 이미 수술은 고통스럽기만 할 뿐 무의미하며 더이상 할 수 있는 일이 없다는 터조의 말에 동의했던 애나는 이제 상황에 대한 장악력을 되찾기 위해 싸워야 한다는 점을 깨달았다.

터조는 잘 손질된 엄지손톱으로 이를 쑤시며 말했다. 만약 그 인간적인 노력이 수술을 의미한다면 수술을 해야지.

하지만 토미는 식구들의 입장이 180도 바뀌었음을 이해하지 못하는 것 같았다. 그는 끔찍한 일들이 생길 위험을 무릅쓰고 수술을 진행한다면 프랜시의 목숨이 연장되기보다는 오히려 죽음이 미뤄지면서 프랜시가 생지옥을 겪게 되는 것 아니냐고 물었다. 아니지, 생애의 마지막 귀한 몇주를 빼앗기고 수술대에서 죽음을 맞을 수도 있으니 더 나쁘지.

애나는 토미에게 정확히 상황을 짚어주었다. 이건 얼마나 오래 사느냐의 문제가 아니라, 우리가 가족으로서 동원할 수 있는 모든 수단으로 싸워야 하는 문제야.

터조도 동의했다. 내 어머니를 혼자 돌아가시게 둘 수는 없다고.

네 어머니? 토미가 말했다.

터조는 다른 사람들의 말을 인용하기 시작했다. 살 때도 죽을 때도 우리는 혼자다. 체호프. 개처럼 죽다, 혼자서. 카프카.

그게 뭐야? 토미가 물었다. 망할 TED 강연? 터조가 책을 펼쳐본 게 언제지? 터조는 그 사람들이 무슨 책을 썼는지 모르잖아. 그 사람들이 누군지 모르잖아. 토미는 두 사람과 의견이 다르다고 말했다. 프랜시가 그냥 혼자 죽어가지는 않을 거라고. 자신이 옆에 있을 테니까. 그건 확실했다. 그가 옆에 있을 테니 어머니는 혼자가 아닐 것이다. 터조가 정말로 두려워하는 것은 무엇인가? 죽음? 아니면 혼자가 되는 것? 토미는 자신의 인생이 실패작일 수 있다고 인정했다. 그래도 인생은 인생이었다. 그래. 그-그-그래. 토미도 혼자가 아니고 프랜시도 혼자가 되지 않을 것이다.

있잖아, 토미. 애나가 말했다. 토미를 무시하려고 애쓰면서, 그의 고삐를 죄어 대화를 자신과 터조가 원하는 방향으로 되돌리려고 애쓰면서. 그들에게는 인맥이 있었다. 설사 필요한 사람과는 모르는 사이라 해도, 그 사람을 아는 다른 사람과는 아는 사이였다.

터조는 생명을 위해 움직이는 것이 중요하다고, 그것만이 유일하다고 말했다.

마치 레슬링 단체전 같았다. 하지만 토미는 교대해줄 팀원이 없기 때문에 곧 조용히 입을 다물어버렸다. 애나에게 이 대화는 존엄성에 관한 것이 되었다. 존엄성과 존엄성의 훼손, 가족의 사랑이라는 위험한 오물로부터 존엄성을 지켜야 할 필요. 이런 시각으로 봤을 때 토미는 오염인자였다. 가장 범속한 종류의 창피를 주는 대상, 즉 계급이 처지는 가족이었다. 비록 토미는 애나에게 상처를 준 적이 한 번도 없지만 애나는 필요하다면 토미에게 상처를 줄 것이다. 자신의 그런 점을 자신에게까지 드러내 보여주었다는 이유로 토미를 미워할 것이다.

몇년 전부터 토미는 누나와 남동생 앞에서 입을 다물어버리곤 했다. 젊었을 때는 빈약한 생각을 로켓처럼 쏘아올리기도 하고 성난 말을 유창하게 쏟아내기도 했지만, 이제는 그런 모습을 가끔 보일 뿐이었고 그나마도 쉽게 진화되었다.

프랜시를 살리기 위해서야. 애나가 말을 이었다.

하지만 토미는 이미 한참 전부터 고개를 숙이고 있었다. 그는 아무 말도 하지 않았다.

어머니가 돌아가실 것이라는 말을 받아들인 지 겨우 몇 시간밖에 되지 않은 식구들은 이제 무엇보다 프랜시를 살리는 것이 중요하다는 결론에 불쑥 도달하고 말았다.

6

터조는 오전에 말한 것과 정반대의 결론을 오후에 의사에게 다시 알렸다. 식구들이 곰곰이 생각해본 결과, 아무리 가능성이 희박하다 해도 수술만이 어머니가 사실 수 있는 유일한 희망이라면 수술을 해야 할 것 같다고.

램 선생은 턱 앞에서 양손을 모으고 손가락으로 콧대 옆부분을 두드렸다. 그리고 가족들이 수술을 원한다면 기다릴 시간이 없으니 즉시 어머니를 수술실로 데려가겠다고 말했다.

당밀 같은 시간이 흘렀다. 마침내 램 선생이 나타났다.

어머니는 살았다.

다음 날에도 어머니는 살아 있었고, 그다음 날에도 어머니는 살아 있었다. 기적에 가까운 일이 일어나고 있음이 서서히 분명해졌다. 프랜시는 회복하고 있었다. 합병증도 없었다. 나흘 뒤 호흡기 튜브가 제거되었다. 일주일 뒤 어머니는 비록 기력이 없어 쉽게 피곤해지는 상태였지만 말을 할 수 있게 되었다. 얼굴 한쪽이 축 처지는 증세도 훨씬 좋아졌다. 램 선생은 기뻐했다. 식구들은 깜짝 놀랐다.

2주가 지난 뒤 어머니는 과거의 모습을 되찾다 못해, 어떤 면에서는 더 나아진 것 같았다. 얼굴도 정상으로 돌아왔고 특히 의욕이 높았다. 의료진은 자기들도 놀랐다면서,

프랜시를 살려야 한다고 터조가 생각을 바꾼 것이 옳았다
고 입을 모았다.

7

터조는 프랜시를 이제 집으로 모셔가야겠다는 말을 하
기 시작했다. 터조의 말에 따르면, 이제는 모두가 **노력**을
기울이면 될 일이었다.

여기서 '노력'이란 사실 더 많은 돈을 의미한다는 것을
애나는 이해했다. 세 사람 모두 자기만의 방식으로 프랜시
를 사랑했지만, 애나와 터조는 사회적으로 성공해서 바쁜
사람들이었으므로 어머니와 함께 많은 시간을 보내는 방
식으로 애정을 표현할 형편이 못 되었다. 자식들이 일상으
로 돌아갈 수 있으려면 프랜시도 예전의 삶으로 돌아가야
하는데, 그러기 위해서는 자식들이 동원할 수 있는 인맥과
영향력을 모두 동원해서 어머니가 계속 최선의 보살핌을
받게 해줘야 한다는 것이 터조의 간략한 설명이었다.

이런 식으로 새로운 평형이 만들어지면, 다시 계속 살아
갈 패턴이 만들어질 수 있을 것 같았다. 그들 각자가 과거
의 삶으로 돌아갈 수 있는 새로운 삶의 패턴이었다.

한편 어머니에게 지금까지 많은 시간을 쏟았지만 터조

가 말한 노력에 쏟을 돈도 영향력도 없는 토미는 더듬거리며 말하는 것을 그만두고 입을 다물었다.

그것으로 끝이었다.

8

시드니의 집으로 돌아온 첫날 애나는 다른 날과 비슷한 하루를 보냈다. 손가락 하나가 없다는 점만 다를 뿐이었다. 그러나 손가락이 없어졌다고 해서 통증이 있거나 크게 불편하지는 않았으므로 애나는 그 사실을 무시해버렸다. 게다가 어머니가 저렇게 편찮으시고 거스에게도 신경을 써야 하고 일은 어느 때보다 정신없는 상황에서 사라진 손가락에 신경을 쓰는 것은 호들갑인 것 같았다. 방종을 넘어 이기적인 행동 같았다.

하지만 사람들에게 손가락의 부재를 들키고 싶지 않다고 생각하면서도, 정작 아무도 그 사실을 알아차리지 못하자 그녀는 점점 짜증이 났다. 목요일이 지나갔는데도 사무실 사람 누구도 말이 없었다. 금요일도 똑같았다. 그다음 주 화요일 밤, 그녀가 거스를 위해 일부러 거스가 가장 좋아하는 닭고기 비리야니*를 만들었는데도 거스가 자기 방에서 나오지 않으려고 하자 애나는 단순히 불끈 화가 났다는 말로는 부족한 기분이 되었다. 그리고 다시 돌아온 목요일, 여전히 손가락에 대해 말하는 사람이 없자 그녀는 짜증 이상의 상태였다. 거스가 또 밖으로 나와 식탁에서 함께 식사하지 않고 저녁 늦게 피자를 배달시켜 먹자 애나는 격분했다.

다음 날 저녁 그녀는 어찌나 화가 났는지, 퇴근 후 한잔하려고 메그를 만나자마자 비리야니를 퇴짜 맞은 일에 대해 한바탕 난리를 친 뒤 한 손을 들어 메그에게 불쑥 내밀며 어떻게 생각하느냐고 물었다.

메그는 한쪽 다리를 다른 쪽 다리 아래에 받친 자세를 잡은 뒤, 거스는 스물다섯살인데도 어머니에게 기대는 것 말고는 이렇다 할 생계수단을 갖고 있는 것 같지 않다면서 이제 밖으로 나가 직장을 찾을 때가 되지 않았느냐고 말했다.

거스 얘기가 아냐! 애나가 말했다. 이거라고! 그녀는 성난 사람처럼 손을 흔들어댔다. 내 손 말이야, 메그! 이 빌어먹을 손!

* 인도 요리 중 하나.

9

괜한 자존심에 사람이 많은 자리에서는 노안안경을 쓰지 않는 메그는 다리를 똑바로 내리고 허리를 세우며, 고개를 앞으로 쭉 내밀었다. 애나가 그녀의 샴푸 냄새를 맡을 수 있을 정도였다. 메그는 한참 자세히 보더니 마침내 그게 무슨 반지냐고 물었다.

애나가 손가락 개수를 세어보라고 말한 뒤에야 메그는 진실을 어느 정도 깨달았다. 그리고 애나에게 손가락이 네개뿐인 줄은 처음 알았다고 말했다. 애나는 메그에게 설명했다. 손가락이 네개뿐이었던 적은 처음부터 없었고, 손가락이 네개뿐이 된 것은 아주 최근의 일이며, 옛날에는 메그처럼 손가락이 다섯개, 즉 세상 모든 사람처럼 엄지와 나머지 손가락 네개가 항상 있었는데…… 음, 아유, 설명하기가 힘들어.

어쨌든 손가락 하나가 사라졌다는 거지? 메그가 물었다.

그래, 나도 알아, 안다고. 문제는 손가락이 네개가 됐는데, 사라진 손가락 하나가 어떻게 된 건지 그녀는 전혀 몰랐다. 그것이 가장 심각한 문제였다. 손가락을 잃어버린 것이 아니라. 그녀는 손가락을 잃은 것이 생각만큼 충격적이지 않다고 고백했다. 문제는 손가락이 이상하게 사라졌다는 거야. 사고도 통증도 없이 손가락이 사라졌고, 난 손가락이 언제 사라졌는지 기억도 못 해, 그게 충격적이야. 뭔가가 분명히 있다가 갑자기 사라진 것. 내 손가락은 다른 사람들의 손가락이 그렇듯이 평생 그 자리에 있었는데, 어느 날 봤더니 글쎄……

글쎄? 메그가 말했다.

글쎄 없어진 거야.

10

메그는 더블마티니 두잔을 주문했다. 그리고 자기 삼촌 중에 눈으로 보기만 해도 사마귀를 치료할 수 있는 사람이 있다고 말했다. 자세히 설명해봐.

애나는 설명할 수 없다고 대답했다. 메그는 말이 없었다. 애나는 휴대폰을 보았다. 그녀의 삶 속에 존재하는 사람들과 존재하지 않는 사람들의 얼굴이 폭포처럼 쏟아졌다. 친구들, 직장 동료들, 유명인들, 전 남자친구 한명…… 애나보다 여섯살 위인 그가 삼십대 여자, 갓난아기와 함께 있었다. 무의미한 물방울처럼 쏟아지는 그 얼굴들은 잠깐 환해졌다가 다시 어두워지면서 재혼하거나, 독신이거나, 파트너가 있는 모습으로 항상 의기양양하게 되돌아왔다. 그동안 그린란드의 대빙원 절반이 녹았고, 프랑스의 날씨는 기록상 최고의 기온을 찍었으며, 오스트레일리아의 자그마한 유대류 쥐는 기후변화로 완전히 사라진 최초의 종이 되었고, 최후의 수마트라 코뿔소가 죽었다.

두려움과 분노가 모두 담긴 것 같은 목소리로 메그가 도대체 어떻게 그런 일이 생길 수 있느냐고 묻는 소리가 들렸다. 애나는 휴대폰에서 시선을 들고 메그에게 사실대로 말해주었다. 즉, 어떤 일이 생긴 건 아니라고. 그녀의 손가락은 그 자리에 분명히 있었는데, 아가일 거리의 주차장에 도착한 뒤에는 없었다.

메그는 어머니의 병환에 충격을 받아 애나의 정신이 망가진 건 아닌지 생각해보았다. 손가락이 어쩌다 그렇게 됐는지 애나가 기억을 못 하는 것 같다고. 어쨌든 무슨 일이 분명히 있었을 거라고.

메그는 유령이나 미친 사람을 보듯이 그녀를 빤히 바라보았다. 아니면 그 둘이 합쳐진 존재, 즉 미친 유령을 보는 건지도 모르지. 애나는 속으로 생각했다. 사랑하는 친구를 보는 눈은 아니었다. 메그는 애나에게 병원에 가보라고 말했다. 치료가 필요하다고.

애나는 치료는 무의미하다고 말했다. 상처는 다 나았다. 아니 사실 처음부터 상처가 없었다. 이상하게 들릴지도 모르지만, 통증도 피도, 아무것도, 의학적인 조치가 필요한 일은 아무것도 없었으므로 의사가 할 수 있는 일이라고는 애나를 정신병원에 가두는 것밖에 없었다. 애나는 그러고 싶은 생각이 별로 없었다. 아직은. 어쨌든 그녀는 한 손 손가락이 네개뿐인 현실에 잘 적응하는 중이었다. 게다가 할 수 있는 일도 없었다. 노화란 간단히 많은 것을 잃는 과정이었다. 청각, 치아, 시각, 감각, 그리고 이제는 신체 일부까지.

어쩌면 그렇게 이상한 일이 아닐 수도 있어.

메그는 애나가 그렇게 늙지 않았다고 말했다. 쉰아홉살은 전혀 늙은 나이가 아니라고.

쉰여섯이야. 애나는 친구의 말을 무뚝뚝하게 정정했다.

쉰여섯도 늙은 나이가 아니지. 메그가 말했다. 조용히 찾아온 나병조차 괜찮다고 생각할 나이는 분명 아니야.

애나는 메그에게 혹시 이상한 갱년기 증상일 가능성은 없느냐고 물었다. 갱년기 증상을 모두 겪은 줄 알았는데, 하지만, 혹시 말이야, 그 왜, 늦게 찾아오는 호르몬 문제일까?

2주 전 마흔세살이 된 메그는 혹시 모르는 일이라고 말했다. 나야 잘 모르지만, 사람마다 증세가 다르다고 하니까. 그래도 갱년기 때문에 신체 일부가 사라진 사람이 있다는 얘기는 못 들었어. 내 말은, 그건 진짜 이상한 일이잖아. 혹시 치매가 일찍 온 건 아닐까?

애나는 메그에게 꺼지라고 말했다.

당신이나 꺼져. 메그가 대답했다. 그리고 중지를 손바닥쪽으로 접은 채 한 손을 들어올려, 대략 멀지도 가깝지도 않은 거리의 누군가에게 흔드는 시늉을 했다. 여기 맥주 다섯잔! 메그는 할아버지가 통나무를 운반하는 트럭 기사였는데, 이걸 제재소의 외침이라 불렀다고 말했다.

애나는 재미없다고 말했다. 메그는 아프냐고 묻더니, 아프지 않다고 애나가 대답하자 그럼 괜찮다고 말했다.

괜찮긴 뭐가 괜찮아! 애나는 자기도 모르게 갑자기 고함을 질렀다. 그게 사라졌는데!

11

메그는 손가락이 네개뿐인 친구의 손을 내려다보았다. 애나도 시선을 내렸다. 두 사람 모두 보고 또 보았지만, 도대체 뭐가 어떻게 된 건지 알아낼 수 없었다.

12

손을 무릎 위에 놓거나, 탁자 아래에 내려놓거나, 주머니에 넣거나, 손가락 하나가 없다는 사실을 알아차리기 힘들게 손가락을 한데 모으는 방법으로 애나는 다른 사람들의 시선 앞에서 그 사실을 한동안 감출 수 있었다. 한동안. 하지만 그러다 그녀가 몇번이나 손을 감추는 걸 잊어버렸는데도 사람들은 여전히 아무 말도 하지 않았다. 정말로 아무도 모르는 걸까? 아니면 알아차리고도 별로 중요하게 생각하지 않는 걸까? 물갈퀴가 있는 발가락이나 주걱턱이나 부러진 코를 볼 때처럼?

어쨌든 일이 바쁜데다가 어머니를 보러 태즈메이니아를 오가는 횟수도 예전보다 더 늘었기 때문에 애나는 손가락에 대해 까맣게 잊어버릴 때가 많았다. 호바트 병원의 복도들이 점점 자신이 사는 거리만큼이나 친숙해졌다. 네온 불빛이 켜진 터널 같은 복도에서 애나는 살균제와 죽음의 홍건한 냄새를 헤치며 에나멜이 칠해진 밝은 금속 고리에 진한 주황색 비닐봉지들이 대롱대롱 매달린 청소용품 수레, 상어 입 모양의 주사기 쓰레기통, 손소독제, 조용한 들것, 수다스러운 간호사실을 지나갔다. 북적거리는 혼돈 속에서 이것들은 애나의 혼돈이 점점 더 커지고 있다는 징후일 뿐이었다.

이런 광경만큼이나 친숙한 것은, 애나가 병실에 도착해서 안부를 물었을 때 피할 수 없는 프랜시의 인사였다. 프랜시는 거의 항상 잠옷 위에 애나가 사준 빨간 카디건을 걸치고 앉아 있었다. 카디건의 진한 빨간색 때문에 그녀의 얼굴이 더 늙고 창백해 보였지만, 동시에 왠지…… 기뻐하는 것처럼 보이기도 했다. 프랜시는 천천히 시선을 들어 빤히 바라보다가, 건강상태가 어떻든 애나가 누구인지 알아차리는 순간 활짝 웃으며 기쁘게 외치곤 했다. 널 보니 더 좋구나, 얘야! 자, 여기 앉아서 네 이야기를 전부 들려주겠니?

13

병실로 만나러 갈 때마다 프랜시는 기뻐했다. 한번도 우울해지는 법 없이 자신이 아니라 다른 사람들 이야기를 했다. 그들의 고통과 기쁨이 곧 프랜시의 것이었고, 거기에 견주어 보면 그녀의 고통과 기쁨은 중요하지 않았다. 어쩌면 터조의 말처럼 그것이 바로 그녀가 세상을 보는 방식인 것 같기도 했다. 그러나 세상을 그런 식으로 봄으로써, 세상 또한 그런 방식으로 그녀에게 다가갔다.

토미는 어머니가 자신의 운명에 대해 놀랄 때는 고독이 관련되어 있을 때뿐일 거라고 지적했다. 그녀는 자신이 다른 사람들을 통해서, 그러니까 그녀의 일상에서 날실과 씨실의 역할을 톡톡히 하는 간호사들과 환자들 또는 친구들과 자식들의 이야기를 통해서만 존재한다고 이해하고 있었다. 환상이나 악몽에 시달릴 때조차, 노인들이 짐마차를 타고 그녀를 부르러 오는 꿈에서조차, 그녀는 혼자인 법이 없었다.

그것이 정말로 과거와 현재를 구분해주는가. 애나는 가끔 이런 생각이 들었다. 어머니가 어렸을 때 살던, 물질적으로는 가난하지만 정신적으로는 부유한 세상과 그녀의 딸인 애나가 지금 살고 있는 세상을 구분해주는가. 애나는 고독이라는 완벽한 지옥에 살고 있다고 느낄 때가 많지만 어머니는 단 한번도 혼자인 적이 없었다.

프랜시는 자신이 속한 하층계급 사람들이 스스로(자신의 문제, 욕구, 욕망, 허영심)를 먼저 생각하거나 품위 있게 성찰할 수 없는 세상에서 성인이 되었다. 그런 것은 모두 기이하고 방종한 것으로, 낯선 것으로, 손쓸 수 없이 코믹한 것으로 치부되었다. 어쩌면 미국적인 것으로 치부된 것도 같다. 그랬을 가능성이 높다.

여자로서, 가난한 집의 딸로서 프랜시는 남편, 자식, 친구, 대가족, 지인 등 타인들을 통해 사는 법을 배웠다. 이 강요된 헌신을 위해 어머니는 직업, 바깥 생활, 자신의 모든 가능성을 깨닫는 개인적인 생활이라는 면에서 엄청난 대가를 치렀으나, 또한 부정할 수 없는 사실도 있다고 애나는 생각했다. 타인들의 세상에 항상 생생히 살아 있는 어머니가 지금 이곳에서 보상을 허락받았다는 것. 어머니의 삶에서 유일하게 낯선 것은 고독뿐이라는 보상이었다.

14

익명의 병동에서 병든 어머니와 함께 앉아 있을 때 애나는 가끔 자기도 모르게 프랜시가 무진장 부러워졌다. 프랜시를 위해 잘된 일이라는 생각도 들고, 프랜시 때문에 깜짝 놀랄 때도 있었다. 이미 대가를 치른 프랜시는 외롭지 않았으니까.

제 3 부

1

그러나 어머니의 냉철한 참을성, 유머, 용기로 억제할 수 있을 것처럼 보였던 모든 것이 너무나 빨리 더이상 억제할 수 없게 되었다.

프랜시가 병원 밖의 일상으로 복귀할 수 있도록 준비시켜주는 재활시설인 호스피스 시설로 옮겨 가는 날짜가 계속 뒤로 미뤄졌다. 문제가 생겨나기 시작하더니, 곧 폭포처럼 늘어났다. 호흡 문제, 가슴통증, 감염, 폐렴, 심장 문제, 도저히 끝이 없어 보이는 졸도와 낙상.

예전에는 프랜시가 항상 의사들에게서 긍정적인 결과와 격려의 말을 들었다고 우리에게 전해주었다. 비록 지금 되돌아보니 그런 말들이 딱히 긍정적이거나 격려가 되었던 것 같지는 않지만 어쨌든 그러던 어머니가 지금은 자식들이 의사가 뭐라고 하더냐고 재촉하면 간단히 고개만 끄덕일 뿐이었다. 자식들이 더 몰아붙이면 어머니는 **그냥 평소와 같았다**고, 의사가 또 여기저기 찔러대면서 질문만 던졌다고 말할 뿐이었다.

곧 한두개 또는 여러개의 문제 외에 다른 것이 생겼다. 딱히 위기는 아니지만 그렇다고 위기가 아닌 것도 아닌 어떤 것, 점점 힘을 얻어 진흙사태처럼 가슴을 짓누르는 합병증들, 합병증 위에 또 합병증이 겹쳐지는 상태, 부작용, 부작용의 부작용, 이 모든 것이 한없이 이어지는 것 같았다.

2

프랜시의 세 자녀는 어머니를 위해 치료에 힘을 쓰고 있는데도, 낙상, 감기, 소화불량, 피부 열상, 욕창 등 작은 일들이 계속 겹치면서 어머니에게서 뭔가가 스르르 빠져나가는 것을 느낄 수 있었다.

이제는 어머니가 기쁜 소리로 잘 왔다고 외치는 일이 드물었다. 애나가 긴 여행 뒤에, 중요한 일을 미루고, 회의일정을 조정하고, 일을 벼락치기로 해치우거나 되는대로 해치우고, 귀한 시간을 잃어버렸음을 한탄하면서 병원에 와도, 프랜시는 그녀의 존재를 거의 알아차리지 못하는 것처럼 보일 때가 점점 늘어났다.

어떤 날은 프랜시가 손을 뻗어 애나의 손을 잡아줄 뿐 말을 하지 못했다. 고개를 끄덕이더라도 머리가 너무 무거워서 목을 가누지 못하고 그대로 다시 베개로 쓰러질 것처럼 보였다. 애나가 병원에 올 때마다 어머니의 얼굴이 변해 있었다. 더 핼쑥해지고, 주름이 늘어나고, 살이 내려서 더 놀라운 모습이 되었다. 애나는 어머니를 생전 처음으로 만난 것 같은 기분이었다. 콧대가 날카롭고 턱이 강인한 사나운 얼굴을 보면, 쇠퇴 과정에서 딸인 자신이 전에는 전혀 몰랐던 모종의 진실이 매일 조금씩 발굴되고 있는 것 같았다.

병실에는 항상 꽃이 있었다. 어떤 때는 작은 서랍장이 감당할 수 없을 만큼 꽃이 많아서 벽 앞 바닥에 놓여 있는 모습이 마치 작은 신전 같았다.

내가 앤잭데이*의 기념비가 된 것 같아. 말을 할 수 있는 날이 많지 않은 프랜시가 어느 날 애나에게 이렇게 말했다. 내가 차라리 다 잊어버리고 싶다는 점은 다르지만.

* 호주와 뉴질랜드 연합군이 제1차 세계대전에 참전한 것을 기리는 기념일로 시작되어 지금은 그 뒤에 발생한 모든 전쟁의 참전용사도 기리는 날이 되었다.

3

그래도 프랜시는 마치 병상이 집이라도 되는 것처럼, 애나가 올 때마다 자신이 가진 얼마 안 되는 것들을 딸에게 내놓곤 했다. 건축현장에서 기울어진 슬라브를 옮기는 크레인처럼 느리고 신중하게 그녀의 가늘고 주름진 손가락이 아침에 차를 마실 때 아껴둔 비스킷이나 며칠 전 토미가 가져온 포도를 쥐고 덜덜 떨면서 넓디넓은 이불 위를 가로질렀다. 딸에게 햇빛을 잘 받을 수 있게 의자를 옮겨서 앉으라고 말할 때도 있었다.

날씨가 정말 좋아. 우리가 같이 햇볕을 쬐면 되겠다. 프랜시는 이렇게 말했다.

이제 프랜시에게 남은 건 사실 이것뿐이지. 애나는 속으로 생각했다. 침상 옆으로 떨어지는 손바닥만 한 햇빛. 그런데 그것조차 그녀는 기꺼이 양보했다.

옛날에 애나가 집으로 (드물게) 프랜시를 만나러 오던 시절에는 항상 갓 구운 케이크나 비스킷이나 빵이 있었다. 애나는 매번 그것들을 먹기 싫다고 무례하게 거절해버리면서, 어머니가 항상 오로지 그녀만을 위해 미리 준비해서 구워놓은 음식이라는 사실을 깨닫지 못했다. 그것은 가장 근본적으로 그녀를 환대하는 선물이었다. 어머니는 누구보다 손님을 환영하는 주인이었다. 누구보다 감사하는 사람이기도 했다.

항상 느리게 가는 전기시계가 있던 그 집의 부엌은 사라졌지만, 병상이라는 좁은 공간에는 여전히 그 푸짐한 마음씨, 세월이 빚어놓은 것에 대한 저항이 남아 있었다. 애나는 먼지가 둥둥 떠 있는 강렬한 햇빛 속에 앉아서 바싹 마른 비스킷이나 쪼글쪼글해진 포도를 먹었다. 먹고 싶어서가 아니라, 어머니의 사랑에 제대로 보답하지 못한 자신의 죄를 참회하려고.

어머니의 햇빛 속에 앉아 있을 때마다 그녀는 자신이 지닌 죄책감의 무게가 그 무엇보다 기묘하고 반가운 가벼움으로 변하는 것을 느끼고, 뜻밖의 은총을 받은 기분이 되었다.

4

어느 날 애나가 병원에 와보니 어머니가 괴로워하고 있었다. 프랜시는 옷을 더럽혔는데 간호사를 귀찮게 하고 싶지 않다고 창피한 얼굴로 설명했다.

애나는 간호사를 호출해, 함께 어머니의 침대를 밀었다. 각종 보조제와 약 때문에 냄새가 지독했다. 간호사는 능숙하게 시트를 갈고 프랜시를 씻기기 시작했다. 어머니는 몸에 닿는 손길과 움직임에 여러차례 인상을 찌푸렸지만, 불평을 늘어놓는 것이 너무 품위 없는 짓이라고 생각했는지 한마디도 하지 않았다.

애나는 어머니의 손을 잡았다. 뻣뻣하고 울퉁불퉁하고 구부러져서 잘 움직이지 않는 손. 밀랍 같은 피부가 차가웠다. 기름을 발라놓은 아주 오래된 가죽 같았다. 프랜시는 힘이 별로 없는데도 마주 잡아오는 손힘이 얼마나 완강했는지! 뼈와 피부만 남은 손이 그녀를 부여잡았다. 축복을 내리듯이, 또는 모종의 메시지를 전하듯이, 아니면 그 둘에 더 많은 것이 덧붙여 있듯이.

5

어머니의 손을 붙잡은 채로 애나는 어렸을 때 어머니가 갖고 있던 작은 크림 병을 생각했다. 오일오브울란이라는 이름이었다. 사향 색깔인 그 크림을 보면 항상 낡은 양말이 생각났다. 오일오브울란은 어머니가 스스로에게 허락한 유일한 사치품이었다. 애나가 기억하기로 다른 화장품이나 향수는 전혀 없었다. 어머니는 그런 것들을 좋아하면서도, 그냥 그대로 살았다.

애나는 가방 안에서 크림을 찾아내, 자유로운 손으로 프랜시의 손가락에 천천히 발라주었다. 끈질긴 대변 냄새와 암모니아 냄새를 누르고 그 냄새가 허공에 가득해질 수 있게. 어머니의 손가락 하나하나를 천천히 부드럽게 문지르면서, 그 가죽 같은 피부, 딱딱한 느낌, 관절염 때문에 불룩불룩 튀어나온 부분에 놀라움을 금치 못했다.

진짜 늙고 못생긴 손이지. 프랜시가 말했다. 사냥개도 털이 쭈뼛 설 거야!

애나가 어머니의 손등을 엄지손가락으로 가볍게 쓸자, 프랜시는 말을 멈췄다. 딸은 어머니의 손을 문지르고 어머니는 쉬어야 한다는 신호라도 되는 것처럼, 뭔지는 몰라도, 의미가 뭔지 몰라도, 하여튼 과거에 그렇게 자주 싸우던 모녀가, 오래전부터 둘로 갈라져 있던 모녀가 이제 잠깐이나마 다시 하나가 되는 법을 알아냈다는 듯이.

애나는 항상 어머니를 만나러 오기가 싫었다. 시간을 잃어버리는 것, 그로 인해 생기는 문제들에 화가 났다. 하지만 일단 여기에 와서 어머니 옆에 앉아 있으니 왠지 엄청난 안도감이 들었다. 뭔가를 삼킬 때처럼 움직이는 목, 늙은 피부, 오르락내리락하는 가슴, 느슨해진 입, 건조하게 갈라져서 가늘게 떨리는 입술을 계속 지켜볼 생각이었다.

사는 것에 때로는 얼마나 큰 노력이 필요한지.

프랜시가 죽게 내버려둘 수 없다는 터조의 편을 들 때 애나는 어머니에게 얽매이지 않는 삶을 계속하고 싶다는 생각이 컸지만, 지금은 오히려 어머니를 더 자주 만나러 오는 이상한 상황에 처하게 되었다. 8주나 10주마다 한번씩 오던 것이 어찌 된 영문인지 6주에 한번이 되었고, 알아차리지 못하는 사이에 6주는 한달이 되었으며, 곧 2주마다 한번씩 주말에 오게 되었다. 그러다보니 병실에서 어머니 옆에 앉아 있는 것이 애나의 삶에서 가장 귀한 일이 되었다.

자신이 아닌 다른 것에 이렇게 종속된 생활을 하면서 그녀는 뜻밖에도 기묘한 자유를 느꼈다. 프랜시의 병상 옆에 있을 때만 빼고 삶의 모든 것이 혼란스러웠다. 어머니의 병상 옆에서는 복잡한 일도 혼란도 없이 설명할 수 없는 평온함이 그녀를 사로잡았다. 이런 식으로 그들이 존재를 허락받은 것 같았다. 애나에게는 그렇게 보였다.

난 너무 늙었어, 애니. 결국 프랜시가 이렇게 말했다. 너무 늙고 추해졌어. 그러고 나서 빙긋 웃었다. 그래, 지금은 적어도 못생긴 걸 변명할 수 있게 됐구나.

6

애나가 주름진 프랜시의 손을 엄지손가락으로 쓱쓱 문지르는 동안 여름이 가을로 변하고, 태즈메이니아의 화재가 끝나고, 겨울이 왔다가 가고, 봄이 오고, 오스트레일리아가 불타기 시작했다. 아주 가끔 사라진 손가락을 생각할 때면 그걸 걱정하는 게 어리석은 일 같았다. 프랜시는 대화가 이제 자신의 범위를 벗어났음을 알고, 아니 어쩌면 대화가 두 사람 모두의 범위를 벗어난 것 같았지만, 대화의 의무에서 벗어나 안도감을 느끼며 천장을 물끄러미 바라보았다. 어머니의 힘겨운 숨소리만이 들려오는 곳에서 애나는 검버섯이 피고 늘어진 어머니의 피부를 작은 산맥처럼 부드럽게 쓸어올렸다가 다시 매끈하게 펴기를 반복했다.

7

말할 기운이 있는 날에는 프랜시가 아직 수다를 떨 수 있었다. 어머니가 전에 본 적이 있는 기묘한 일들에 대해 말하는 소리에 애나는 귀를 기울였다. 맞은편 병실의 남자는 환자복 바지 속에 흰족제비를 숨기고 있다고 했다. 창문 바로 바깥에는 동굴에 사는 CIA 스파이들이 있었다. 코와 귀와 입술이 모두 쓸려나가 평평한 판이 되어버린 그들의 얼굴에서 중앙에 박힌 눈 하나만이 슬픈 듯 사방을 살피고 있었다.

묘하게도 어머니는 이런 환상에 겁을 먹지 않았다. 기운이 별로 없어서 움직이기 힘들 때도 창문 밖에 산이 있는 평원이 있다고 애나에게 말했다. 불길과 모래폭풍이 가득한 그곳에 밤이 오면 한쪽에는 낙태를 원하는 여자들이 줄을 서고, 다른 쪽에는 흥청망청 연회에 참석하려는 여자들이 줄을 섰으며, 도망치는 사람들은 식물로 변해 불길에 스러졌다. 그런 곳에서 그녀는 마녀와 콘스탄티누스를 만나 이야기를 나누며 시간을 보냈다.

그녀는 육체와 영혼의 광기를 보았다. 자연사가들이 육체와 영혼에서 어리석은 느낌이 어렴풋이 나지만 흥미를 돋울 때가 많은 어떤 것을 찾아내듯이.

아, 정말 놀라워, 애니. 잘 보면 눈에 보이는 것들 말이야. 그녀는 이렇게 말하곤 했다.

그녀는 기묘한 섹스와 의학적 시술을 목격했으며, 황홀경, 지루함, 고뇌, 무심함, 감정, 도주와 불길을 지켜보고, 굳이 판정을 내려야 할 필요를 느끼지 않은 채 우주의 사물들을 받아들였다. 여기서 생겨나는 감정이 있다면, 그것은 즐거움인 듯싶었다.

이 모든 것이 어렸을 때 받은 엄격한 가톨릭 교육과 깊이 어긋났다. 그녀가 평생 외우던 이상한 말들이 사라지고, 그녀는 마침내 세상을 자신이 보는 그대로 말하게 되었다. 과거에 가끔 드러나던 엄격한 여자의 모습, 자비를 모르는 어머니, 용서받을 수 없는 죄를 저지른 대가는 지옥임을 알고 사제를 두려워하던 참회자, 그녀가 자신을 생각하며 떠올리던 이 모든 모습이 사라지면서 병동의 환상들과 약해지는 몸이라는 감옥도 함께 떨어져나갔다.

그 뒤에 드러난 것은?

어쩌면 프랜시의 진정한 본성인지도 모른다고 애나는 병상에 누운 연약하기 짝이 없는 노인을 보며 생각했다. 그 본성이 개방적이고, 상냥하고, 애정을 품고 있음을 그녀는 너무 늦게 알아차렸다. 어머니의 성질과 엄격함은 오로지 어머니의 엄청난 실망감과 스스로도 인정하지 않았던 고통을 숨기기 위한 것이었을까? 어머니가 말없이 감당하던 거대한 몸부림의 대가였을까?

프랜시는 이제 매일 창문을 통해 도망쳐 만나는 그 세계를 고마움과 경이로움으로 바라보는 것 같았다. 꿈과 마찬가지로 그녀는 그 세계가 사라지기를 원하지 않았다. 만약 그 환상들이 끝난다면, 그녀는 꿈에서 깨어 자신이 낮 시간을 보내는 곳의 흙먼지와 불길이 마침내 자신뿐만 아니라 매일 만나는 절친한 친구처럼 얘기했던 모든 사람까지 집어삼켰음을 알게 될지도 몰랐다.

이건 놀라운 특권이야. 그녀는 딸에게 이렇게 말했다. 마녀와 콘스탄티누스를 만나 이야기할 수 있는 곳이 어디에 또 있겠니?

8

프랜시의 혼란이 심해지면서, 그녀가 환상에 대해 말할 때의 또렷함과 확신도 점점 커졌다. 애나는 자기도 모르게 혼란에 빠져, 어쩌면 현실 세상이 어머니가 제멋대로 풀어놓는 상상보다 더 커다란 환상인 것 같다는 느낌이 들었다. 때로는 프랜시의 환상을 조금이라도 믿어야만 대화를 나눌 수 있었다. 아주 조금이라도.

프랜시의 망상에는 전혀 충격을 받지 않았는지 몰라도, 어머니가 도대체 손가락이 어떻게 된 거냐고 또다시 물어볼 때면 여전히 당황스러웠다. 애나는 아무 일도 아니라고, 오래전 부엌에서 사고가 있었다고 말했다.

그 순간 프랜시는, 자식들에 관한 한 질문을 하다 말고 밀려나는 여자가 아닌데도, 매일 먹어야 하는 약을 들고 나타난 간호사에게 다행히 주의가 쏠렸다.

9

어느 날 애나가 프랜시의 머리를 빗어주고 있는데 프랜시가 느닷없이 시에 대해 물었다. 그 시 있잖아, 부모 때문에 엉망이 되었다는 시 말이야.

어머니의 머리카락은 언제나 몹시 아름다웠다. 붉은색에 가까운 갈색의 풍성한 머리. 어머니가 흰머리를 그냥 내버려두기 시작한 뒤에도 모양은 언제나 아름다웠다. 하지만 지금은 머리카락이 불쌍할 정도로 가늘어졌다.

계속 빗질을 하면서 애나는 그 시를 안다고 대답했다.

오든인가? 어머니가 물었다.

라킨이에요. 애나가 대답했다. 하지만 시 구절을 정확히 수정해서 어머니에게 다시 알려주지는 않았다.

라킨? 네. 음, 그 시는 사실이 아니야. 사람은 스스로 엉망이 되는 거야. 아니, 어쩌면 그보다 더 심각할 수도 있지. 아예 태어날 때부터 엉망이었는지도 몰라. 부모들 중에는 괴물도 있겠지. 하지만 대개는 그냥 우리랑 같은 사람들 아니니? 우리도 그 사람들이랑 같지 않아?

병상에 앉아 있는 그녀가 애나에게는 옳은 일을 해서 주위 사람을 기쁘게 하려고 열심인 아이처럼 보였다. 프랜시의 아버지가 그 아이를 몹시 사랑했고, 프랜시는 아버지에게서 아낌없이 무한하게 흘러나오는 그 사랑을 자기 것이라고 확신하며 마음껏 누렸을 것 같았다. 프랜시의 분노한 어머니가 남편의 가족들 때문에 느낀 죄책감과 수치심을 독처럼 사랑에 섞은 것과는 완전히 달랐다.

프랜시는 가끔 궁금했다고 말을 이었다. 부모의 실수가 자식에게 지나치게 중요한 영향을 미쳐서 자식이 같은 실수를 되풀이하게 되는 건지.

10

빗으로 어머니의 가느다란 머리카락을 빗으면서 애나는 그 사이로 얼룩덜룩한 두피가 눈에 띄지 않기를 바랐다. 그녀는 최대한 부드럽게 빗질을 하며, 검은색 딱지가 앉은 자리를 조심스레 피했다. 가장자리가 노란색과 파란색을 띤 그 딱지는 두개골에 구멍을 뚫은 곳이 어디인지 알려주었다. 어머니는 야단맞은 아이처럼 아무 말 없이 가만히 앉아 있었다. 한순간 애나는 프랜시가 옛날에 자기 어머니의 광기와 분노로 얼마나 고생했는지 엿본 것 같았다.

그녀는 고개를 숙여 프랜시에게 귓속말을 했다.

알아. 어머니가 말했다. 둘 다 다시 따뜻해지게, 바람이 들어오는 문을 닫아주는 것 같았다. 안다, 애야.

이 말과 함께 프랜시는 갑작스레 화제를 바꿔, 자신이 언제 물리치료를 다시 시작할 수 있는지 물었다. 재활치료실의 다른 이름인 병원 체육관에 가서 실내 자전거로 준비운동을 할 수 있는지도 물었다.

애나가 곧 그렇게 할 수 있을 거다, 의사들한테 물어보면 된다고 안심시키는 말을 하자, 프랜시는 자신이 지금

들끓는 꿈의 바다　　　**85**

상황을 감안할 때 잘하고 있다는 말을 젊은 의사에게서 들었다고 말했다. 하지만 지금 상황이 뭔지는 말하지 않았어. 프랜시는 이렇게 말했다. 아마 내가 사실은 전혀 나아지지 않고 있다는 거겠지.

이렇게 못된 말을 하고 나서 기운이 났는지 프랜시는 웃음을 터뜨렸다. 딱히 몸이 좋아지지는 않아서 계속 슬픈 듯한 미소를 짓고 있었지만, 자잘한 불만으로 의사들을 괴롭혀봤자 별로 소용이 없었다. 그들은 중요한 할 일이 있는 바쁜 사람들이었고, 수많은 환자를 상대해야 했다.

11

애나는 계속 빗질을 했다. 머리카락이라기보다는 지푸라기에 가까운 머리카락을 좋은 모양으로 정돈하려고 애썼다. 무엇보다도 어머니를 위로하고, 진정시키고, 앞으로 다가올 모든 일에서 어머니를 보호하려고 애썼다. 앞으로 다가올 일들의 무게에 어머니가 계속 저항하고 있는 것은 기적이었다. 그녀는 어머니의 냄새를 맡았다. 어머니의 두피에 입술을 대고 최대한 부드럽게 입을 맞추며, 최대한 탐욕스럽게 어머니의 체취를 들이마셨다.

터조가 옳은 것 같았다. 딱 이 상태가 계속 이어질 수도 있을 것 같았다.

12

봄이 왔어도 프랜시의 건강이 되살아나지는 않았다. 이제 그녀는 말하다 말고 입을 벌린 채 잠들어버릴 때가 많았다. 불규칙하고 느리게 쌕쌕 숨을 쉬면서. 마치 고장 난 펌프 같은 소리였다. 그러다 또 갑자기 잠에서 깨어 애나를 어머니라고 부르거나 터조를 아버지라고 부르거나 토미를 남편으로 대하며, 매번 그들을 만난 것을 기뻐했다. 어머니가 미소를 지으면 어머니에게 아직 남아 있는 것이 드러났다. 반항적이고 기쁨이 넘치는 영혼과 누런 치아 여러개. 금을 씌운 치아도 하나 있었다.

어머니는 차츰 창밖을 내다볼 때만 정신이 어느 정도 조리 있게 돌아가게 되었다. 창밖에서 어머니는 버튼그래스 평원이 커지는 것, 동굴과 그 그림자, 바람이 일어 옷자락을 흔드는 것, 석탄 냄새와 소금기를 풍기는 축축한 바람이 콧구멍을 채우고 열이 나는 이마를 식혀주는 것을 보며, 수많은 외눈박이 이방인이 있는 그 금지된 장소들을 다시 정처 없이 돌아다니곤 했다.

애나는 어머니의 정신이 단순히 지쳤을 뿐, 조각조각 부서져 후퇴하고 있는 것이 아니라고 생각하려 했다. 그러나 이제는 애나가 병원에 올 때마다 어머니의 병상 위에 온통 증거가 흩어져 있었다. 반박할 수도 없고 부정할 수도 없는 확실한 증거였다. 병상 위에 아무렇게나 흩어져 있는 신문지들. 구겨진 것, 둥글게 뭉쳐진 것, 위아래가 뒤집힌 것. 프랜시는 기사 몇개를 간신히 읽기는 했지만, 문장 하나를 읽을 때마다 그 의미가 찾아왔다가 가버리는 것 같아서 아무리 애써도 기사를 이해할 수 없었다.

병상 옆 탁자에 놓인 테디베어 표지의 어린이용 공책. 프랜시가 펜을 손에 쥐고 이른바 어렸을 때의 이야기를 그 공책에 적느라 한껏 집중한 모습이 눈에 띄곤 했다. 막힘 없이 글을 쓰는 것처럼 보였지만, 진실은 달랐다. 테디베어 공책은 며칠, 몇주 동안 수수께끼 같은 글로 채워졌다. 언뜻 보기에는 깔끔한 글 같지만, 자세히 살펴보면 그저 글을 쓰는 이미지를 흉내낸 것에 불과했다. 대부분의 글자가 옆으로 눕거나 위아래가 뒤집히거나 앞뒤가 바뀐 것 같았다. 거울로 볼 때처럼 거꾸로 쓴 글자도 있고, 한 글자의 장식 꼬리가 다른 글자의 발치로 이어지기도 했다. 계속 해체되고 녹았다가 다시 형태를 갖추는 그 글에서 단단히 발을 디딜 자리는 전혀 찾을 수 없었다.

읽을 수도 없고 무슨 소리인지 알 수도 없는 상태로 몇 페이지나 이어진 이 글의 이미지가 프랜시에게는 의미가 있었다. 글을 계속 쓰는 한 프랜시는 그것이 어떤 이야기이며 어떤 방향으로 나아가고 있는지 알았다. 글쓰기를 멈추고 그때까지 쓴 글을 다시 읽어볼 때에야 비로소 그녀는 한마디도 이해하지 못해 황망해졌다.

그러면 소리 내어 웃고 또 웃었다.

사실은 계속 자신을 놀리듯 오랫동안 정교한 장난을 쳤을 뿐인데 거기에 뭔가 의미가 있다고 생각했던 것만큼 웃기는 일은 그녀에게 전혀 없었다. 다른 일로 그녀가 이만큼 즐거워할 수 있을 거라고는 생각하기 힘들었다. 앞뒤와 위아래가 뒤집힌 그 글자들 속에서 사라진 이야기를 발견하는 것도 상대가 되지 않았다. 각각의 글자는 오로지 상실, 혼란, 당혹을 의미할 뿐인 미스터리 그 자체였다.

애나는 어머니에게 세상이 이제 그런 곳이 된 것 같다고 짐작했다. 세상이 너무 심하게 부서져서 어머니의 정신은 그 조각들을 전혀 다시 맞추지 못했다. 아무리 노력해도 불가능한 일이었으나, 그래도 어머니는 노력했다. 마치 자신의 주위로 몰려드는 모든 것, 그러니까 간호사, 기계, 튜브, 고통, 다양한 약이 입 안에 남기는 자극적인 화학약품의 맛, 이 모든 것이 흩어진 쇳가루인 것처럼, 그래서 어머니가 정신을 자석처럼 오래, 강하게 휘두른다면 그 쇳가루들을 질서정연하게 배열해서 자신의 인생이라는 패턴을 알아보기 쉽게 그려낼 수 있는 것처럼.

하지만 그런 일은 당연히 불가능했다.

어지럽게 흩어진 종이들 속에서 애나는 가끔 프랜시가 읽던 소설을 발견했다. 프랜시가 현대적인 읽을거리를 요청했을 때 간호사가 무슨 이유에서인지 프랜시에게 빌려준 책, 필립 로스의 『새버스의 극장』. 어머니가 3개월째 읽고 있는 그 책에는 끝이 가까운 부분에 빨간색 책갈피가 꽂혀 있을 때도 있고, 앞부분이나 중간 부분에 꽂혀 있을 때도 있었다. 프랜시는 이제 다른 것과 마찬가지로 이해할 수 없게 된 단어들만 변덕스럽게 읽었다. 이것 역시 그녀가 여전히 분투하며 매달려 있으나 그녀를 붙잡아주지 못한 받침대였다.

처음에, 말과 현실에 대한 어머니의 이해력이 지금보다 튼튼했을 때, 어머니는 사람들이 요즘 정말로 그런 섹스를 하느냐고 물었다.

애나가 당황해서 잘 모르겠다고, 『새버스의 극장』은 이제 나름대로 오래된 책이라고, 요즘은 세상이 또 달라졌다고, 하지만 그런 것 같다고, 아마도 그럴 거라고 대답하자, 프랜시는 밝은 목소리로 대꾸했다. 젠장!

그러나 단호한 결심으로 그 소설을 읽던 것이 몇주 전부터는 거의 착란 상태의 용맹이 되었다. 애나가 보기에는 그랬다. 마치 프랜시가 그 책에서 다른 책에서는 전혀 찾을 수 없는 지도나 나침반 같은 것을 점점 더 미친 듯이 찾고 있는 것 같았다. 어느 날 그 책을 빤히 바라보던 프랜시가 몸을 돌려 딸의 손목을 붙잡고는 팔을 침대로 잡아당기더니 시선을 들어 딸의 눈을 들여다보며 제발 집으로 데려가달라고 애원했다.

제발, 난 너랑 살고 싶어. 그녀가 말했다.

13

그건 감당할 수 없었다. 어머니의 상태를 생각하면, 애나가 일을 그만두거나 하루 종일 집에서 어머니를 돌봐줄 사람을 고용해야 한다는 뜻인데, 그렇게 자신의 삶이 침범당하는 것이 전혀 반갑지 않았다. 수많은 문제와 짜증이 가득할 것이다. 애나는 두 아들이 아니라 딸에게 이런 희생을 요구하는 것이 당연하다는 암시 같아서 화가 났다. 감당하기 어려운 정도가 아니라, 잘못된 일인 것 같았다. 잘못된 정도가 아니라 불가능한 일이었다.

하지만 내심 불가능하지는 않다는 느낌이 들었다. 내심 힘든 일이라는 느낌이 들었다. 아주 힘들었다. 하지만 불가능하지는 않았다. 어머니가 병원에서 고통스럽게 사시느니 딸의 집에서 평화롭게 죽는 것이 왜 안 되겠는가? 그녀에게는 이것이 일종의 시험 같았다. 자신이 그 시험에 비참하게 실패했다는 느낌이 들었다. 이것이 시험임을 이제야 알았음을 깨달았다. 그녀는 시험을 당했다. 어머니와 그녀는 동등하지 않았다. 그녀가 고독하고 고통스러운 병원에 잔인하게 버려둔 어머니. 그녀는 자신이 비겁자였음을 깨달았다.

그녀는 어머니에게 대답하지 않았다.

어머니는 아이처럼 말썽을 부리지 않겠다고 약속했다.

애나는 괴물처럼 어머니에게 안 된다고 말했다.

14

딸에게 거절당한 뒤 프랜시는 말도 제대로 못할 정도로 기력이 떨어졌다. 아니, 사실은 더 할 말이 없었다. 그녀는 창문과 그 너머의 광경들만 바라보았다. 피로에 지쳐, 또는 생각에 잠겨, 또는 그 둘 모두로, 또는 완전히 다른 이유로 창밖만 빤히 보았다. 배신감인지, 추억인지, 기도인지, 후회인지는 알 수 없었다. 긴 침묵 끝에 그녀는 다시 딸에게 시선을 돌렸다.

세상에는 아름다운 것이 정말 많아. 프랜시가 갈라진 목소리로 부드럽게 말했다. 평생에 걸쳐 밝혀낸 새로운 발견에 깜짝 놀란 사람 같았다. 그런데 우리는 꼭 너무 늦은 뒤에야 그걸 알아차리는구나.

제 4 부

1

어머니의 눈을 피하기 위해 애나는 프랜시의 이불과 그 위에 놓인 병원 이어폰에 시선을 맞췄다. 이어폰에서 잡음이 섞인 노랫소리가 아주 작게 들려왔다. 어디선가 어렴풋이 들은 적이 있는 노래 같았다. 아마 어린 시절에. 잠시 뒤 그녀는 12현 기타 소리, 관악기 소리, 화음, 몰아치는 피아노 후렴구를 바탕으로 이것이 '나는 무너진다'라는 제목의 노래임을 알아차렸다. 백비트가 진부하다는 생각이 들었다. 1960년대 팝음악의 삼분짜리 천재성이 완벽하게 발휘된 노래, 소네트처럼 빈틈없고 첫사랑처럼 우스꽝스러웠다.

그녀는 멀리 아련하게 사라지는 그 멜로디를 따라, 다시는 알아차릴 수 없을 만큼 먼 곳, 그 노래가 갇혀 있던 곳으로 갔다. 로니가 있던 바로 그곳이었다. 로니를 떠올리면 환한 아침 햇살, 파도의 맛, 그녀를 포함한 여러 사람이 항상 그에게 끌리게 만드는 요소였던 짓궂은 장난기가 함께 생각났다. 1960년대의 노래 몇개가 불러낸 순간적인 소란, 밝고 덧없고 구식 컬러사진 같은 멜로디가 옛날에 살던 홀리 비치의 햇빛 속에서 녹아버리던 낡은 플라스틱 마가린 통처럼 금방 희미해졌다. 그녀가 그를 얼마나 사랑하는지! 그가 얼마나 지독하게 그리운지! 그들이 살던 오두막의 세로 판자들을 부르르 떨게 하던 파도 소리, 장판 위의 모래, 아침에 모닥불이 탁탁 타던 소리, 호리의 블랙 푸딩을 기름으로 부치던 소리, 멀고 먼 오스트레일리아 멜버른의 라디오 방송을 들을 수 있던 맑은 날, 광대한 바다를 가로질러 그 외딴섬까지 닿은 넓은 세상, 3AW에서 잡음과 함께 작은 소리로 흘러나오던 「나는 무너진다」, 새파란 하늘, 너무나 눈부시고, 너무나 광대하고, 너무나 오래전이라서 그녀는 눈을 감고 살색 태양을 향해 고개를 돌려 언젠가 자라서 입고 싶어질 옷처럼 아주 크고 유혹적인 세상을 느끼곤 했다. 그리고 그 세상의 따뜻한 중심에 안내인으로서, 상징으로서, 그곳의 가장 밝은 꽃 로니가 있었다.

어떻게 된 거지? 어떻게 된 거야?

2

프랜시가 창문 너머에 펼쳐진 불의 평원에 대해 애나에게 이야기하고 있을 때 터조가 도착했다. 거의 도착하자마자 그는 화가 나서 프랜시와 말다툼을 벌이며, 그런 꿈을 너무 진지하게 받아들이면 안 된다, 그런 건 어머니가 먹는 약 때문에 생겨난 못된 망상이다, 그러니 이제 그게 사실인 것처럼 말하지 말라고 말했다.

터조에게는 어머니가 살아 계신 것만으로 충분하지 않았다. 어머니가 그 백일몽의 바다에서 사는 것으로는 충분하지 않았다. 터조의 생각에, 어머니는 반드시 우리처럼, 이성적인 세상에서 이성적으로 살아야 했다. 죽음을 용납할수 없듯이, 다른 형태의 삶도 있을 수 없었다.

프랜시는 도움을 구하듯이 애나를 올려다보았다. 애나는 어머니의 뒤편만 빤히 보았다. 어머니도 어머니의 환상도 옹호해주지 않았다. 터조는 계속 고함을 질러댔다. 그의 분노에는 끝이 없는 것 같았다.

3

마침내 그가 멈췄다. 창밖만 바라보던 프랜시가 시선

을 돌려 물기 어린 눈에 기묘하고 맹렬한 결의를 담고 입을 열었다. 완전히 다른 어조, 조용하지만 확신에 찬 어조였다.

너희는 이만 가보는 게 좋겠다. 둘 다. 어머니는 이 말만 했다.

4

애나는 시드니로 돌아왔다. 토미는 자신의 아들 데이비에게 프랜시 옆에 앉아 말동무를 해달라고 부탁했다. 애나는 데이비에게 줄 돈을 일부 부담하면서, 그 돈으로 죄책감을 무마하려는 게 아니라고 애써 생각했다. 정상적으로 일하면서 그 일에 반드시 따라오는 걱정거리들을 처리하는 일상이 다시 시작되었다. 펑크 난 프로젝트, 디자인 타협, 직원들의 딜레마, 구제불능인 거래처, 고객, 하청업체들. 어머니의 고생에 대한 생각을 더욱더 밀어낸 것은 친구들의 사소한 일, 아들에 대한 애나 본인의 걱정, 불면증이라는 사소한 문제, 청소하고 요리하고 통근하는 지루한 일상, 직장에서 미친 듯이 움직여야 하는 상황이었다.

애나가 돌아간 그 평범한 세상에서 그녀의 사라진 손가락은 수수께끼로 변했다. 그녀는 그 미스터리를 풀고 싶었다. 이 손가락 문제를 해결하기 위해 외과에 전화해 예약을 잡으려고 시도해보았다. 병원 접수원이 응급상황이냐고 물었을 때, 그녀는 별로 그렇지는 않다고 대답했다. 그녀가 보기에 정말로 그렇지 않았기 때문에. 그래서 열흘 뒤로 예약이 잡혔다.

사흘 뒤 그녀의 왼쪽 무릎이 사라졌다.

5

애나는 로젤에 있는 메그의 아파트에서 하룻밤을 보내기 위해 옷을 갈아입다가 왼쪽 다리가 조금 이상한 것을 알아차렸다. 손으로 다리를 쓸어보니, 살집이 있는 허벅지가 좀 더 뼈가 드러난 종아리로 곧바로 이어졌다. 다리 전체가 아래로 갈수록 가늘어지는 소시지 같았다. 그 안에는 긴 뼈가 하나 있고, 중심점은 고무로 되어 있었다. 다리를 구부렸을 때 아무 문제가 없었고, 아프지도 않은 것을 보니 그런 것 같았다.

그녀는 앉았다가 일어섰다. 스쿼트도 해보았다. 한번 더. 다리를 높이 차올렸다. 팔벌려뛰기도 시도했다. 숨을 격하게 몰아쉬면서 애나는 이런 동작들이 심장마비를 일으킬 수는 있어도, 왼 다리는 정상적인 다리처럼 정상적인 기능을 모두 수행한다는 사실을 점차 깨달았다.

예전에 무릎이 무릎다운 일들을 하던 자리, 지금은 무슨 이유에서인지 전혀 필요하지 않은 그 일들을 하던 자리에 그냥 아무것도 없을 뿐이었다. 허벅지와 종아리를 이어주는 관절이 없었다.

무릎이 없었다.

애나는 기분이 몹시 이상했다. 손가락이 사라졌을 때처럼 충격을 받지는 않았다. 당황하지도 않았다. 그냥 이상했다. 솔직히 그녀의 다리가 몸에서 가장 보기 좋은 부분은 아니었다. 비록 젊었을 때는 남자들이 그녀의 다리에 충분한 매력을 느끼는 것 같았지만. 하기야 젊을 때는 남자들 눈에 무엇이 매력적이지 않을까? 늙었을 때는 또 남자들 눈에 무엇이 매력적일까? 몇년 전부터 그녀의 다리는 점점 굵어졌다. 허벅지의 뒷모습을 그녀는 한번도 본 적이 없고, 보고 싶은 마음도 전혀 없었다. 털도 더 많아졌다. 왼쪽 무릎은 오른쪽 무릎과 마찬가지로 점점 구겨진 침대보처럼 보였다. 추운 날에는 쑤시고 아팠다. 대단한 무릎이 아니었다.

그런데 그것이 사라지고 보니 아쉬웠다. 옛날 들소처럼 무릎도 사라졌다. 태즈메이니아늑대*와 워크맨처럼. 긴 문

---

* 늑대의 일종이 아니라 육식성 유대류의 일종으로 '주머니늑대'라고도 불린다.

장들처럼. 연기가 없는 여름처럼. 사라졌다. 다시는 돌아
올 수 없게.

6

메그는 밤에 이를 가는 것을 막으려고 마우스가드를 맞
췄다. 잠자리에서 나누는 대화가 애나와 메그에게는 점점
추상적인 개념처럼 느껴지게 된 또 하나의 이유였다. 메그
는 자면서 소가 풀을 씹는 소리와 개가 수면제를 먹고 으
르렁거리는 소리의 중간쯤 되는 소리를 냈다. 애나가 방금
말한 소와 개의 소리를 들어본 적이 있는 것은 아니었다.
하지만 메그의 소리는 들어보았으므로, 거기에 땅파기라
는 이름을 붙였다.

그녀는 메그의 등을 향해 그녀의 이름을 속삭였다. 메그
가 그 대답으로 나직하게 내놓은 웃음소리가 졸음에 겨운
한숨으로 바뀌었다. 애나는 무릎이 사라진 것 같다고 속삭
였다. 메그는 조금 전보다 훨씬 더 낮은 주파수로 또 소리
를 냈다. 이 시점에서 애나는 고함을 질렀다. 그놈의 땅파
기 좀 그만둬! 메그! 내 무릎이 사라졌어! 그런데 넌 관심도
없어?

메그가 일어나 앉아서 마우스가드를 입에서 뺐다. 그리

고 애나에게 아직 걸을 수는 있느냐고 물어서 그녀는 그렇다고 대답했다. 그래, 메그, 당연하지. 세상에 그렇게 멍청한 질문이 어디 있느냐는 듯이. 무릎이 있든 없든 그녀는 당연히 항상 걸을 수 있었다.

좋아. 메그는 이렇게 말하고 나서 통증이 있느냐고 물었고 애나는 없다고 말했다.

좋아. 메그는 이렇게 말하고 나서 무릎이 없는데 어떻게 걸을 수 있느냐고 물었고 애나는 자기도 모르겠다고 말했다.

좋아. 메그는 이렇게 말하고 나서 마우스가드를 다시 낀 다음 침대에 누워 달래는 듯한 소리로 땅파기를 하더니 일분도 안 돼서 잠들었다.

얼마 뒤 애나는 메그에게 몸을 딱 붙였다. 메그의 오금이 이제는 무릎이 사라져서 뜻밖의 이상한 모양이 된 그녀의 다리를 오목하게 감싸는 것이 느껴졌다. 하지만 그것이 어떤 느낌인지 전혀 알 수 없었다. 외과에 전화해서 예약을 취소해야 할 것 같았다. 무슨 말을 해야 할까. 잠기운이 자신을 푹 감싸는 동안 그녀는 이런 생각을 했다. 이제는 손가락이 문제가 아니라고 말할 수도 있을 것이다. 그래. 그녀는 생각했다. 그래. 거기까지는 사실이잖아.

7

그리고 모든 것이 무너졌다.

8

처음에는 천천히 그러다 빠르게, 처음에는 금방 의미를
알아차릴 수 없을 만큼 사소한 일들이 벌어지다가 프랜시
의 건강에 관한 나쁜 소식이 눈사태처럼 불어나면서 거칠
게 아래로 밀고 내려오는 힘을 얻었다.

어느 주에 토미가 전화해서 프랜시가 요실금으로 고생
하고 있다고 말했다. 그다음 주에 토미가 다시 전화했을
때는 목소리가 달랐다.

가엾은 토미! 불안할 때 더듬거리는 그 목소리는 거의
여자 같다고 해도 될 정도였다. 간단한 일을 선언하듯 말
하면서 단도직입적인 지시를 내리는 터조의 강한 목소리
와 너무나 대조적이라고 애나는 항상 생각했다. 토미는 이
슬람 수피 가수가 되었어야 한다고 터조는 말했다. 잔인한
말을 칭찬처럼 하는 터조 특유의 방식으로. 오르락내리락
하는 곡조가 모종의 초월을 향하지만, 우리의 친애하는 토
미에게 초월은 결코 찾아오지 않을 거야. 심지어 토미조차

웃음을 터뜨렸다. 그들은 터조의 무정함에 항상 그렇게 웃음을 터뜨렸다.

　토미는 계속 말을 더듬거리며 프랜시의 상태가 그동안 아주 좋았다고, 그래서 자신이 어머니를 병원 밖으로 데리고 나가 나이 많은 친척들 집에 간 적도 있다고 말했다. 그렇게 상태가 좋았기 때문에, 그리고 방광 문제처럼 사소한 문제는 십여가지나 되니까 다른 형제들까지 걱정하게 만들고 싶지는 않아서, 두 사람 모두 진짜 바쁘고 그, 그……어쨌든, 의사들이 도뇨관을 삽입했고 그것이 그, 그, 그, 요로감염으로 이어졌어.

　아니, 이유는 모르겠어.

　토미는 애나에게 군이 프랜시를 보러 고향으로 올 필요는 없다고 말했다. 의사들이 그 문제를 해결하겠다고 말했다면서. 당연히 해내겠지, 그리고 프랜시는 건강해질 거야. 그다음에 걸려온 전화에서 토미는 어머니가 어느 날 아침에 보행기를 쓰지 않고 휘청휘청 화장실에 가다가 넘어져서 대퇴골이 부러졌다고 말했다. 애나는 별로 걱정하지 않았다. 허벅지 윗부분에 가까운 골절 부위는 다행히 크지 않아서, 침대에 누워 잘 쉬기만 하면 깨끗이 나을 것으로 보였다.

　닷새 뒤 한밤중에 토미의 전화가 또 걸려왔다. 이번에는 더듬거리는 증세가 족히 삼십초 동안 지속되었다. 그의 말이 끝난 뒤 애나는 태즈메이니아로 가는 가장 빠른 항공편을 예매했다. 다음 날 아침 6시에 시드니에서 출발하는 비행기였다.

9

그들은 토미의 집에서 만났다. 70년대에 개발계획으로 하우라에 지어진 그 집은 벌써 아침 더위로 답답했다. 낮은 천장과 작은 방과 깔끔한 소나무 가구와 작은 소품들이 모두 그랬다. 저런 소나무는 그냥 내버려두어도 됐을 텐데. 애나는 속으로 생각했다.

토미는 말을 더듬었다. 의사들을 만나서 이야기를 해봤다고. 프랜시의 상태는 좋아지기는커녕 더 악화되었다. 애나처럼 비행기를 타고 날아온 터조는 요로감염을 의사들이 치료하겠다고 하지 않았느냐고 물었다.

토미는 의사들이 치료하지 못했다고 말했다.

그러고는 명확한 문장 하나로 나쁜 소식이 펑 터져나왔다.

요로감염이 패혈증으로 이어졌고, 패혈증이 신부전을 유발했다. 프랜시의 콩팥은 이제 기능을 잃었다.

터조가 움찔했지만, 순간에 불과했다. 그거 확실히 나쁜 소식이네. 그가 말했다. 하지만 최악은 아니야. 이렇게 말하는 그의 얼굴이 밝아졌다. 신장투석은 힘들 거야. 그래도 죽는 것보다는 낫잖아.

토미가 자음 하나도 어긋나지 않게 그들에게 말했다. 프랜시에게 신장투석을 할 거였으면 병원에서 벌써 시작했을 거라고. 여든다섯살이 넘은 사람에게는 신장투석을 실시하지 않는 것이 병원 방침이었다.

프랜시는 여든일곱살이었다.

10

순간적으로 터조조차 아무 말도 하지 못했다. 애나가 왜 그런 방침을 정한 거냐고 간신히 묻자, 토미는 투석을 실시해봤자 소용이 없기 때문이라는 설명을 들었다고 말했다. 병원 측의 설명이었다. 나이가 아주 많은 사람의 경우 투석을 받으면 삶의 질이 급격히 하락하는 반면, 예후는 여전히 좋지 않고, 오히려 더 나빠지는 경우도 많다고. 토미는 조용히 말을 이었다. 어머니는 이제 사실상 제대로 살아 있다고 말할 수 없는 상태야. 어머니는 이제 아무것도 할 수 없을 것이다. 투석기와 몸을 연결하거나, 자면서 신부전의 영향을 흘려보내는 방법뿐이었다. 살아 있다고 말하기 어려운 상태였다. 토미는 프랜시의 건강에 헤아릴 수 없이 많은 문제가 있는 상황에서 어쩌면 치명적일 수도 있는 합병증이 발생할 위험이 크다는 것이 의사들의 주장이라고 말했다.

의사들이 그렇게 말했어.

터조는 어떻게,라고 물었다.

토미도 그 답을 잘 몰랐다. 터조가 의사의 이름이 뭐냐고 다그치자, 토미는 그것도 제대로 대답하지 못했다. 의사들한테도 당연히 이름이 있고 개성이 있지. 토미가 말했다. 한명은 여자고 한명은 남자인데, 누가 누군지 잊어버렸어, 정말로 의사가 자주 바뀌거든, 옛날 의사가 돌아오기도 하고. 상황이 나아진다는 느낌이 없었다. 어떤 의사도 문제를 결정적으로 해결해주지 못하고 모든 의사가 똑같았다. 모든 대화는 시작이나 끝이 없이 같은 자리만 맴돌았다. 의사들은 메모를 읽고 쓸데없는 말을 지껄이며 프랜시가 좋아 보인다거나 나빠 보인다거나 바닥을 치고 다시 올라오는 것 같다거나 계속 내려가는 것 같다거나 하는 말을 결코 자신 있게 하지 못했다. 대신 호흡이나 맥박 등의 수치, 혈액검사 결과 등 여러 숫자를 이야기했다. 네 아니오 어쩌면 글쎄요.

토미는 어떤 봉투에 자신이 갈겨쓴 메모를 발견했다. 프랜시의 의사들이 이른바 비공격적인 신장관리를 추천하는 내용이었다. 토미는 메모를 소리 내어 읽었다. 그건 치료 중단이나 거부가 아니라, 어머니의 다양한 문제를 편안함을 최우선으로 하는 집중적인 방법으로 관리하겠다는 거야.

그게 무슨 소리인지. 터조가 말했다.

아-아-아-알잖아. 토미가 말했다. 난 그냥 말해주는 거……

의사들이 한 말을?

의사들이 나한테 한 말을.

애나가 그 관리기간이 얼마나 될 것 같으냐고 묻자, 토미는 봉투를 눈에서 떼고 시선을 맞추며 조금이라도 정확하게 예측하는 건 아-아-아주 어렵다고 말했다.

그들은 의사들이 말한 용어들이 정확히 무슨 의미인지를 놓고 이야기를 나눴다. 하지만 정말이지 알아낼 수가 없었다.

만약 비공격적인 신장관리라는 말이 어머니를 쓸데없이 끔찍한 일에 노출시키지 않겠다는 뜻이라면, 당연히 그걸 해야 하는 것 아니야? 애나가 말했다. 다른 걸 고집할 필요 없이?

터조조차 이쪽에 마음이 쏠렸는지, 토미에게 투석과 비교했을 때 이런 관리를 받은 사람이 얼마나 살 수 있다고 의사들이 말하더냐고 물었다.

토미는 아까 이미 말했다고 했다. 아마 1주나 2주. 어쩌면 그보다 더.

터조는 토미에게 그런 말은 한 적이 없다고 고함을 지르기 시작했다. 마치 형이 어머니를 살해하려는 음모를 꾸미고 있다고 생각하는 사람 같았다.

토미는 아까 말했다고 더듬더듬 대답했다.

터조는 토미가 예측하기 힘들다는 말만 했다고 소리 질렀다.

토미는 그때가 다음 화요일 9시가 될지 토요일 2시가 될지는 아무도 알 수 없다고 더듬더듬 말했다. 의사들도 천리안은 아니니까.

터조는 고개를 저으며 다시 물었다. 얼마나 사실 수 있어?

토미는 2주나 3주라고 말했다. 최대한 그 정도야.

11

터조가 조용해졌다. 애나는 이럴 때 항상 터조가 가장 무섭다고 생각했다. 얼마 뒤 그가 이를 악물고 소리쳤다. 의사들은 잔인한 주판이라고. 의료체계가 어떻게 비용만 따지게 된 거냐고. 애나가 항상 중개인답다고 생각하는 터조 특유의 말투, 딱 부러지고 거의 점잔을 빼는 듯한 말투, 고객들이 이런저런 거래로 600만이나 700만을 잃었을 때 남자답게 굴라고 말하는 그 말투로 그가 물었다. 의사들이 어차피 죽을 거라는 결론을 내린 사람한테 병원이 왜 돈을 쓰겠어?

토미는 제정신이 아니었다. 정신없이 말을 더듬는 그의 뺨이 푸들거리고 입술도 가늘게 떨렸다. 토미가 제대로 된 단어를 말할 때까지 기다리는 일이 애나에게는 항상 짜증스러웠다. 토미가 빠르게 말을 내뱉었다. 더 이상 할 수 있는 일이 없대. 우리가 다음 단계로 넘어갔다고 했어.

죽음이 사춘기처럼 중간에 거쳐야 하는 단계라도 되는 것 같네. 죽음 그 자체가 아닌 것 같아. 애나는 속으로 생각했다. 그녀는 휴대폰을 보며 인스타그램을 확인하고 보건 교수들이 대규모 대피를 준비하라고 도시들에 요구했다는 기사 오스트레일리아 중부가 사람이 살 수 없을 만큼 더워질 것 같다고 토착민들이 걱정한다는 기사 도시에서 물이 부족해지고 있다는 기사 오스트레일리아에서 역사상 가장 더웠던 해가 끝나가고 있다는 기사 그렇지 않다고 말하는 사람들은 공식적인 날씨 기록이 위조되어 오스트레일리아가 과거에는 지금보다 서늘했고 지금은 더워진 것처럼 보인다고 주장한다는 기사를 읽었다. 이런 일들이 서로 떨어져 있는 게 아니야. 애나는 생각했다. 세상이 부서져 있어. 그녀는 어떤 밈에 좋아요를 누르고 댓글을 달고 팔로우를 누르고 화재가 아직 제대로 시작되지도 않았

는데 벌써 끝나버린 건지 이제는 알 수 없었다. 어제 일어
난 일들이 오늘 일어나는 일이고 내일 일어나지 않은 일들
은 몇달 전의 오래된 뉴스였다. 그게 겨우 어제였나 지금
은 미래인가?

12

휴대폰을 내려놓은 뒤 애나는 프랜시가 죽든지 말든지
의사들에게는 확실히 전혀 중요하지 않은 것 같다고 토미
에게 말했다. 그렇게 간단했다. 터조가 또 고함을 지르기
시작했다. 어떤 의미에서 두 사람이 토미를 윽박지르는 것
은 오래전 로니가 죽은 뒤부터 시작된 일이었다.

토미는 마치 자신이 비난을 받는 것 같은 기분이라고 말
하다가 중간에 이러지도 저러지도 못했다. 그러다 회복해
서 자기는 이런 일을 매일 겪는다고, 여기서 혼자 다 알아
서 해야 한다고, 주어진 상황에서 최선의 결정을 내려야
한다고 말했다.

터조는 토미에게 혼자 알아서 해야 하는 게 아니라고,
그건 웃기는 소리라고, 아무도 토미를 비난하지 않는다고
말했다.

그런데 그건 사실이 아니잖아. 애나는 속으로 생각했다.

설사 토미가 그 말을 믿게 두는 편이 두 사람에게 좋은 일이라 해도. 토미는 흐느껴 울면서, 자기가 실패작이라서 어머니를 제대로 돌보지 못했다고 생각하는 것 아니냐고 말했다.

두 사람은 토미가 그 말도 믿게 내버려두었다.

13

하지만 그것 역시 사실이 아니었다. 어쨌든 토미는 최근 몇년 동안 어머니 옆에서 매일 어머니의 끼니를 챙겨준 사람이었다. 어머니가 내야 하는 요금들을 정리해주고, 망가진 창문 걸쇠와 문 잠금장치와 고장 난 가전제품을 고쳐주고, 어머니의 집이 제대로 돌아가게 관리하고, 점점 늘어나기만 하는 병원 예약 때마다 어머니를 모시고 가서 언어병리학자, 검안사, 치과의사, 일반의, 전문의의 대기실에 어머니와 함께 앉아 있었다. 요리, 청소, 빨래도 해주고, 프랜시가 두려움에 떨거나 그냥 걱정이 많은 밤에 한때는 깔끔했지만 지금은 감당할 수 없을 만큼 혼란스럽고 더러워진 어머니의 집에서 자고 갈 때도 많았다.

음식이 카펫에 으깨져 생긴 검은 기름 자국, 냄새가 고약한 화장실, 악취를 풍기는 침구의 기억 때문에 애나는 숨을 삼켰다. 그런 모습에 항상 가슴이 아팠다. 어머니가 결국 그렇게 더러운 곳에서 살게 되었는데 어머니 본인은 그 사실을 모른다는 것에.

그런 상황에서 최선을 다해 어머니를 돌본 사람이 토미였다.

애나가 아니라.

터조가 아니라.

토미였다.

자신을 챙길 줄 모르는 토미의 성격에 화가 났다. 순전히 자신에게는 그런 면이 없기 때문에. 이런 생각을 하다 보면 자신이 시시하고 비열한 사람인 것 같았다. 어쨌든 그녀에게는 그렇게 헌신적인 면이 없었고, 그녀는 그런 성격을 지닌 남동생이 미웠다.

그렇게 헌신적인 면이 없는 그녀는, 스스로 인정하기에도 부끄러운 일이지만, 토미의 헌신적인 성격을 일종의 약점으로 보고 바로 그 점 때문에 그를 더욱더 깔봤다. 내심 그녀는 터조도 같은 생각임을 알고 있었다. 그래서 두 사람은 마음씨가 착하다는 이유로 토미를 벌할 기회가 생기면 절대 그냥 지나가는 법이 없었다. 그녀는 그 이유를 알기도 하고 모르기도 했다.

그냥 그런 행동을 할 뿐이었다.

14

터조가 토미에게 아주 잘하고 있다고 말했다.

애나는 토미에게 정말 끝내주게 잘하고 있다고 말했다.

토미는 눈물이 글썽해져서 흐느끼며, 자기도 노력은 했지만 너무 힘들다고, 힘들어서 미칠 것 같다고 말했다.

당연하지. 터조가 말했다.

어머니가 독립적으로 살 수 있게 돕는 데 시간을 많이 쏟을수록 상황은 나빠지기만 하고 프랜시는 점점 의존적으로 변했다. 가끔은 토미 자신의 도움이 오히려 어머니의 건강악화를 불러온 게 아닌가 하는 생각이 들었다.

그래. 애나가 말했다. 마치 그를 비난해서는 안 되지만, 사실은 그의 잘못이라는 듯이.

당연하지. 터조가 말했다.

토미는 조금 더 울었다. 내가 어떻게 하면 돼? 그는 누나와 동생에게 물었다. 더이상 생각나는 방법이 없었다.

그래. 애나가 말했다. 마치 그에게 짜증이 날 뿐이라는 듯이. 그래, 그래, 토미.

그녀는 그에게 잔인하게 굴고 있었으나, 자신이 왜 이렇게 잔인한지 알지 못했다. 그냥 두 사람 사이가 그랬다. 고백과 잔인한 행동, 공감과 흐느낌, 그녀는 슬프다 못해 기가 막혔지만, 두 사람의 관계는 그렇게 계속되었다.

내가 할 수 있는 일은 다 했어. 토미가 말했다. 하지만 하
얀 가운을 입은 전문가들한테 이의를 말할 수는 없잖아.
그들은 선택의 여지가 없는데도 있는 것처럼 보이게 했다.
죽음이 불가피한 일인 동시에 선택적인 일인 것 같았다.
그런 게 어떻게 선택지가 될 수 있어? 그런 게 어떻게 좋은
일이야? 그러니까 우리가 어떻게든 해야 돼. 하지만 그건
토미의 능력이 미치지 않는 일이었다.

제 5 부

1

다음 날 오전 가족들을 만나는 자리에 나온 세 의사는 전문가다운 예의를 보여주었다. 애나는 그런 태도에서 항상 꾸며낸 듯한 우월감을 보았다. 그녀가 말하고 그가 말하고 그들이 고집한 건 현대적인 보살핌과 모든 설명을 들은 뒤 동의하는 양식 그들이 내놓은 확률은 결코 확률이 아니고 한 방향으로만 뛸 수 있는 엉터리 경주, 프랜시의 운명에 대한 고집. 남을 구하는 게 저 사람들 직업 아닌가, 치료할 수 없다는 선고를 내리는 게 아니라? 애나는 속으로 생각했다.

한편 프랜시는 매일 그녀를 에워싸고 조금씩 더 짙어지

는 안개를 꿰뚫을 힘이 없는 것 같았다. 지금 상황을 프랜시에게 알릴 방법이 없었다. 그런 상태에서 프랜시가 무슨 일이 됐든 어떻게 동의할 수 있을까? 품위를 지키기 위해서인지, 정신이 맑은 척하기 위해서인지, 그녀는 이제 누가 무슨 말을 하든 무조건 동의하면서 가끔 고개를 살짝 끄덕였다. 그럴 필요가 없을 때조차도. 하지만 대개는 그 고갯짓이 중요했다. 사람들이 어머니더러 알몸으로 병원을 세 바퀴 돌라고 해도 어머니는 하실걸. 터조가 말했다. 하지만 프랜시는 이제 부축이 없으면 일어나 앉지도 못해. 토미가 지적했다.

애나는 급한 연락이 온 척하면서 휴대폰을 찾았다. 미안하다고 말하고 일이라고 말하고 엄숙하게 화면을 들여다보았다. 여섯번째 대량멸종과 해수면 상승으로 점점 커지는 두려움이 비뚤어진 위안이 되었다. 남극의 기온이 방금 역사상 최고치를 기록했는데 에어컨이 켜진 병동은 서늘했다. 호바트의 기온은 41도로 예보되었는데, 여기는 세상에 태즈메이니아, 그러니까 남쪽의 스위스였다, 이런, 이런 날씨는 모두 처음 경험하는 것인데 계속 이런 날씨가 이어지다보니 지금은 봄 아니 가을인가 아직 겨울인가? 시드니 상공을 가린 화재 연기 스모그가 아침을 한낮으로 오후로 만드는데 그림자도 하늘도 없어서 사실은 그게 아니라는 사실을 알 길이 없고, 시간의 혼란이 그녀의 머릿속에서도 점점 커지고 있는 것을 그녀는 생각했다. 그게 오늘인가 어제인가 내일인가? 이 모든 것이 어머니와는 달리 긴박하게 그녀를 압박했다. 그녀는 어머니가 그렇게 되기를 원하지 않았다.

검사 결과를 보면, 한 의사가 말을 시작하고 또 다른 의사는 평균 수치가 내려갔지만 순전히 평균적으로만…… 강화에 동반하는 어쩌면 약화가…… 진통제를 늘리면 호흡이 편안해지지만 그로 인해 더 불편해지는 부분이……

결국 프랜시의 세 자녀는 또 오리무중이 되었다.

2

애나는 다양한 새 검사에 대해, 약의 종류와 양이 바뀌는 것에 대해, 특정한 보살핌 방법의 변경에 대해 말하는 의사들에게 귀를 기울이면서, 이제는 막대기 같은 뼈에 거죽이 달라붙은 형태에 지나지 않는 프랜시의 몸이 쇠약해진 늙은 짐승의 것이 아니라 21세기의 복잡한 기계인 것 같다는 생각이 들었다. 마치 기술자들이 끊임없이 기름칠을 하고, 부품을 교체하고, 연료를 공급한다면 그 기계가 계속 돌아갈 수 있다고 말하는 것 같았다. 이런 시각이 애나에게는 왠지 엄청나게 조악해 보였으나, 왜 그렇게 보이는지 그리고 대신 어떤 조치를 취할 수 있는지는 그녀도 전혀 알 수 없었다.

나중에 이 일을 다시 생각하면서 그녀는 혹시 그 전문적인 용어들과 전혀 명확하지 않은 내용이 일종의 가장인 동시에 진실이 아니었을까, 오만하게 을러대는 아우성인 동시에 겸손한 인정이 아니었을까 하는 생각이 들었다. 사람은 누구나 죽게 마련이고, 프랜시는 대부분의 사람보다 먼저 죽을 것이다. 사람들이 죽음을 앞둔 사람을 위해 해줄 수 있는 일은 작은 것들뿐인데, 결국은 그 작은 일 중 어느 것도 결말을 바꾸지 못한다.

할 수 있는 일이 정말로 그런 것뿐인가? 애나는 생각했다. 더러워진 침대보를 매일 더욱더 공들여 갈아주고, 더 시간을 들여 정해진 절차대로 보살피는 것뿐인가? 정해진 절차가 모두 그렇듯이 꼭 필요하면서도 공허한 그대로? 마지막에 남는 것이 또 다른 형태의 신앙 치료뿐이라면? 병자 앞에서 주문을 외며 배에서 마법으로 깃털을 뽑아내던 샤먼들과 다를 것이 무엇인가?

거의 반사작용처럼 그녀는 밝게 말했다. 미안! 직장 전화예요! 그러고는 어머니에게서 몸을 돌려 휴대폰을 다시 확인했다. 인스타그램을 열어, 사방의 바닷가에 노숙자들의 판자촌이 새로 생겨나는 것을 보니 말문이 막혔다. 한 번도 불에 탄 적 없는 우림이 불에 타는데 지금은 심지어 화재 시즌이 시작되는 시점도 아니며 전문가들은 화재가 너무 압도적으로 커질 테니 집을 지키려는 생각은 버리라고 말하고 있었다. 물을 그냥 마시는 건 안전하지 않다는 내용을 누군가가 게시했다. 전기도 통신도 끊겼다고. 델리와 비슷했다 혹시 우리가 새로운 제3세계 국가가 된 건가? 애나가 렘 쿨하스의 건물 내부에 대해 아직 본 적이 없는 영상에 댓글을 달았을 때 터조가 가족들의 의견은 투석이 더 나은 방법이라는 것이라고 말하자, 애나는 시선을 들어 고개를 끄덕이며 중얼중얼 동의의 말을 했고, 전문의들의 말은 더 직접적인 동시에 더 불투명해져서 그들이 말하기를 피해 있고 위험하다며 반대의 조언을 했는데 병원의 방침은 아니다, 애나는 말하길 그렇죠, 그렇죠.

그러나 그들의 조언은 그녀에게 전혀 조언 같지 않았다. 건물을 철거할 때 쓰는 철구鐵球처럼 던져진 그들의 말에는 반박할 수 없는 지식의 무게와 오랜 세월 쌓인 경험의 확신이 있었으며, 수세기 동안 사람들이 목격하고 완화하고 야기했던 고통이라는 짐이 엄청난 무게로 인간적인 감정을 모두 박살냈다.

그에 비해 그들의 반대는 진부하다 못해 감상적으로 보였다. 모든 감정 중에 가장 연약한 동정심만을 근거로 삼아 쉽게 깨지고 부서지는 것. 사람, 죽은 새, 재. 이야기가 이어지면서 의사들의 설명은 또다시 삼남매의 이해를 넘어서는 복잡한 숲처럼 변했으나 그들의 뜻은 분명했다.

3

그들의 어머니는 죽을 것이다. 그들은 동의해야 한다.

4

그 뒤로 며칠 동안 프랜시의 상태는 급속히 악화되었다. 이제 자식들은 그녀의 입술을 향해 아주 가까이 몸을 기울여야만 그녀의 말을 들을 수 있었다. 어머니의 입에서 나오는 모든 말이 보이지 않는 바다를 표류하다가 부서졌다. 삼남매는 그 수수께끼 같은 말을 어떻게든 해석해보려고 애썼다. 어머니의 말을 들을 수 있을 때는.

대화를 지탱해주는 틀인 시간, 논리, 문법이 무너지고 있었다. 어머니의 말은 이제 말하는 사람과 듣는 사람이 모두 정신을 집중하고 노력을 기울여야 하는 일이 되었다. 어머니의 말이 그 기진맥진한 몸이 휘청거리는 목구멍과 말을 듣지 않는 혀로 만들어낼 수 있는 최선의 숨결을 약하디약하게 내뱉는 것에 불과해졌을 무렵, 애나와 터조는 어머니의 병상 옆에서 진부한 말을 속삭여주다가 병원 복도로 나가 휴대폰으로 끊임없이 통화하기를 반복했다. 그들은 이곳에 머무르는 날을 하루하루 연장하면서 예정된 회의를 취소하고, 결정을 내려야 할 일을 뒤로 미루면서 위험할 정도로 직장의 자리를 비웠다. 그들이 느끼기에는 그랬다.

애나는 이메일을 확인해야 한다면서 화장실로 가서 변기에 앉아 있곤 했다. 더웠다. 항상 더웠다. 수돗물 사용량 제한이 이미 실시 중이어서 물줄기가 아주 가늘었다. 휴대폰 화면을 내리면 온 나라가 불타고 있었고 그녀는 화재에 집어삼켜진 소방차 안에서 소방관들이 탈출하려고 애쓰며 찍은 영상을 순수한 불길이 가득한 휴대폰 화면으로 보았다. 물 거인처럼 움직이는 불길은 해변으로 굴러와 부서지는 불의 파도, 소방관들이 죽고, 어느 정치인은 하와이 휴가를 중단하고, 사람들과 어깨동무를 하고 술을 마시며 샤카 제스처*를 한다, 걱정 마. 사라짐에 관한 언급은 없었다. 둘이 사라졌는데, 그 무엇도 그들을 하나로 묶어주지 않는다. 둘이 넷, 샤카 제스처는 뭔가 의미할 수도 있고 아무 의미가 없을 수도 있다, 넷, 여덟이 열둘. 불타는 세상, 무엇도 되돌리지 않는다. 아무것도 느끼지 않는 것이

---

* 하와이에서 호의적인 인사의 뜻으로 하는 손 인사. 엄지와 새끼손가락을 펴고 다른 손가락은 모두 접은 모양이다.

가능했다 아무것도 느끼지 않는 것이 필요했다. 새로 뜨는 뉴스와 소셜미디어 게시물을 봐도 전혀 아무것도 느껴지지 않았다. 그녀는 아무것도 할 수 없고 아무것도 하지 않을 것이고 아무것도 아니었다. 그건 좋았다. 모든 것이 죽어갈 때 어머니를 계속 살려두는 것 외에는 아무것도 없었다. 그녀는 변기의 물을 내리고 세상이 죽는 것을 지켜보고 어머니가 계속 살게 했다 아무것도 아무것도 아무것도.

5

프랜시는 점점 더 모호해지는 의식과 잠 사이를 떠돌았다. 애나 또한 기묘한 대칭을 이루며 그러했다. 어머니의 병상 옆을 떠나 있을 때면 병원에서 당장 돌아오라는 전화가 걸려 올 것 같았다. 어머니가 아프다고, 어머니가 죽어간다고, 어머니가 죽었다고, 우리 세계로 돌아와요, 당장, 병원의 세계로, 일단 들어오면 나갈 수 없는 세상, 자연광, 공기, 소리, 소음, 냄새가 병원 불빛, 병원 냄새, 병원 소음으로 대체된 곳.

불빛이 완전히 환하게 켜져 있을 때도 항상 어스름한 것 같았고, 죽음을 멈춰 세워 몸을 치료했는데도 반만 살아 있는 것 같았다. 반은 여기에, 반은 사라졌어. 애나는 속으로 생각했다. 일단 그 세상 안으로 들어가면 모든 것이 스르르 사라질 위험이 있는 것 같았다. 시간이 너무 빨리 흐르고, 주방에 걸린 시계는 앞뒤로 질주하고, 하루가 몇시간 만에 끝나거나 아예 시간이 전혀 움직이지 않아서 일초가 지나는 데 수십년이 걸렸다. 장소, 집. 종이 커튼, 비닐들것, 수술복을 입은 낯선 사람, 환자 모니터, 호흡기, 제세동기, 심전도 기계, 마취 기계, 교환 가능한 부품들이 무한한 플라스틱 부품이나 옷가지나 삑삑거리는 기계라기보다 사람인 시스템. 마치 시스템 전체가 환자를 살려두기 위해서 존재하는 것이 아니라 환자가 시스템의 유지를 위해 존재하는 것 같았다. 프랜시는 그 시스템과의 연결이 끊겼으므로, 그 기묘하기 짝이 없는 절반의 세계에 쓸모없는 존재가 될 날이 가까워지고 있었다.

6

의사들에게서 일시적인 회복은 없을 것이라는 말을 듣고 닷새째 되던 날 프랜시가 순간적으로나마 조금 기운을 차리고 정신도 또렷해진 것 같았다. 애나가 어머니의 얼굴 가까이 몸을 기울였지만, 어머니는 고개를 돌려 그녀를 보지 않고 계속 똑바로 앞만 바라보았다. 단 하나의 메시지

를 위해 온 힘을 모으는 것 같더니만, 곧 갈라진 목소리로
입을 열었다.

성사를. 받고 싶어. 애니.

갈라진 목소리 사이사이에 고통스럽게 침을 삼키는 순
간이 끼어들었다.

신부님을. 부르면. 좋겠어.

애나는 새로운 뉴스가 있는지 휴대폰을 보았다.

7

남동생들이 침대 발치에 서 있었다. 그녀는 그들에게 속
삭였다. 화장실로 가서 변기에 앉아 사라진 무릎을 무시한
채 휴대폰으로 사진들을 보았다. 울타리를 태아처럼 웅크
린 채 붙잡고 타 죽은 캥거루 숯덩이가 된 코알라 불에 타
서 몸이 부풀어오른 채 하늘을 보며 누워 있는 소, 말라붙
은 강바닥에서 다리가 허공을 향해 자라난 것 같았다. 그
녀는 황토색 지옥 같은 바닷가에서 할 말을 잃어버린 인
간들의 모습을 담은 중세의 그림 같은 풍경들을 계속 스크
롤하며 지나갔다. 카라바조 브뤼헐 보스 아주 오래전 일인
것 같은데 지금 일어나고 있고 지금 모든 것에 빛을 비추
는 테라코타인가? 화재가 언제 일어났느냐고 사람들한테

물어보세요. 어디선가 누군가가 말한다. 사람들은 기억하지 못합니다 오늘이 무슨 요일인지도 몰라요. 며칠인지 무슨 달인지 몇년도인지가 흐릿해진다. 빛이 번지고 단어들이 미끄러지고 그녀의 휴대폰이 삑 하는 소리로 문자가 들어왔음을 알렸다. 애나는 차마 그것을 읽을 수도 없고 생각할 수도 없었다. 신발 옷 주방용품. 그녀는 인스타그램을 참을 수 없지만 인스타를 열었다. 전등이 달린 발전기가 화재가 만들어낸 한낮의 어둠을 밝혀 언제 세상이 검게 변했지? 야생에는 지옥 손바닥에는 아무것도. 뭔가가 있었고 모든 것이 있었다.

아무것도 없었다.

애나가 병동으로 돌아왔을 때 남동생들은 복도에서 기다리고 있었다. 터조가 사제에 대해 뭐라고 속삭였다. 그녀는 동생이 화가 났을 때 항상 그러듯이 어깨를 움츠리는 것을 보고, 귀를 돌렸다. 동생의 말을 듣기 위해서라기보다는 피하기 위해서였다. 터조가 더 큰 목소리로 사제를 데려온다면 그 뜻은 하나뿐이라고 말했다. 마지막 성사를 치르고 죽음이 임박했음을 받아들이고 나면 프랜시는 더 나아가려는 욕망을 잃어버리고 스스로의 의지로 죽음을 향해 갈 것이다. 애나의 휴대폰은 페이스북 게시물들을 제대로 불러내지 못했다. 그것에 안심이 되고 그것이 괴롭고 이것이 프랜시를 살리려는 그들의 시도를 사보타주(터조의 표현)할 것이 분명하지만 의사들은 프랜시를 계속 살려두는 것이 불가능한 일임을 명확히 했다. 터조에게는 미칠 노릇이었다. 의사들이 그러더니 이제는 어머니까지.

어머니는 죽는 걸 원하지 않아. 터조가 병원 복도에 서서 열렬히 말했다. 앙상한 하얀 손가락으로 그 점을 강조하는 것이, 마치 그것으로 증명이 된다는 것 같았다. 그가 말을 덧붙였다. 우리도 어머니가 돌아가시는 걸 원하지 않아.

페이스북이 여전히 제대로 열리지 않았다. 병원 벽 때문인가?

그래. 애나가 고개를 끄덕이며 말했다.

그래, 맞아. 터조가 말했다.

토미는 다 좋은데, 어머니가 겪게 될 고통과 고생을 생각해보라고 말했다. 그는 자신이 그렇게 잔인해질 수 있을지 잘 모르겠다고 했다. 누구든 그렇게 오랫동안 그렇게 심한 고통을 겪을 필요가 있어?

터조는 토미의 말을 누르고, 오로지 사는 것만이 중요하다고 말했다. 살아야지! 그가 이를 악물고 소리쳤다. 살아야지!

진짜 실수는 실수를 두려워하는 것뿐이야. 그가 말을 이었다. 진짜 죽음은 죽음을 받아들이는 것뿐이야. 프랜시가 좋은 인생을 살았다고 말하는 건(그렇게 말한 사람은 없었다) 진짜 멍청한 짓이야. 말이 씨가 되는 게으른 짓이고,

심지어 범죄적인 짓이기도 해.

터조는 죽음에 동요하는구나. 애나는 속으로 생각했다. 죽음이라는 현실뿐만이 아니라 죽음을 생각하는 것조차 그래. 예전에 터조는 자신의 특징과 생각을 가장 크게 드러내는 순간에 이런 말을 하곤 했다. 삶 하나하나가 우주를 긍정하는 거야. 어쩌면 그래서 모든 죽음이 터조에게는 무서운 질문이 되는 것 같아. 애나는 가끔 이런 생각을 했다. 로니가 죽은 뒤로 터조가 줄곧 대답하지 못한 질문.

하지만 터조의 무시무시한 의지 때문에 애나와 토미는 몸이 굳어버리곤 했다. 마지막에 토미는 항상 터조를 달래고 애나는 항상 뜻을 굽혔다. 둘의 결과는 똑같았다. 터조가 뜻을 관철한다는 것.

그러나 어머니를 터조의 의지에 맡기는 것은 그렇게 쉽지 않았다. 그날, 적어도 처음에는, 터조조차 어머니의 소망에 답하지 못했다.

터조가 계속 날뛰는 가운데 애나는 다시 화장실로 갔다. 새로운 게시물이 화면에 떴다. 어쩌면 병원 벽이 문제가 아니었을 수도 있고 어쩌면 휴대폰이 문제라서 새것으로 바꿔야 하는 것일 수도 있었다. 자욱한 화재 연기 PM2.5인 초미세먼지, 폐와 혈액에 손상을 입힐 수 있을 만큼 작은 그 입자들이 시드니를 질식시켰다, 수치가 200만 넘어도 위험한데 지금은 2200이었다. 그녀는 구글에서 사라짐을 검색했다. 아무것도 뜨지 않았다. 그녀는 펭귄 밈을 하나 올렸다 생각을 제대로 할 수 없었다 글을 읽을 수 없었다 사람들을 미치게 만드는 연기 속에서 버튼을 클릭했다 그것이 불안을 촉발한다고 어떤 교수가 말했다 전쟁과 같다고 적이 도시를 공격하는데 우리는 적이 어디에 있는지 모른다고. 지구의 생명유지 시스템이 납작하게 붕괴해버릴지도 모른다 지구 신봉자의 숫자가 이제 수백만 새로운 시대에 맞는 새로운 표현을, 밈을 읽는다. 불의 적란운 거대한 불길이 만들어낸 구름 높이 16킬로미터 그것이 번개로, 불씨 공격*으로, 바람으로, 불길 소용돌이로 더 많은 불을 만들어낸다. 생물의 전멸. 모든 것을 상실한 데서 생겨나는 감정인 솔라스탤지어**. 무無의 이미지는 무엇인가? 표현할 말이 어디 있지 그녀는 생각했다 생각하지 않았다 다시 인스타를 시도했다 화면이 열렸다. 이렇게 기쁠 수가! 인스타그램, 영혼의 축복받은 마취제! 음식휴일미소집단쇼핑. 떠나야 했다. 그녀는 확신했다. 떠나야 했다.

* ember attack. 산불이 타는 동안 불붙은 나뭇가지, 나무껍질, 이파리 등이 공중으로 떠올라 날아다니는 것. 산불이 계속 번지는 요인 중 하나다.
** solastalgia. 환경의 대대적인 변화로 발생하는 우울감.

프랜시는 사제를 불러달라고 요청했으면서도, 마지막 성사를, 사면을, 지상에서 그녀의 시간이 끝나간다는 공개적인 인정을 원하면서도, 과거 자신의 어머니(모두 간단히 타이거라고 부르던 사람)처럼 하느님에게 집착하는 것 같지 않았다. 22년 전 타이거는 죽음을 앞두고 생명줄을 붙잡듯이 묵주를 꼭 쥐고는 성모송을 외웠다. 두려움을 미처 다 감추지 못한 목소리라서 그녀의 자식들도 그것이 괴로움임을, 결혼하지 않고 임신한 젊은 여자가 두려움에 차서 정신없이 용서를 간청하는 것임을 이해했다. 속죄를 위해 아무리 애를 써도 그녀의 하느님은 엄격한 노인처럼 그녀의 그 무서운 죄를 용서해주지 않을 것임을 타이거는 이해했다. 그 죄의 대가는 지옥에서 영원히 불에 타는 형벌일 것이다. 그녀가 무서워한 것은 죽음이 아니라 그 뒤에 마주칠 상황이었다. 틀림없어, 틀림없어. 그녀는 이렇게 말하곤 했다. 수십년 동안 묵주기도를 하더라도 그녀의 파멸은 정해져 있었다. 그녀는 남편은 물론 열세명의 형제자매보다도 오래 살았다. 심지어 자식도 몇명 앞세웠다. 하지만 결혼하지 않고 임신한 여자에게 잔혹한 하느님이 내리는 무자비한 심판보다 더 오래 살 수는 없었다. 생애의 마지막 몇주 동안 잠들면 찾아오던 꿈속의 생각과 깨어 있을 때 죽음에 대해 생각한 것이 서로 전쟁을 벌였다.

그녀는 그들을 옛사람이라고 불렀다. 모두 죽은 사람들. 가족, 친구, 어떤 사람들은 기억이 가물가물해서 어렴풋한 기억 속 이야기 중 작은 일부를 통해서만 떠올릴 수 있었다. 그들이 매일 밤 짐마차를 타고 그녀를 찾아와 함께 가자고 청했다. 방금 베어낸 건초가 햇볕을 듬뿍 받고 있는 벌판 너머에서 그들이 왔다. 우리랑 같이 가자! 그들은 매일 저녁 이렇게 외쳤다. 우리랑 같이 가자, 키티!

매일 밤 타이거는 거절했다. 하느님이 만든 함정일까 두려웠다. 오랫동안 성공적으로 그 함정을 피했는데. 경건한 행동과 맹렬한 생명력으로 그것을 물리쳤는데. 하지만 그런 그녀도 결국은 죽을 수밖에 없었다. 아흔아홉살에, 거의 마지막 숨을 내쉴 때까지 아이가 한살 어리다고 한사코 주장하면서. 결혼 두달 뒤에 태어난 아이를 설명하려고 지어낸 혼란스러운 이야기였다. 정말로 저주받은 자만이 자신이 저지른 최악의 죄에 대해 보여줄 수 있는 두려움과 사나움으로 그녀가 있는 힘껏 두들겨 팬 그 아이, 그들이 프랜시스라는 세례명을 지어준 딸.

타이거는 자신의 죄가 수치스러워서 살고 싶어 했다면, 프랜시는 자신의 인생에 부끄러운 것이 없기 때문에 완전히 만족하고 죽음을 받아들이는 것인지도 모른다. 애나는 이런 생각이 들었다. 하지만 터조는 어머니의 소망으로부터 어머니를 반드시 구해낼 기세였다. 어머니가 죽음을 몹시 원하는 것이 분명한데도, 터조는 어머니를 살리기 위해 모든 노력을 기울여야 한다고 고집을 피웠다.

토미는 평소답지 않은 단호한 태도로 물었다. 어머니가 죽음을 원한다면, 우리는 그 소망을 들어드려야 하지 않아? 그게 어머니의 소망이 아니야?

프랜시와 같은 상황이라면 누구든 죽고 싶어 할 거야. 터조가 대꾸했다. 중요한 건 그게 아니잖아. 우리가 프랜시의 상황을 바꿔놓아야 한다는 게 중요해. 그러고 나면 어머니의 소망도 바뀔 거야. 사제를 부르면 안 돼.

토미가 다시 반대하자, 터조는 갑갑한 표정으로 단서를 붙였다. 어머니가 준비가 되면 당연히 우리가 사제를 불러야지. 하지만 아직은 아니야.

애나는 사제를 부르는 것이 과연 하느님 때문인지 궁금했다. 어쩌면 그건 그들 자신을 위한 일인지도 몰랐다. 어쩌면 프랜시는 자식들에게 이렇게 말하고 있는지도 몰랐다. 이제 됐어. 제발, 날 보내줘.

하지만 그들은 그럴 수 없었다.

결정은 그들이 할 것이다. 어머니가 아니라. 하느님이 아니라. 어머니의 때는 지금이 아니었다.

너무 잔인한 것 같아. 애나는 속으로 생각했다. 아마 실제로 잔인해서 그런 거겠지.

그들은 병실로 돌아갔다. 터조가 어머니에게 돌아가실 때가 되면 사제를 부르겠다고 부드럽게 말했다. 하지만요, 그가 말을 덧붙였다. 그 무시무시한 영업용 미소를 지으면서. 치아가 환히 드러난 배신의 미소. 어머니는 사실 거예요.

10

그날 밤 애나는 톰 맥휴고에서 터조를 만나 가벼운 식사를 했다. 그러다 상담에 대한 이야기가 나왔다. 터조는 두 번째 결혼생활에 종지부가 찍힌 뒤 조금 상담을 받았다고 말했다. 상담가에게 자기 삶의 몇가지 부분에 대해 조금 이야기하고, 그것들을 자신이 어떻게 받아들였는지 설명하면 상담가는 그의 말에 맞장구를 치면서 그의 자기인식을 칭찬하곤 했다. 상담가는 터조에게 행운아라고, 자신이

어떤 사람인지 잘 아는 드문 사람 중 하나라고 말했고, 터
조는 그 말에 동의했다.

몇주 뒤 상황이 조금 바뀌면서 상담가가 터조의 말을 자
신의 말로 다시 포장해 터조의 말에 터조의 말을 돌려주었
다. 아마 대단히 높은 상담료를 정당화하기 위해서였을 것
이라고 터조는 짐작했다. 어쨌든 터조는 계속 상담을 받으
러 다녔고, 두 사람의 의견은 항상 일치했다. 그러다 터조
가 상담을 그만두었다.

솔직히 말하자면, 좀 아쉽기는 해. 터조가 애나에게 말
했다. 그는 자신에 대해 남에게 말하는 것에 거리낌이 없
었지만, 자신의 슬픔을 그럭저럭 파악했다는 생각이 들었
다. 슬픔의 정체를 알게 되었으니 억제할 수 있었고 따라
서 제어가 가능했다. 하지만 결국 그는 슬픔이 청구서로
바뀌는 것에 진력이 나서 상담을 그만두었다.

애나는 로니의 죽음에 대해서도 이야기했는지 물어보
았다. 혹시 그애가……

터조의 포도주 잔이 바닥에 떨어져 깨졌다.

미안해미안해미안해! 중얼거리는 그의 모습이 묘하게
토미와 비슷했다. 그는 계속 바닥만 내려다보면서 전혀 움
직이지 않았다. 애나가 가서 쓰레받기와 빗자루를 가져왔
을 때도 그는 여전히 고개를 숙인 채였다. 그녀는 너무 당
황스러워서 차마 그의 시선 안으로 들어가 깨진 유리 조각

들을 치울 엄두를 내지 못했다.

그는 오랫동안 바닥의 깨진 유리잔만 빤히 보았다. 두 사람은 바의 구석자리, 스피커 아래에 있었다. 그녀는 동생이 눈물에 젖어 목이 막힌 듯한 소리를 내고 있지만 음악이 그 소리를 가려주고 있음을 깨달았다.

그녀가 부드럽게 동생의 이름을 불렀다. 그의 시선은 여전히 바닥에 고정되어 있었다. 마치 그가 자신의 안에서 뭔가를 비워내야 하는 것 같았다. 하지만 비워내면 낼수록, 그것이 안에서 점점 커졌다. 그가 고개를 저었다. 마침내 그대로 고개를 숙인 채 그가 물었다. 옛사람들이 짐마차를 타고 데리러 온다던 타이거의 꿈을 기억하느냐고.

애나는 고개를 끄덕였다.

그럼 로니는?

애나는 아무 말도 하지 않았다. 그녀는 당연히 그 꿈을 알고 있었다. 죽음을 앞뒀을 때 타이거가 가족들에게 매일 밤 자신을 데리러 오는 옛사람들이 짐마차 위에 서서 고삐를 손에 쥔 잘생긴 청년의 지휘를 받는다고 몇번이나 말했으니까. 그 잘생긴 남자가 로니였다. 어른이 된 로니. 당시 로니의 나이는 열네살이었다. 매일 밤 타이거의 꿈에 나타나는 사람들이 모두 오래전에 죽은 사람들이라는 점을 감안하면, 로니의 등장은 기묘한 일이었다.

그는 타이거를 땅에 묻고 열흘 뒤, 기숙학교인 마리스트

칼리지에 다니다 휴일을 보내려고 집에 와 있던 로니가 스스로 목을 맸다는 사실은 말하지 않았다. 말할 필요가 없었다.

애나는 그때도 지금도 모두가 말하듯이 그 두 일이 우연히 겹쳤을 뿐이라고 대답했다. 하지만 누구도 그 말을 믿지 않았다. 가끔 그 일을 생각하다보면, 애나는 두 세계가, 그러니까 산 자의 세계와 죽은 자의 세계가 순간적으로 가까워져서 뒤섞인 것 같다는 느낌이 들었다(어이없는 생각이라는 건 그녀도 알았다).

나는 로니보다 22개월 어렸어. 터조가 낮은 목소리로 말했다. 그 일 이후로 터조는 누구도 결코 잃을 수 없는 아이가 되었다. 그가 원래는 할 필요가 없었던 일, 그와는 어울리지 않는 일이 많이 생겼던 것 같다. 터조가 말했다. 있잖아, 생각해보면 사람은 자신을 어떻게든 변화시킬 수 있어. 하지만 정말로 그런 존재가 되지는 않아. 속에 항상 똑같은 사람이 숨어 있거든.

그는 스스로를 터조로 임명했다.

셋째.

셋째 남동생.

이제는 둘째였지만, 여전히 셋째인 척, 로니가 그 헛간에 들어가지 않았던 척하면서 아무것도 아닌 존재가 되었다.

11

그녀가 앞으로 나서서 바닥의 유리 조각을 빗자루로 쓸기 시작했지만, 그는 도우려는 기색이 전혀 없이 계속 말을 이었다.

아냐, 내 문제가 뭔지 나도 모르겠어. 그가 말했다. 한동안 그는 슬픔이 문제라고 생각했지만 아니었다. 그보다 더 큰 것, 그가 설명하거나 이해할 수 없는 것인 듯했고, 그는 그 안으로 계속 추락하고 있었다. 누나도 이런 느낌 알아? 텅 빈 허공 속으로 자꾸 떨어지는 느낌 말이야. 알아? 영원히 그래.

그는 떨어지고 또 떨어졌다. 주위를 둘러보면 애나, 토미, 로니, 프랜시가 보인다고 그가 말했다. 하지만 그는 한껏 뻗은 그들의 팔을 붙잡지 못했다. 그들이 어렸을 때 교회 앞의 유칼립투스 나무를 오르곤 했는데, 그는 그 나무에서 떨어지면서 가지들을 붙잡지 못했다. 나무껍질이 돌돌 말려서 벗겨지는 것이 보이고, 새로 돋은 초록색 껍질에는 희망이 생겼다. 개미와 태즈메이니아의 공기 냄새가 났지만, 그는 아무것도 붙잡지 못하고 그 눈부신 빛 속에서 계속 떨어졌다. 발이 계속 미끄러져서 어둠 속으로 떨어지고 또 떨어지며 추락을 멈출 수 없었다. 그거야. 허공. 그런 느낌 알아? 그는 지금 그 공간에 살고 있었다.

뭔가가 그를 비틀어대기라도 하는 것처럼 이제 그는 참지 못하고 거의 경련하듯 떨고 있었다. 숨이 막힌 짐승 같은 소리를 내며 울음을 멈추려고 했다. 애나는 무섭고 불쌍한 소리라고 생각했다. 평소 무정하고 냉정해 보이던 터조에게 화가 많이 났지만, 냉정을 잃어버린 그의 모습을 보는 기분이 끔찍했다. 마치 그가 겉으로 내보이던 모습은 외골격에 불과했고, 그것이 사라지면 이런 모습이 되는 것 같았다.

마침내 그가 그녀를 바라보며 말했다. 주변에서 온통 사랑이 사라지는 것 같아 겁이 난다고, 사방에서 사랑이 사라지는 걸 느낄 수 있다고. 이게 말이 되는 것 같아? 누나는 못 느껴? 터조가 물었다. 사랑이 부재하기 때문일까? 사랑이 사라진 게 아니고서야 사람들이 어떻게 그런 행동을 할 수 있겠어?

애나는 사람들이 때로 사랑 때문에 어떤 행동을 하는 것이 무섭다고 말했다.

그는 잘 모르겠다고 하더니, 이내 만약 프랜시가 가버리면 자신이 붙잡고 매달릴 사랑이 하나도 남지 않을 것 같다고 말했다.

짐승처럼 기묘한 울음소리가 다시 시작되었다. 금방이라도 토할 것 같은 소리에 가까웠다. 하지만 아무것도 나오지 않았다.

그가 로니의 죽음을 언급하는 걸 애나가 들은 건 그때가 유일했다. 헛간에서 목을 맨 로니의 시체를 터조가 발견했다. 그는 그 일에 대해 한마디도 하지 않았다. 그녀도 그에게 무엇을 보았는지 한번도 묻지 않았다. 마치 그가 뭔가를 토해야 하는 것 같은데 아무것도 뭔가가 모든 것이 아무것도 없었다.

12

구름이나 그림을 봐. 한참 조용하던 터조가 말했다. 하지만 말을 잇지 못하고 다시 조용해졌다. 그에게 필요한 단어들이 깨져서 애나가 빗자루질을 하며 놓친 바닥의 유리조각들 사이에 흩어져 있는 것 같았다. 사실, 그는 다시 말을 시작했다가 멈췄다. 사실, 그는 이 말을 하면서 작게 웃었다. 자신이 스스로를 모른다는 것, 스스로를 눈곱만큼도 모른다는 것을 그는 깨달았다. 투자자, 벤처자본가, 성공한 사업가보다 훨씬 더 많은 모습이 자신에게 있다는 것이 그의 두려움이었다. 그가 예외적으로 뛰어난 인간이라는 뜻은 아니었다. 자신에게 특별한 점이 전혀 없다는 걸 그는 잘 알았다. 하지만 자기 안에 예외적인 것들이 있음을, 모두에게 그런 예외적인 것들이 있음을, 하지만 자신 같은 사람들은 그것을 억누르고 죽여버린다는 것을 그는 느꼈다. 그것이 그의 비밀스러운 두려움이었다. 자신의 진정한 모습을 스스로 죽여버렸다는 두려움, 로니의 일 이후 자신이 그것들을 죽여버렸다는 두려움. 이유는 몰랐다. 그것들이 자신을 죽이지 못하게 그가 그것들을 죽였다. 자신이 그러는 줄도 모르고. 몰랐다. 그는 행운아가 아니라서 자신이 어떤 사람인지 모르고 몰랐다 누구 아는 사람이 있나?

이런 생각을 하면 겁이 났다. 자신이, 어떤 근본적인 의미에서, 이해할 수는 없었지만 느낌으로는 이미 내면에서 죽어버렸다는 생각. 이 생각이 그를 끊임없이 괴롭혔다. 프랜시가 처음 병석에 누운 뒤로 이 생각이 그를 찾아오기 시작했다고 그가 애나에게 말했다. 어느 날 밤 그는 약간의 위로를, 상냥한 말을 듣고 싶어서 토미에게 전화를 걸었다. 심지어 토미의 더듬거리는 말투까지도 도움이 될 것 같았지만, 토미가 전화를 받았을 때 터조가 들은 것은 프랜시를 돕기 위해 더 노력하지 그랬느냐고 토미를 다그치는 자신의 목소리뿐이었다. 말도 안 되지, 누나? 이상한 일은 그가 화를 낼수록 마음이 차분해졌다는 점이다. 기분이 점점 나아졌다. 그 점이 최악이었다. 그 덕분에 그는 잊을 수 있었다. 미친 짓이었다. 자기 기분이 나아지려고 토미를 그런 식으로 두들겨대다니. 하지만 그 덕분에 잊을 수 있었다.

터조는 애나를 보았다. 어떤 시선인지 그녀는 확신할 수 없었다. 그가 도로에서 차를 멈출 때처럼 앙상한 손을 들어올리더니, 갑자기 평소처럼 다시 이런저런 지시를 내리기 시작했다. 살짝 높아진 목소리에 확신이 가득했다. 그는 그녀에게 어머니를 도울 수 있는 지인이 있지 않느냐고 말했다. 내가 누굴 말하는지 누나는 알지, 나는 이름을 잊어버렸지만 누나는 틀림없이 기억할 거야. 어떻게든 조치를 취하지 않으면 어머니에게 남은 시간은 고작 며칠이야. 누나가 어떻게 해볼 수 있지?

그날 저녁 이야기는 거기서 끝났다. 프랜시의 삶이 이제 몇주 또는 며칠 단위로 헤아릴 정도밖에 안 된다는 사실을 아는 채로.

그녀가 터조의 요구대로 한다면 또 모르지만.

주점을 나온 그녀는 병원으로 갔다. 어둡게 조절된 병동의 불빛, 늦은 밤 병원 특유의 무기력감 속에서 그녀는 조용히 프랜시와 함께 앉아 있는 낯선 사람을 보았다. 워낙 젊어서 풍성한 수염이 형편없는 연극 소품처럼 보이는 남자였다.

그가 그녀에게 천천히 고개를 돌리고 미소를 지으며 말했다. 안녕하세요, 애니 고모.

제 6 부

1

잠시 머뭇거린 끝에 애나는 아이라인을 그린 그 죽은 눈
의 주인이 조현병을 앓는 토미의 아들 데이비임을 알아보
았다. 두 사람은 서로를 끌어안고 인사한 뒤, 그 자세 그대
로 고개를 돌려 프랜시를 보았다.

믿음직스럽지 못한 밤의 병동 불빛 속에서 어머니의 반
투명한 피부에 연한 파란색 핏줄이 비치는 모습이 대리석
같았다. 마치 방금 창문 세정제로 몸을 닦기라도 한 것처
럼 어머니에게서 연한 암모니아 냄새가 풍겼다. 너무 커
보이는 베개에 머리가 푹 잠긴 모습이 연약한 초소형 도자
기 작품이 쿠션 받침 속으로 거의 사라져버린 것과 비슷

했다. 애나는 가는 국수가닥처럼 어머니의 몸에 연결된 튜브들이 계속 늘어나는 것에 화들짝 놀라 순간적으로 어머니가 더이상 어머니처럼 보이지 않았다. 저 쇠약해진 몸은 오래전 거미줄에 걸려 목숨을 잃은 어떤 것의 껍질에 지나지 않았다.

긴 신음 소리가 프랜시에게서 흘러나왔다. 깊은 구렁에서 빠져나오는 느린 바람 소리처럼. 프랜시가 갑자기 잠에서 퍼뜩 깨어 다리를 긁기 시작했다. 토미! 토미! 그녀가 소리쳤다. 데이비가 달래주자 그녀는 데이비에게 고개를 돌려 한동안 빤히 바라보았다. 마치 뭔가를 잃어버린 사람처럼.

그날 밤 그녀는 집으로 데려가달라고, 병원으로 다시 데려가달라고 애원하기도 하고, 잠에 빠졌다가 깨어나기도 하고, 심한 고통에 시달리는 사람처럼 관절을 문지르기도 하다가 갑자기 CIA 스파이들이 지켜보고 있다며 의심에 차서 모든 동작을 멈췄다. 애나가 아무도 없다고 말해주자 프랜시는 창문을 가리켰다. 저기! 저기! 멍청한 딸을 향해 고개를 절레절레 저으며 그녀는 이렇게 외쳤다. 저기. 눈이 하나뿐인 사람들이 있어!

데이비는 프랜시의 헛소리에 고모보다 더 편안하게 대응했다. 그는 창밖을 흘깃 보고는 할머니에게 돌아서서 항상 카드 게임이나 하고 있는 저들이 어떻게 무사할 수 있

는지 이해가 안 간다고 말했다. 저러다 상관한테 들키면
혼날 텐데요.

프랜시는 데이비의 말을 듣고 차분해져서 고개를 끄덕
이더니 곧 다시 곤히 잠들었다.

애나는 할머니에게 참 다정하게 군다고 데이비에게 말
했다. 데이비는 자신이 헛것을 볼 때 자신에게 맞장구를
쳐주는 사람들에게 익숙해서 그렇다고 웃으며 말했다. 문
제는 헛것이 진짜라는 거죠. 그가 말했다.

2

꿈에 프랜시는 어디로 갈까. 애나는 밤새 어머니를 지
켜보며 생각했다. 반군 사제, 마법 등 황당무계한 이야기
들이 나오는 어린 시절로 돌아갈까? 범죄자들이 저주하면
운명이 응답하는 곳, 흰꼬리수리가 아기를 훔쳐가 배스 해
협에 있는 섬 둥지에서 키우는 세상, 사제가 간음을 저지
른 자들을 시선만으로 현장에서 꼼짝 못 하게 만들 수 있
는 세상.

대공황기에 가난 속에서 자라며 50에이커짜리 농토를
헤적인 프랜시는 태즈메이니아 북서부 산골에서 보낸 유
년시절을 무엇과도 비교할 수 없을 만큼 풍요로운 시절로

여겼다. 그녀가 깊이 사랑한 아버지는 아침마다 비막이 판자에 신문지를 바른 집 뒤편의 계단 세개를 내려가 무릎을 꿇었다.

북쪽으로 32킬로미터 떨어진 배스 해협의 광대한 바다와 남쪽으로 같은 거리에 있는 롤런드 산 사이 멜로즈 산골에서 자그마한 몸으로 그렇게 바닥에 엎드리면 반짝이는 바다의 하늘색, 산의 군청색, 화산 같은 경작지와 생생한 숲과 질주하는 구름 그림자 속에서 물결치는 농작물 사이의 띠들이 그의 영혼을 가득 채웠다. 그 빨간색! 그 초록색! 그 파란색! 만약 그가 깃발을 만들 일이 생긴다면, 그는 그것으로 삼색기를 만들 것이다. 그리고 그것을 고향, 가족, 사랑이라 부를 것이다. 하늘을 향해 외칠 일이 생긴다면 그는 이렇게 외칠 것이다. 우리를! 우리! 우리 것!

하지만 그는 무릎을 꿇었다.

그렇게 무릎을 꿇고 고개를 숙인 그의 주위에서 광대한 우주가 진동하며 그를 드나들고 그를 통과했다. 그는 그 우주도 바로 자신이라고 이해했다. 프랜시의 아버지는 그렇게 매일 아침 이 아름다운 세상에 대해 하느님에게 감사했다.

그 생각과 그 이미지…… 그것이 프랜시에게는 하나였다. 그 하찮음과 광대함. 선물과 감사. 세상에서 인간이 지닌 힘, 인간의 내면에서 세상이 지닌 힘.

프랜시는 그 광경을 결코 잊지 않았다. 세상과 하느님과 아름다움과 사랑이 또한 자기 것이 될 수 있을 것이라는 생각, 자신이 그냥 무릎을 꿇고 그것들이 자신을 채우게 내버려두면 그렇게 될 것이라는 생각에서 벗어나지도 않았다. 그 이미지가 지닌 우주적 힘 앞에서 어린 시절의 가난은 아무것도 아니었다.

3

그런데도 처음부터 그녀는 기도로 하느님을 귀찮게 하면 안 된다고 배웠다. 인생에서 권위를 지닌 사람들은 모두 남자, 오로지 남자뿐이었는데, 사실 하느님도 또 하나의 남자일 뿐이었다. 하느님은 **바쁜 분이야.** 타이거는 어린 프랜시에게 이렇게 말했다. 나중에는 프랜시도 자기 자식들에게 이렇게 말했다. 하느님은 네 고민보다 더 중요한 일을 하셔야 해. 그리고 이렇게 조언했다. 성모님에게 도움을 청하는 게 제일 좋아. 누가 도움을 요청하면 성모님은 도와주시거든. 항상 그랬으니 앞으로도 항상 그럴 거야. 성모님은 우리랑 같아.

집에서는 이 여성 숭배가 우세했다. 성모 숭배, 타이거 숭배, 헤아릴 수 없이 많은 이모 고모 이모할머니 고모할머니 숭배. 자주 집에 다니러 오는 그들은 제1차 세계대전이라는 거대한 바다 벽을 뛰어넘고 프랜시 자신의 바다 벽도 뛰어넘는 집안의 기묘한 이야기들을 가져왔다. 그 여성 숭배에 그들은, 호리까지도 포함해서, 모두 경의를 표했다.

남자들은 도랑을 파는 솜씨가 좋지. 호리는 이렇게 말하곤 했다. 그게 전부야.

애나는 아버지가 타이거에 대해 나쁘게 말하는 것을 한 번도 듣지 못했다. 30년 동안 함께 살았던 타이거에 대해 말할 때 아버지는 언제나 깊은 존경을 보일 뿐이었다. 여자들, 그리고 더 많은 여자들, 그것이 대략 그들이 살던 집의 풍경이었다. 그들은 겉으로는 하느님, 예수님, 남자들에게 무릎을 꿇었지만 마음속 질서는 정반대였다. 마음속에서 숭배의 대상은 여자들이었다. 호리는 무너지는 정신을 다잡아보려고 점점 필사적이 되어가는 와중에도 여자들에게 무릎을 꿇었다.

그래도 프랜시는 여자에게 허락되는 것이 별로 없는 시대와 지역에서 유년시절을 보냈다. 그녀에게 무엇이 허락되었던가? 애나, 토미, 로니, 터조, 그 정도뿐이었다. 그들에게 영향을 미치고, 처음부터 다듬어나갈 수 있다는 허락. 프랜시가 자식들을 윽박지르거나 지배하거나 통제하지 않기로 한 것이 정말 엄청난 일이었음을 애나는 이제야 깨달았다. 잃어버린 자유의 보상으로 집안에서 하찮은 폭

군이 될 기회가 제시되었으나 프랜시는 거부했다. 한번만 거부한 것이 아니라, 가차 없는 반응을 했어도 쉽게 정당화되었을 매일 매 순간 거부했다.

어느 날 병원에 와보니 프랜시가 평소 성격과 달리 슬픈 얼굴을 하고 있었다.

내가 옛날에 너희를 때렸어. 프랜시는 이렇게 말하면서 울고 있었다. 옛날에 너희를 때렸어, 가엾은 내 아이들, 너희 모두를 때렸어.

사실이었다. 하지만 무의미했다.

그녀의 사랑은 커서 모든 것을 포용했다. 거기에 비하면 그녀의 다른 면들이 하찮게 보일 정도였다. 그녀가 자주 느닷없이 폭력을 휘두른 것조차, 그녀가 선의의 매질이라고 부르던 그것, 찰싹 때리기, 엉덩이 때리기, 작은 주먹만 한 크기의 나무 주걱으로 때리기에서부터 말 안 듣는 아이의 손등에 부엌칼의 납작한 면을 세게 내리치기에 이르기까지, 한대 때려줘야겠다고 외치면서 쇠 부지깽이를 들고 로니의 머리를 후려치려고 거실에서 로니와 추격전을 벌인 것에 이르기까지, 빠르고 가차 없는 여러 처벌의 집합체인 그 폭력조차 그녀의 광대한 사랑에 비하면 별로 의미가 없었다.

미안하다. 프랜시가 말했다. 정말, 정말 미안해. 너희를 해칠 생각은 없었어.

애나는 어머니가 자신들을 해친 적은 없다고 말해주었다. 나름대로 진실이 담긴 말이었다. 딸이 보기에 어머니의 후회는 설명할 수 없는 것이었다. 어머니의 맹렬한 사랑을 단 한번도 의심하지 않았기 때문에.

4

때로 애나는 어머니가 호리를 거의 언급하지 않는다는 생각을 문득 하곤 했다. 프랜시가 스스로 생각하기에 설명할 수 없는 정치가들의 폭주를 가끔 '낙엽 태우기'라고 표현하기는 했다. 호리가 매트리스 한가운데에 불을 피워놓고 침대 위에 서서 베개 속 깃털을 모두 불 속에 쏟아붓던 모습을 어머니가 발견했을 때 나온 표현이었다. 당시 호리는 낙엽을 태우려고 불을 피웠다고 말했다. 당시 쉰두살이었던 호리의 치매 증상은 더이상 무시할 수 없는 수준이었다. 그전 여러해 동안 프랜시는 점점 늘어나는 호리의 기억 공백, 변덕스러운 행동, 평소답지 않은 분노 폭발을 금욕적으로 견뎌내며 최선을 다해 덮어주었다. 그러나 그 모닥불 사건 이후 어머니에게는 선택의 여지가 없었다. 시설로 들어간 호리는 3년 반 뒤에 알츠하이머병으로 세상을 떠났다.

그 세월 동안 어머니가 얼마나 참았는지 사실 난 잘 모르지. 애나는 속으로 생각했다. 그녀는 아버지를 무척 좋아했기 때문에, 어머니가 아버지를 자기보다 훨씬 더 좋아하기를 바랐다. 하지만 그런 것은 프랜시의 스타일이 아니었다. 그 주제에 대한 어머니의 침묵은 부모의 사랑에 대해 또는 사랑 그 자체에 대해 애나가 갖고 있는 생각에 어긋났다.

때로 애나는 어머니의 말을 끌어내려고 아버지에 대해 다정한 말을 했지만, 그래봤자 프랜시는 이른바 아버지의 '방식들'에 대한 자신의 생각을 말할 뿐이었다. 비꼬는 듯한 방백, 화를 돋우는 아버지의 습관에 대해 재미있다는 듯 던지는 그 말에는 비판하는 기색이 전혀 없었다. 그냥 아버지는 호감이 가는 낯선 사람이고, 어머니는 어쩌다보니 그 낯선 사람과 평생 갇혀 있게 된 것 같았다. 그런 이야기 속에 드러나는 두 사람의 관계는 순전히 우연처럼 보였다.

프랜시는 열아홉살 때 결혼했다. 너무 어리고 너무 빨랐지. 어머니는 이렇게 말하곤 했다. 부모님의 부부싸움은 대부분 무대 밖에서 벌어졌지만, 한번은 토미가 프랜시에게서 들었다면서, 서서히 정신이 무너지기 시작했을 때 호리가 집을 정돈하는 방식을 바꿔야겠다는 결정을 내렸다고 말했다. 그는 찬장에 그릇을 쌓는 것조차 프랜시 마음대로 하지 못하게 하고, 자신이 하겠다고 고집을 피웠지만 그래놓고 나중에는 자신이 어떤 물건을 어디에 뒀는지 도무지 기억하지 못했다. 그래서 정어리가 양말 서랍에 들어가고, 양말은 헛간에서 발견되는 일이 벌어졌다.

호리가 마지막을 향해 가던 그 몇년 중에 한번은 프랜시가 이성을 잃고 너희 아버지가 모든 면에서 나를 통제하려 한다고 소리친 적이 있었다. 토미가 애나에게 해준 이야기였다. 하지만 호리는 그녀를 몹시 사랑했다. 그들의 사랑이 서로를 지탱해주는 만큼 숨통을 조이는 것이었다 해도, 결국은 그것 또한 사랑 이야기였다.

5

프랜시는 도구와 엔진을 몹시 좋아했으며, 몸을 쓰는 재주가 뛰어난 사람을 우러러보았다. 아이들 아버지가 낫으로 건초를 벨 때 얼마나 아름다운지 애정을 담아 묘사하곤 했다. 자신의 차를 수리하는 정비공을 바라보는 눈에는 남들이 바이올린의 거장을 볼 때처럼 경외심이 들어 있었다. 증기엔진으로 돌아가는 탈곡기가 처음 동네에 나타났을 때를 회상하면서도 그녀는 감탄해서 어쩔 줄 몰랐다. 쇠로 만든 거대한 괴물이 덜컹덜컹 흙길을 달리며 불처럼 빨간 연기와 불꽃을 트림처럼 밤하늘로 뱉어냈다고 했다.

인생이 점차 회색으로 변했을 때, 프랜시는 자신의 자동차를 기운차고 철저하게 청소했다. 그러다 기분이 좋아진 그녀는 항상 결국 보닛을 열고 자신이 엔진을 손볼 수 없는 것을 한탄했다. 그녀는 수학에 뛰어났으며, 특히 아이들에게 계산법을 가르치는 걸 좋아했다. 지방의회 사무원인 호리는 할 수 없는 일이었다.

그녀는 초등학교 교사가 되는 공부를 하고 실제로 그 일을 했지만, 당시 관습에 따라 첫 아이를 임신했을 때 일을 그만두고 계속 남편과 아이들에게 인생을 바쳐야 했다. 바깥일에 대해서는 점점 자신감이 떨어졌다. 그녀는 의무감에서, 그리고 나중에는 습관적으로 남들 앞에서 아내와 어머니 행세를 했다. 그러나 그것이 근본적으로 너무나 재미없는 습관이었으므로, 집에 돌아와 아내의 의무라는 구속을 벗어버릴 수 있게 되는 것을 항상 아주 좋아했다. 설사 그것이 집에서 아내가 해야 하는 노동을 하고, 작은 것들이 크게 보이는 세상에서 살아야 한다는 의미라 해도. 아이가 아프면 그녀는 밤새 깨어 있어야 했고, 소스팬의 손잡이가 위험하게 덜렁거려도 호리는 도무지 고쳐주지 않았다. 아이들이 학교에 갈 때 신기려고 새로 산 신발은 순식간에 작아지고, 생일날 입을 옷에 얼룩이 지면 그녀가 애써 지워야 했다. 누구도 그녀의 노동을 찬미하지 않고,

누구도 칭찬하지 않고, 누구도 존중하지 않았다. 프랜시는 그 모든 일을 하면서 그중 어떤 일에도 동의하지 않았으므로 그냥 빨리 해치우는 편을 택했다. 하지만 한번 그녀와 타이거가 여자들에 대해 말하는 소리를 애나가 우연히 들은 적이 있었다. 이상하게 낮고 심각한 목소리로 나누던 그날의 이야기가 소리를 죽인 분노의 음악 같아서 애나는 영원히 잊지 못했다.

6

호리가 세상을 떠난 뒤 프랜시는 다시 초등학교 교사가 되었다. 모종의 변화가 있었거나, 아무 일도 없었거나, 여러가지 변화가 일어났던 것 같다. 어쨌든 그녀는 한 교사와 친해졌다. 그것이 성적인 관계였는지 아닌지는 누구도 모르는 것 같지만. 토미는 그들의 관계에 뭔가가 있다고 느꼈지만 증거는 없었다. 증거가 없으므로 애나는 그들의 관계에 아무것도 없다고 느꼈다. 그 이듬해에 그 교사는 학교로 돌아오지 않았다. 나중에 그들은 그가 미스 델코라고만 알려진 교사 보조와 함께 도망쳤다는 소식을 들었다. 프랜시는 살이 빠졌고, 옷차림에 신경을 쓰지 않게 되었다. 그냥 칙칙하고 편한 옷을 선호했다. 그 끔찍했던 한해가 끝난 뒤 그녀는 일을 그만두고 두번 다시 취직하지 않았다.

자신의 인생을 돌아보며 연민이나 후회를 느끼는 것은 프랜시의 방식이 아니었다. 자신에게 주어진 기회가 별로 없었다 해도, 그녀가 자신의 인생에 대해 가장 압도적으로 느끼는 감정은 단호한 고마움이었다. 그녀가 타인을 판단할 때 가끔 보여주는 신랄함이 거기에 살짝 색을 입혔다.

그녀가 가장 저주스러운 판단을 내린 상대는 바로 자신이었다. 아, 난 너무 멍청해서 그런 건 몰라. 왜 나한테 물어? 내가 뭘 안다고? 누가 물어보았다면 그녀는 이렇게 말했을지도 모른다.

그렇게 자신의 삶을 조금씩 깔아뭉개는 와중에 너무나 거대하고 고통스러운 후회를 느껴서 그 인생을 견디고 살아남을 거라고 상상할 수 없게 되었을 수도 있다.

7

다음 날 저녁 마침내 시드니로 돌아온 애나는 평소와 달리 오랜 친구에게 전화를 걸었다. 아니, 정확히 말하자면 오랜 친구가 아니라 친한 친구의 옛 남자친구였는데, 현재 시드니 최고의 병원에서 신장팀을 이끄는 위치에 있었다.

그녀가 말하는 증거를 듣고 그 신장 전문의는 호바트 신장팀의 주장이 탄탄해 보인다고 말할 수밖에 없다고 했다. 게다가 그것이 그 병원의 방침이라면, 더이상은 방법이 없을 가능성이 높다고 했다.

하지만 그가 고령 환자의 신장병 치료가 때로 가치 있는 일이라는 새로운 연구결과를 지나가는 말처럼 언급했을 때, 애나는 냉큼 달려들었다. 변덕스러운 고객들에게 사용하는 매력을 동원해서, 간절하다 못해 공손하게까지 느껴지는 어조로 맹렬한 기색을 숨겼다. 아마 적잖이 맹렬한 기색이었을 것이다. 그녀는 새로운 건물에 대한 그녀의 비전을 받아들이지 않으려 하는 고집 센 고객을 대할 때처럼 그를 구워삶았다.

그 저명한 신장 전문의는 그녀의 말에 조금은 일리가 있는 것 같다고 물러났다. 그냥 그녀가 불쌍해서, 옛날 옛적 여자친구의 매력적이고 젊은 친구를 기억해서 그런 것일 수도 있었다. 그 젊은 여자는 이제 존재하지 않는데. 어쨌든 그는 결국 한발 물러서서, 호바트의 신장팀장과 아는 사이이므로 자신이 말을 해보겠다고 말했다.

그가 다정하면서 동시에 권위적이라는 생각이 들었다. 애나는 예전에 그가 여자친구에게 얼마나 상냥했는지 기억해냈다. 반면 솔직히 그 여자친구는 그를 그리 상냥하게 대하지 않았다.

그의 선량함에 깊이 감동한 애나가 사라진 손가락과 무릎에 대해서도 막 물어보려는데, 누군가의 목소리와 그가 화를 내며 투덜거리는 소리가 들렸다. **좆같은 간호사들!**

어찌나 경멸이 가득한 말투인지. 그에게 사실 같지 않은 자신의 이야기를 했다가 그런 말투를 듣는다면 몹시 싫을 것 같았다. 젠장맞을 애나! 그는 이렇게 소리칠지도 모른다.

안 돼, 아무 말도 하지 않는 편이 훨씬 나아. 그녀는 속으로 생각했다.

어쨌든 영향력 있는 사람이 영향력이 있는 또 다른 사람과 친분으로 이어지는 이 커다란 연결망을 통해 문자메시지가 한통 발송되고, 상대방이 전화를 걸어오고, 이야기가 전달되었다.

8

몇주 뒤 토미의 집에서 저녁식사를 하면서(토미가 양고기 카레라면서 내놓은 토미다운 음식이었다. 터조는 기분이 아주 좋은 상태여서 그 음식에 로간고시*라는 이름을 지어주었다) 터조는 어머니의 미래에 대한 자신의 생각을

* 카시미르의 양고기 카레.

형제들에게 밀어붙였다.

모든 것이 변한 탓이었다.

프랜시는 투석을 시작했다. 지나치게 희망적이지는 않아도, 결과가 부정적이지도 않았다. 상태가 더 악화되지도 않았다. 투석과 투석 사이 또는 잠들었을 때 프랜시는 가끔 말을 했으며, 토미의 말에 따르면 훨씬 덜 혼란스러워 보였다.

터조의 단호한 태도(이제는 그들의 태도이기도 했다)가 옳았음이 입증된 것 같았다. 그들의 돈, 권력, 영향력에 사람들은 저항하지 못했다. 그들은 로비와 압박을 동원하고, 병원이 제공하지 않거나 터조가 보기에 제대로 제공하지 못하는 도움을 무조건 돈으로 사들였다. 쿠알라룸푸르에서 호바트로 날아온 터조는 자신의 생각과 방법이 성공했다며 의기양양했다. 프랜시의 회복뿐만 아니라, 터조 자신의 말에 따르면 말레이시아의 목재회사와 큰 거래를 성사시킨 덕분에 그는 기운이 넘치다 못해 거의 광적인 상태였다. 애나가 보기에는 그랬다. 그녀가 여기에 큰돈이 들어가는 것이 걱정스럽지 않으냐고 묻자, 터조는 몸을 뒤로 기대며 자기가 좋아하는 농담으로 응수했다. 돈은 여기에도 없고 저기에도 없어. 스위스에 있어.

터조는 이제 세상이 제대로 돌아가고 있다고 말했다. 노력과 수단을 동원하면 프랜시의 건강도 제자리로 돌아와 프랜시가 일상을 회복할 수 있을 것이라고 했다. 마치 어머니와 관련된 모든 것 역시 여기에도 없고 저기에도 없고 스위스 은행 금고에만 존재하는 것 같았다.

프랜시와 함께 되살아난 것은 그녀가 다시 집으로 돌아와 살 수 있을 것이라는 터조의 단호한 태도였다. 얼마 전까지만 해도 불가능해 보이던 일이 이제는 실제로 가능해지지 않았느냐고 터조는 주장했다. 어머니가 기술적으로 가능한 최대치까지 살 수 있게 하는 한편 자식들도 어머니를 돌보며 짊어지게 될 갖가지 부담과 고된 일과 의무에서 자유로워질 수 있을 만큼 아주 광범위한 지원망으로 어머니를 둘러싸면 될 일이었다.

터조는 휴대폰을 열었다. 그리고 어머니가 독립적인 생활로 돌아갈 수 있게 되는 데 필요하다 싶은 것들을 개괄적으로 정리하기 시작했다. 무엇보다 일단 어머니가 사는 것이 중요했다. 그는 어머니를 보살피기 위해 돈이 필요해질 부분을 구체적으로 적었다. 상주 간호사(필요한 경우 여러명으로 늘어날 수도 있었다), 가사도우미, 자주 병원에 가게 될 어머니를 위한 믿을 만한 운전기사. 이렇게 목록이 늘어났다. 돈이 있는 사람들만 감당할 수 있는 물건들과 서비스가 아주 많았다. 애나는 그가 길고 앙상한 손가락으로 화면을 스크롤하는 모습을 지켜보았다. 이제 그는 주의를 기울일 필요가 있는 크고 작은 것들을 수없이 불러내고 있었다. 물리치료사, 언어치료사, 요리사, 정원사. 모두 돈이 들어갈 일뿐이었다.

터조는 기분이 아주 좋은 것 같았다. 토미에게도, 토미의 요리에도 짜증을 내지 않을 만큼. 그는 계속 화면을 스크롤했다. 그의 손가락이 새를 죽이기 전에 갖고 노는 고양이의 앞발 같았다. 쇠약해진 프랜시를 위해 집을 개조할 필요가 있다고 그가 말했다. 경사로, 난간, 손잡이, 사용하기 편리한 배관 설치, 새 샤워실, 기타 잡다한 고정물과 보수작업. 건축업자가 필요했다.

밀가루 반죽 같은 턱에 짧고 깔끔하게 다듬어놓은 은색 수염을 쓰다듬으면서 터조는 이것이 사랑에서 우러나온 행동이라고 말했다.

애나는 터조가 확신을 갖고 새로운 계획을 짜는 것을 보며 묘하게 마음이 놓였다. 쇠약해지게 내버려둘 수 없는 어머니의 몸이 점점 쇠약해지는 현실 앞에서, 터조의 계획은 금방 그녀의 계획이 되고 그녀의 열정이 되었다. 나중에는 지극히 상식적인 일이 될 것임을 벌써 알 수 있었다.

9

토미가 음식을 더 가지고 와서 자리에 앉으며 죽음을 받아들일 필요가 있다는 이야기를 더듬더듬 하기 시작했다.
그가 말하는 동안 애나는 팔리지 않은 그의 그림이 걸려
있는 부엌 벽을 올려다보았다. 거친 시선과 아크릴 물감으
로 호바트의 산과 강, 이 지역의 물고기, 식물, 도로에서 차
에 치여 죽은 동물 등을 입체적으로 묘사한 생생한 그림들
이었다. 유행과는 한없이 거리가 멀었으므로, 애나가 보기
에는 한없이 민망했다. 터조는 그녀보다 자비로웠다. 아마
미술이 그에게 거의 의미가 없기 때문인 것 같았다. 예술
은 무슨, 그냥 말을 더듬는 거지. 예전에 터조가 조롱하듯
이 그녀에게 이렇게 말한 적이 있었다. 어차피 주류는 아
니잖아, 안 그래? 모두들 최후의 말이 무엇이었는지, 다음
말이 무엇일지 다시 추측해보는 것 아냐?

　토미의 말이 끝나기도 전에 터조가 토미의 주장을 사형
선고가 되기 십상인 게으른 클리셰로 치부해버렸다.

　맞는 말이었다. 죽음을 받아들이자는 토미의 말은 터조
의 광적이고 잔혹하고 증오에 찬 사랑에 비해 약하고 줏대
없어 보였으니까. 애나는 근교에 있는 토미의 초라한 가족
실에 앉아서 터조의 그 사랑이 이제 자신의 광적이고 잔
혹하고 증오에 찬 사랑이 되었음을 갑자기 깨달았다. 터조
에게 그것은 간단한 일이었다. 애나는 왜 그런지 이제 깨
달았다. 어머니의 약해지는 몸에 발생하는 모든 문제에 대
해 그들은 무한히 더 강렬해지는 잔혹함으로 대응했다. 일

단 필요성을 받아들이고 나면, 그것을 물리치기가 불가능해졌다. 애나는 자신들이 지닌 잔혹함의 순수한 힘에 거의 현기증이 날 지경이었다. 프랜시를 도울 사람들을 사려면 프랜시의 돈을 사용할 필요가 있었다. 그 돈을 쓰기에 이보다 더 좋은 곳이 어디 있겠는가?

토미가 더듬더듬 말을 이었지만, 두 사람에게는 별로 의미가 없었다. 어차피 토미가 하는 말인걸. 토미는 마리스트 칼리지에서 두 남동생과 기숙사 생활을 할 때도 로니에게 의존했다. 토미는 약자고 로니는 강한 보호자였다.

로니의 장례식 때 학교에서 나온 마이클 신부가 미사를 주재하는 동안 토미는 예배당 안으로 들어가지 않고 밖에 서 있었다. 장례식이 끝난 뒤에는 터조가 늘 하던 말처럼 '토-토-토미'가 시작되었다.

어머니를 향한 압도적인 연민에 푹 잠긴 터조가 토미에게 시선을 돌렸다. 어머니가 병원에 입원하기 직전에 어머니의 일에 관해 대리인 자격을 얻은 토미에게 그는 어머니의 재정상태를 대략적으로 알려달라고 말했다. 터조가 미소를 지으며 말했듯이, 그들은 새로 인수한 회사를 조사하는 이사들이었다. 이것이 퍼즐의 마지막 조각이었다. 프랜시에게 돈이 얼마나 있는지 제대로 이해하는 것. 이것이 프랜시의 삶에 대한 통제권을 획득하는 마지막 단계였다.

우리 이사들이 정확히 무엇을 인수한 거지, 토미? 터조가 물었다.

그러나 토미의 말을 들으면서 광적으로 들떠 있던 터조의 에너지가 증발해버리는 것 같았다. 그는 조용히 말했다. 그래. 그러고는 몇번이나 되풀이했다. 그것이 애나의 손가락과 마찬가지로 정상이자 비정상인 것처럼. 그래 그래. 그들은 열심히 귀를 기울였지만 이게 다 무슨 소리인지 알 수 없었다. 그래그래그래그래.

토미가 옷장 뒤편에 숨겨져 있는 서류, 은퇴한 회계사와 쉽게 답을 내놓지 않는 은행직원에 대한 복잡한 이야기를 이어나가는 동안 더듬거리는 말투가 거의 걷잡을 수 없을 만큼 심해졌다.

10

애나는 거슬리는 손을 무심코 흘깃 보았다가, 아무에게도 보여주고 싶지 않은 것에 주의를 끌게 될지도 모른다는 사실을 깨닫고 재빨리 토미에게 시선을 다시 돌리며 손가락처럼 존재하지 않는 무릎을 손으로 한번 쓸었다. 하지만 아무도 알아차리지 못했고, 무엇도 변하지 않았고, 사라진 것은 여전히 찾지 못했다. 아래를 내려다보면, 그녀의 다리는 둥근 무릎뼈의 흔적이 없는 모종의 신형 유연 폴리머로 만들어지기라도 한 것처럼 가운데가 여전히 구부러져 있었다.

지난주 그녀는 시드니에서 마침내 의사를 찾아가 발이 이상하게 아프다고 말했다. 그녀가 병원에 오면서 겉으로 내세운 이유가 그거였다. 병원에 갈 때 다리에 무릎이 없는 것을 숨기기 위해 그녀는 긴 치마를 입었다. 하지만 바퀴 침대에 누운 뒤에는 치맛자락을 획 끌어올려 무릎이 없는 다리를 드러냈다. 손가락이 네개밖에 없는 왼손 역시 바퀴 침대의 빳빳한 침대보 위에 잘 보이게 펼쳐놓고 보니 무릎도 손도 너무나 명백하게 드러나 있어서 의사에게 무엇이 진짜 문제인지 말할 필요도 없을 것 같았다. 의사가 그걸 보지 않고 넘어가기는 불가능할 테니까.

그렇게 누워 있다가 그녀의 시선이 벽에 걸린 커다란 사진으로 향했다. 번쩍거리는 옷을 입고 스노보드를 타는 사람을 찍은 사진이었다. 그녀의 시선이 향한 곳을 보고 의사(작은 얼굴을 더욱 아이처럼 보이게 해주는 것 같은 커다란 안경을 쓴 자그마한 여자였다)는 자신이 팬팩스 대회에 출전했을 때의 사진이라고 말했다. 사진 속에서 의사(옷차림을 보면 다른 사람 같았다)는 눈 덮인 슬로프 위 허공에 떠 있는 것처럼 준엄한 하늘색을 띤 높은 하늘을 배경으로 웅크린 채 정지해 있었다. 애나가 무릎에 좋을 것 같지 않다고 용기를 내서 말하자, 자그마한 의사는 이렇게 대답했다. 그렇긴 하죠.

애나는 무릎이 가장 필요한 관절이라고 의사에게 말했다.

젊은 의사는 자판을 두드렸다.

산에서 하는 스포츠에만 필요한 것이 아니죠.

젊은 의사가 바퀴 침대로 다가왔다.

생각해보면, 무릎을 잃는 건 아주 비극적인 일이에요. 애나가 말을 이었다.

의사는 발을 마사지하면서 발가락을 돌리고, 다리를 움직이기 시작했다. 여기저기를 찔러보고, 더듬어보고, 만져보았다. 그러면서 동작을 두세번 할 때마다 질문을 던지는데, 커다란 검은색 안경 뒤의 검은 눈이 사슴 같았다.

애나는 단답형 대답을 한 뒤 스노보딩뿐만 아니라 모든 일에서 무릎이 중요하다는 뜻의 긴 질문을 던졌다. 무릎으로 걷는 것이 장기적으로 미치는 영향, 노화가 슬개골에 미치는 영향에 대해서도 물었다.

젊은 의사는 대답 없이 진찰을 계속하며 허리를 숙여 더 열심히 관찰했다. 긴 금발이 얼굴 옆으로 쏟아지자 그녀는 목 뒤로 머리를 휙 넘겼다. 그때 애나는 그 아이 같은 머리에서 아이 같은 귀가 있어야 할 자리에 애나의 사라진 손가락과 사라진 무릎이 있던 자리에 남은 것과 똑같이 생긴 부드러운 살덩어리가 있는 것을 보았다.

겁내지 마세요. 의사가 미소를 지으며 말했지만 애나는

의사의 옆통수를 경악에 차서 빤히 볼 수밖에 없었다. 그 자리에는 흉터도 없고, 선천적인 기형의 결과인 일그러진 형태도 없었다. 대신 애나에게 너무나 친숙한 포토샵의 광채, 인스타그램과 페이스북과 기타 수백개의 플랫폼과 수백만개의 앱에서 세상이 스스로를 숨길 때 사용하는 번짐 효과, 분명하지 않은 몸의 윤곽, 뼈와 근육에 구애받지 않고 뒤틀린 갑옷, 카다시안의 인스타그램에 나오는 실수, 이제는 인간의 살이라기보다 디지털 애니메이션에 더 가까운 어떤 것이 있었다.

의사는 애나의 몸을 계속 찬찬히 살피면서 직업적인 강렬한 집중력으로 애나의 사라진 무릎이나 사라진 손가락을 알아차렸는지, 또는 자신의 사라진 귀를 알아차린 적이 있기는 한지 전혀 겉으로 드러내지 않았다. 그녀는 애나에게 문제를 정확히 확인하려면 혈액검사가 필요하다고 말했다. 혈액검사로 많은 걸 알 수 있거든요. 의사가 말했다.

사라진 것들도요? 애나는 희망을 품고 질문을 던지면서, 의사를 특정한 방향으로 이끌어보려고 했다.

꼭 그렇지는 않아요. 혈액검사는 존재하는 것에 대해서만 알려주거든요. 이를테면 비만세포 과잉이나 나쁜 지방 과다 같은 것.

뒤에 덧붙인 말이 중년이 된 애나의 몸과 관련해서 터무니없게 들리지는 않았다. 심지어 나름대로 시적인 표현 같기도 했다. 애나가 일어나 앉아서 손가락과 무릎이 없는 나쁜 지방 과다에 대해 곰곰이 생각하는 동안, 귀가 없는 의사는 사라진 자신의 귀를 알아차리지 못한 채 점점 사라지고 있는 환자의 몸을 향해 계속 말을 이었다. 그녀는 말했다 그녀는 말했다 그녀는 말했다 기능적인 신발 평판 좋은 발 치료사, 그녀는 어떤 양식을 작성해 애나에게 넘기면서 그걸 가지고 임상병리과로 가서 혈액검사를 받으라고 말했다.

의사의 진찰실을 나서면서 애나는 그 서류를 구겨서 접수대의 쓰레기통에 버린 뒤 치맛자락을 정돈하며 집으로 돌아갔다.

11

누렇게 변해가는 토미의 치아 사이에 하얀 반점 같은 밥알 하나가 끼어 있는 것이 떨리는 입술 사이로 보였다. 애나가 계속 빤히 바라보자 토미는 말을 더듬지 않게 되었다. 할 말이 있다고 그가 말했다.

그는 일어서서 부엌으로 가 유리잔에 위스키를 손가락 네개만큼 채우고, 함께 마시겠느냐는 듯이 병을 들어 보였다. 터조와 애나가 모두 고개를 젓자 그는 탁자로 돌아왔다.

자리에 앉아 위스키를 한모금 마신 그가 다시 말을 이었다. 토미는 프랜시가 어쩌다 이렇게 된 건지 이제야 확실히 이해하게 되었다고 말했다. 어머니의 계좌에 돈이 충분하지 않은 데서 그치지 않고, 경제적으로 아주 심각한 상황이었다.

터조가 아버지의 슈퍼 펀드가 있어서 천만다행이라는 말을 했다.

토미는 양손으로 잔을 쥐어 앞쪽으로 들고, 마치 바다에서 길을 잃은 사람이 나침반을 보듯이 빤히 바라보았다.

그게 모든 문제의 출발점이었어. 토미는 한참 만에 이렇게 말하고 나서 위스키 잔을 쭉 비워버렸다. 그리고 손가락 하나로 입술을 닦으며 콜록거렸다. 9년 전 프랜시는 은행에 계좌를 확인하러 갔어. 그때 재정에 관해 조언해주는 사람이 퇴직연금을 전액 인출해서 새로운 금융상품에 투자하라고 어머니를 설득했지. 지금까지 받던 것보다 수익이 세배나 된다면서. 6개월 뒤 모든 게 사라졌어. 모든 게!

토미는 말을 이었다. 생활비를 충당하기 위해 프랜시는 집을 담보로 은행에서 돈을 빌리기 시작했어. 고금리로 고정된 역모기지 대출이야. 이렇게 해서 빚 없이 상당한 저축을 갖고 있던 프랜시가 거액의 빚을 지게 됐어. 게다가 결정적인 순간이 아주 가까이 다가와 있었다. 토미의 계산에 따르면, 어머니가 앞으로 12개월만 더 산다면 남은 돈으로 계속 나가는 이자도 감당할 수 없게 될 터였다.

모든 것을 철저히 살펴본 토미가 말했다. 당장 뭔가 조치를 취하지 않으면 어머니는 곧 집을 잃게 될 거야. 그가 보기에 유일한 탈출구는 가족들이 살던 집을 팔아 빚을 갚고 조금이나마 남은 돈으로 작은 집의 계약금을 치르는 거였다. 어쨌든 그 편이 더 실용적이었다. 그는 숫자를 휘갈겨 쓴 봉투를 들어올렸다. 여기 다 있어. 원한다면 내가 나중에 보여줄게. 하지만 모르긴 몰라도 아마 내 계산이 후한 편일 거야.

그는 지금보다 적은 금액의 담보대출을 받았을 때의 변제금액, 이자율, 보험료, 각종 요금, 생활비를 연간 금액으로 계산해서 거기에 3을 곱해 3년 동안 필요한 돈이 총 20만 달러라는 결과를 얻었다. 어머니가 계속 보살핌을 받게 하자는 터조의 광범위한 계획에 비용이 얼마나 들지는 알 수 없지만, 최소한 1년에 3만 달러는 될 터였다. 여기에 3을 곱하고 20만 달러를 더하면, 그들에게 필요한 돈은 거의 30만 달러였다. 어쩌면 더 필요할 수도 있었다.

이건 고작 3년 치 금액이야. 토미가 말을 맺었다.

12

터조는 한숨을 내쉬었다. 터조가 이렇게 체념의 한숨을

쉬는 것은 이례적인 일이었다. 하지만 한숨을 다 쉰 뒤에는 자신이 20만 달러를 내놓겠다면서, 자신이 보기에는 고작해야 돈 문제일 뿐이라고 말했다. 애나가 보기에는 예술가로 실패해서 왕새우잡이 배에서 심부름꾼으로 아르바이트를 하는 토미보다는 벤처캐피털리스트인 터조가 더 쉽게 받아들일 만한 생각인 것 같았다.

토미에게 가진 것이 없다는 사실은 터조도 애나 못지않게 잘 알았다. 애나가 생각하기로는 그랬다. 나머지 10만 달러를 자신이 내겠다고 나서는 수밖에 없을 것 같았다. 그렇다고 애나에게 그만한 돈이 있는 것은 아니었다. 포츠포인트에 새로 산 아파트 값을 아직도 갚는 중인데, 그것 외에도 여러건의 빚이 있었다. 그중에 가장 눈에 띄는 것으로는 회사에서 파트너 자리를 얻기 위해 낸 돈, 테슬라 할부금, 바이런 만에 있는 작은 바닷가 주택을 담보로 한 또 다른 대출금이 있었다.

그래도 그녀에게는 신용이 있었다. 돈도 없고 사실상 재산도 없고, 점점 뒷걸음질을 하는 것 같은 생활을 위해 은행에 갚아야 할 돈은 점점 늘어나기만 했다. 그래도 아직 돈을 더 빌릴 수 있었다. 지금 상황에서 빚을 조금 더 지는게 대수겠는가?

그들은 문제의 해법을 발견했다. 이상적인 해법이 아닌건 맞지만, 그래도 실행할 수 있는 해법이었다.

우울한 성찰의 분위기가 내려앉았다. 토미는 탁자를 치운 뒤 차를 끓이려고 부엌으로 들어갔다.

애나와 터조는 이제 진짜 자신들의 삶이라고 생각하는 생활로 돌아갈 수 있었지만, 사실 그건 자그마한 휴대폰 속 세상으로 돌아가는 것을 뜻했다. 다른 사람들을 신경 쓰지 않고 정말로 혼자만의 삶을 즐길 수 있는 유일한 곳, 완전한 고독. 애나는 속으로 이런 생각을 하며 문자메시지와 이메일을 확인하기 시작했다. 기사 링크, 밈, 새로운 항목. 화재로 죽은 동물들에 대한 추정치가 5억마리에서 수십억마리로 늘어났다. 화재가 벌써 끝났을 것이라고는 생각할 수 없었다 오스트레일리아의 대부분 지역이 사람이 살 수 없게 변할 것이라는 예측이 있었다 오스트레일리아인은 자기 나라에서 기후난민이 될지도 모른다고 이 나라를 방문한 기후학자가 말했다. 애나는 뭔가 유쾌한 게시물을 올리고 싶어서 시드니 공항에서 산 새 샌들을 신은 발을 사진으로 찍었다. 그리고 이렇게 적었다. '새 신발!' 일초마다 원자폭탄 다섯개의 속도로 바다가 따뜻해지고 있었다.

그래도 그녀는 화면을 스크롤하고 좌우로 밀면서 점점 즐거워지거나 화가 나거나 항상 더 당황하고 더 걱정하는 와중에도 원래 자신들과 어머니가 따로 살아가기 위해 내놓는 돈인데 그 역할을 하지 못하고, 프랜시의 쇠약해지는 몸이라는 진실에 그들을 그들이 원하는 것보다 훨씬 더 단단히 묶어놓을 것이라는 느낌이 들었다. 애나는 생각했다. 어머니의 좌절한 유령이 자신을 속인 대가를 치르라고 요구하기 시작한 것 같잖아.

14

토미의 집을 나선 애나는 우버를 타고 노스 호바트의 윌링 브라더스에서 내렸다. 거기서 얼음을 넣은 파스티스*를 주문한 것은 메그에게서 옮은 버릇이었다. 그 작은 술집에 그녀는 혼자 앉아서 잔 속의 얼음 덩어리들을 빤히 바라보았다. 결국 그녀는 메그에게 전화해서 소식을 알렸다. 10만 달러를 내면 2주에 한번씩 태즈메이니아에 다녀가야 하는 생활에서 자유로워질 수 있다고. 그녀는 자신이 자란 이 섬을 한번도 좋아한 적이 없었다. 젊었을 때는 이 섬이 자신의 소망을 모조리 짓밟아버리려 한다고 느낀 적도 있었다.

* 보통 식사 전에 마시는 술.

메그는 안다고 대답했다.

애나는 젊었을 때 최대한 빨리 이 섬에서 도망치고 싶었지만, 마치 못된 애인처럼 이 섬이 자꾸만 자기를 불러들인다고 말했다.

메그는 이미 몇번이나 들은 이야기이니 다시 말할 필요는 없다고 말했다.

애나는 그냥 이야기를 하고 싶다고 말했다.

메그는 알지, 알지,라고 말했다.

애나는 자신이 메그에게 무려 지금까지 살아온 이야기를 들려주려고 하고 있으며, 자신이 아직 찾아내지 못해서 그렇지 그 이야기의 심장부 어딘가에 자신의 심장이 있음을 느꼈다. 그녀의 삶은 그녀 자신에게도 수수께끼였다. 그런데 애나도 모르는 걸 메그는 어떻게 아는 거지?

메그는 미안하지만 내일 아침 6시 30분에 현장 회의가 있어서 전화를 끊어야겠다고 말했다.

애나는 놀라고 화가 났다. 자신이 말하려 할 때마다 자신의 삶이 그토록 하찮게 보이는 것이, 거기서 탈출하기 위해 그것의 모양을 잡으려는 건데, 항상 너무 성급한 나머지 상대의 기력을 꺾어버리는 바람에 쉽게 무시당하는 문장 몇개로만 끝나버리는 것이.

일분 뒤 메그가 전화를 끊었을 때, 애나는 외롭고 버림받은 기분이었다. 또다시 덫에 걸려 자유를 잃은 것 같았다.

15

녹아가는 얼음을 잔 안에서 굴리면서 애나는 자신이 방금 메그에게 이야기한 모든 것이 비록 사실이긴 해도 또한 사실이 아니었음을 깨달았다. 상황이 이렇다 해도 자신이 계속 이 섬을 찾을 것이며 어머니를 볼 때마다 격렬한 감정에 사로잡혀 이파리처럼 몸이 덜덜 떨리지 않게 하는 데 온 힘을 쏟게 될 것임을 깨달았다. 그 무서운 감정을 완전히 제어할 수 있게 될 때까지 그녀는 어머니의 병상 옆에 가만히 서 있기만 할 터였다. 그 거대한 감정을 표현할 말은 없었다. 그것과 완전히 반대되는 차분함과 선량함은 그녀가 의자에 앉아 어머니의 손을 잡고 어머니의 숨소리에 귀를 기울이며 망가졌지만 뜻밖의 아름다움을 지닌 어머니의 얼굴을 응시할 때에야 느끼게 될 텐데, 그 감정을 표현할 말도 없었다.

이런 것도 그녀가 메그에게 결코 만족스럽게 이야기할 수 없는 이야기의 일부였다. 그런 느낌이 들었다.

이런 감정들이 도망치고자 하는 욕망과 혼란스럽게 뒤섞였을 때, 애나는 자신이 생각하는 사랑이 사실은 두려움에 지나지 않는 것 같다는 걱정이 들었다. 나쁜 사람으로 보일 것 같다는 두려움, 사랑을 할 줄 모르는 사람으로 보일 것 같다는 두려움. 사랑을 '사랑'으로 만들기 위해 반드시 공개적으로 사랑을 증명해야 하는 건가?

어머니를 살리려는 그들의 계획, 공인되지 않은 의학적 조치를 얻어내려는 투쟁, 있는 대로 연줄을 동원해 힘을 쓰는 것, 돈으로 서비스를 사는 것, 그리고 바로 그날 밤 수십만 달러를 내놓은 것은 그런 감정을 느끼지 않아서가 아니라 그런 감정을 느낄 필요가 없게 되려고 시작한 건가?

남은 파스티스를 쭉 마시려고 잔을 들어올리다가 그녀는 오른손의 가장 작은 손가락도 사라졌음을 알아차렸다.

16

호텔로 돌아가는 길에 그녀는 손가락을 생각하는 대신, 만져보는 대신, 휴대폰에서 미친 듯이 '사라진 손가락'을 검색했다. 관련된 검색결과가 없었다. '사라진 무릎.' 아무것도 없었다. '사라진 귀.' 아무것도 없었다. 그녀는 '잃어버린'과 '사라진'을 검색해보았다. 아무것도 없었다. 마치 술에 취한 것 같은 기분으로 그녀는 탁자나 의자를 잡아 몸의 균형을 잡으려고 손을 뻗었으나 붙잡을 것이 하나도 없었다. 그녀는 트위터에 질문을 입력하기 시작했다. '혹시 신체 일부가 사라진 걸 알아차리신 분이 있나요……' 하지만 당연히 그런 사람은 없을 터였다. 그것이 중요했다. 아무도 그녀를 제대로 보지 않는다는 것. 아무도. 심지어 그 의사조차도. 어쩌면 치매에 걸렸을 어머니만이 애나를 사물이나 특정 유형으로 보지 않고 고통스러워하는 인간으로 보았다. 애나는 입력했던 글을 지우고 화면을 밀어 새로운 게시물을 열었다. 그녀가 술을 마시는 동안 불길 속에서 수많은 생물이 사라졌다. 이제는 벌도 조금밖에 남지 않았고, 화재의 연기가 전 세계로 퍼지고 있고, 어떤 정치가는 기후변화에 대해 이야기하느라 기운을 낭비하지 말고 그냥 바뀐 환경에 더 유연하게 적응해야 한다고 말했다. 너는 네 살해에 어떻게 적응했니? 애나는 고양이 동영상을 보며 생각했다. 지금 일어나고 있는 일이 그건가? 우리가 자신의 멸종에 적응하고 있는 거야? 나도?

이미 늦은 밤이고 어쩌면 무의미한 행동일 수도 있지만, 예전에는 삶의 흐름을 파괴하던 일이 점점 하루하루 살아가는 유일한 이유처럼 느껴졌다. 그녀는 우버 기사에게 이제 호텔로 갈 생각이 없어졌으니 병원으로 데려다달라고 말했다.

17

애나가 병원에 도착했을 때 데이비는 어둠 속에 앉아 있고, 잠든 프랜시는 가끔 입술을 파르르 떨거나 가끔 행복한 표정을 지었다. 깨어 있을 때보다 꿈속에서 더 생기 있게 살아 있는 것 같았다. 데이비가 귀에서 이어폰을 꺼내더니, 길을 잃은 것 같기도 하고 찾은 것 같기도 하고 들뜬 것 같기도 하고 우울한 것 같기도 한 특유의 기묘한 미소를 지었다. 두 사람은 가볍게 포옹했다. 데이비에게서는 항상 그렇듯이 조금 퀴퀴하고, 고약하고, 습한 냄새가 났다.

애나는 프랜시 옆에 앉아 있을 때 느껴지는 차분함이 좋다고 말했다.

고모의 마음은 정원이고요, 제 마음은 망할 알레포*예요. 데이비가 말했다.

데이비는 이렇게 웃긴 말을 할 줄 알았다. 그는 새로운 소식이 있다고 말했다. 제 여자친구인 데이나가 임신 7개월이 다 되어간다는 소식이었다. 데이나는 누구에게도 알리고 싶어 하지 않았다. 데이나는 정신적인 문제가 있거든요, 조울증이라서. 그가 말했다.

이 말을 할 때 데이비는 마치 목소리들의 소용돌이 밖에 서 있는 사람 같았다. 그 스릴 있고, 무시무시하고, 복수심에 찬 목소리들, 그의 깨진 정신 속에서 펄쩍펄쩍 뛰고 춤을 추는 목소리들. 간단히 말해서 마치 그가 제정신인 것

* 시리아의 도시.

처럼 보였다.

하지만 이제 데이나는 좋은 곳에 있으니까 행복해요. 데이비가 말을 이었다. 데이비와 데이나는 기뻐하며 저 멀리 북쪽의 퀸즐랜드에 사는 데이나의 부모에게 전화해서 소식을 알렸다.

애나는 데이비의 아버지에게도 알렸느냐고 물었다.

데이비의 아슬아슬한 자신감이 깨졌다. 아뇨, 잊어버렸어요. 아마 말해야겠죠. 그게 좋을까요? 네, 좋을 것 같네요. 그렇게 할게요. 아마 내일쯤.

이렇게 문제를 해결하고 나니 그는 다시 기분이 좋아졌다. 놀라울 정도로 낙천적이고 무서울 정도로 순진하며 나름대로 다정해서 정이 가는 데이비가 보기에는 이제 아무 문제도 없었다.

하지만 애나는 그렇게 확신할 수 없었다. 토미가 가엾었다. 자신의 삶에 파편처럼 날아오는 조각들을 일일이 줍는 꼴이 될 텐데. 필연적으로 목소리들이 되돌아와서 데이비의 병이 되살아날 때는 항상 그랬다.

데이비는 파란색 비닐 의자를 하나 더 찾아내서 애나가 프랜시의 병상 옆에 자신과 나란히 앉을 수 있게 해주었다. 새로운 약을 먹으면서 긴장상태가 되거나 심하게 수다스러운 상태를 오가는 데이비는 그날 밤 수다스러운 상태였다. 그는 곧 태어날 아기에 대해, 데이나의 건강에 대해 이야기했지만, 주된 화제는 넷플릭스였다. 최근 토미가 넷플릭스 구독권한을 준 모양이었다. 넷플릭스를 보면 시간이 잘 가요. 데이비가 말했다. 애나가 짐작건대, 직장을 구할 수가 없어 실직상태인 데이비와 데이나가 흘려보내야 할 시간이 아주 많을 것 같았다.

데이비는 거의 두달 동안 넷플릭스만 보고 있다고 말했다. 그와 데이나는 볼 수 있는 모든 것을 보았다. 넷플릭스의 텔레비전 시리즈는 어른들을 위한 잠들기 전 동화 같았다. 데이나는 그 드라마들이 태아의 정신적 성장에 도움이 된다고 믿었다.

하지만 최근 그가 조금씩 눈치챈 것이 있었다. 모든 드라마가 퍼즐이나 게임처럼 전개되는 듯하다는 것. 새로운 시리즈 중 일부는 심지어 게임의 청사진을 따라갔다. 모든 것이 아름다운 패턴으로 이루어져 있으며, 그 패턴을 일단 발견하고 나면 제대로 감상하면서 즐길 수 있었다. 데이비는 이것을 알아냈다. 요요도 비슷하게 즐거웠다. 팽이는 성난 새 같았다. 애나가 한번도 들어보지 못한 비디오게임도 여러개 나왔다. 데이비는 플롯의 포인트들이 어떻게 깔끔하게 하나로 묶이는지 자기도 모르게 지켜본다고 말했다. 그 드라마들은 시청자의 기대를 일부러 박살내거나 교활하게 뒤엎었다. 처음에는 시청자를 결론으로 빠르게 몰고 가는 알고리듬으로 계산된 것처럼 보이지만, 사실은 그것이 시청자로 하여금 계속 그 드라마를 다시 찾아서 보게 만드는 발단일 수도 있었다.

물론 그도 그냥 엔터테인먼트를 위해 만든 작품들도 존재한다는 걸 알고 있었다. 아마 대부분의 작품이 그럴 것이고, 거기엔 아무런 문제가 없었다. 다만 뭔가 의미가 있는 작품이 아니라면, 그에게는 그리 대단하지 않았다. 이제 곧 아버지가 될 그에게는 더 많은 것이 필요했다. 그가 미쳤는지는 몰라도, 여전히 더 많은 것이 필요했다. 어쩌면 미쳤기 때문에 훨씬 더 많은 것이 필요한 것 같았다.

섹스할 때 자신이 뭘 깨닫는지 알아야 하기 때문에…… 죄송해요, 고모, 고모. 하지만 애나는 그의 말이 무슨 뜻인지 알았다. 그는 말을 이었다. 웃을 때, 울 때, 창문으로 바람이 불어올 때, 구더기가 그의 뇌를 파먹을 때 자신이 뭘 느끼는지 알아야 하기 때문에. 이야기는 우리가 다른 데서는 얻을 수 없는 뭔가를 지향해야 하지 않아요? 그가 말했다. 그것만으로는 확실히 충분하지 않겠지만, 그래도 그게 어떤 의미를 지닐지도 모르잖아요.

18

불이 반만 켜진 야간 병동의 그림자들이 어머니의 얼굴

을 파먹는 바람에 어머니가 아닌 것 같은 모습이 만들어졌다. 애나는 이렇게 생각했다. 어떤 각도에서 보면 프랜시의 얼굴이 남자처럼 보이고, 다른 각도에서 보면 거의 젊은 여자 같고, 또 다른 각도에서 보면 인간을 전혀 닮지 않은 가고일 같았다. 그녀가 이미 죽었을 뿐만 아니라, 아주 오래전부터 산 사람이 아니었던 것 같았다.

이 마지막 인상이 너무 충격적이어서 애나는 데이비의 이야기를 잠시 놓쳤다. 왜 그렇게 충격을 받았는지 이해할 수 없었다. 하지만 프랜시가 어머니도 아니고, 자식들의 요구를 잘 들어주는 누군가도 아니고, 냄새를 풍기며 시끄러운 소리를 내고 똥을 싸고 오줌을 싸는 사물 같았다. 다시 말하면, 애나 자신과 다른 점이 하나도 없는 사물 같았다. 그녀가 고개를 돌려 보니 데이비가 그녀를 빤히 바라보고 있었다. 주위가 검게 변한 눈이 이번만은 기묘한 생기를 담고 반짝였다.

그는 사막에서 갈증으로 죽어가는 사람 같았다. 데이비가 지금 하고 있는 말이 이거였다. 그는 '건강'을 뜻하는 징후를 드러내고 싶지 않았다. 그가 원하는 것은 물이었다. 물이 어디 있지? 맞아요, 어쩌면 이게 문제인지도 몰라요. 그가 말을 이었다. 어쩌면 이것이 유일한 문제인지도 몰라요. 최소한 이 질문을 던지는 뭔가가 있어야 하지 않나요?

미안하다. 애나는 휴대폰을 내려다보며 시선을 피했다.

19

인스타그램에서 수천마리의 상징적인 새(진홍색 로셀
라, 검은색 코카투, 예쁘고 작은 몸집으로 노래하는 새들)
가 불에 타서 바다로 떨어졌다가 다시 해변으로 밀려왔다.
헤아릴 수 없이 많은 시체가 층층이 쌓인 축축한 검은색
재와 하나가 되었다. 누군가가 한때 아름다웠던 나라를 위
한 애가를 올리고 누군가는 멸종 사건을 올렸다. 누군가가
당신의 휴대폰에 무엇이 있느냐고 물은 누군가의 문자를
올린 누군가의 트윗을 다시 올렸다.

20

그녀는 조카를 보았다.
그는 화면을 향해 단 하나의 질문을 고함치듯 외치고 싶
을 뿐이라고 말했다. 그게 무엇을 의미할까요?
그녀는 어머니를 보았다.
어떤 것? 모든 것? 아무것도?

그녀는 프랜시의 입술이 계속 가늘게 떨리면서 움직여 창문 너머의 마녀와 콘스탄티누스에게 할 말을 소리 없이 만들어내는 것을 지켜보았다.

뭐라고?

제 7 부

1

오리너구리가 멸종 위험에 처했다 금조가 멸종 위험에
처했다 베니스에 또 홍수가 났다 거대한 먼지폭풍이 시드
니로 향하고 있다. 남쪽 해안도시 아침 8시 칠흑같이 어두
운 곳에 불길한 빨간색 빛만 그 빛이 나타나면 그건 갈 때
가 됐다는 뜻이지, 한 남자가 말한다, 시내에 울리는 사이
렌은 불길이 곧 다가온다는 알림이야. 불에 탄 코알라 한
마리가 페이스북에서 비명을 지른다 그녀는 인스타그램
을 열면서 그것을 생각했다 그녀는 인스타그램을 싫어했
다 그녀가 인스타인가? 그녀는 그것을 할 수가 없어서 거
슬리는 손가락을 휴대폰 화면에서 가슴으로 떨어뜨렸다

부재를 느끼고 고민에 잠겼다. 침대에서, 어둠 속에서. 가슴과 젖꼭지가 있어야 할 자리에서 아무것도 만져지지 않았다.

손가락으로 가슴 옆쪽을 훑어보았다. 왼쪽 젖가슴이 만져지고 그다음에는…… 그다음에는…… 아무것도 없었다. 위로, 아래로, 당황해서 빠르게 앞으로 뒤로. 아무것도 없었다!

그녀는 욕실로 가서 뜨겁고 하얀 전등을 켰다. 속셔츠를 벗고 거울에 가까이 섰다. 왼쪽으로 돌아서고 오른쪽으로 돌아서고 앞으로 돌아섰다. 한참 동안 자신을 빤히 바라보았다.

2

또 그거였다. 그냥 간단히 부재하는 것. 또다시 고통도 없고 설명할 방법도 없이 그냥 모든 것이 뭉개져 보일 뿐이었다. 피부, 살, 기억이. 남은 게 뭐지? 얼룩처럼 뭉개진 것은 상처도 몸도 아닌 다른 것이었다.

틀림없이 무슨 일이 일어나긴 **했는**데. 일어나지 않은 것 같기도 하고. 판단하기 힘들었다 중요한 일 같기도 하고 중요하지 않은 것 같기도 하고. 손가락 두개 한쪽 무릎 오른쪽 젖가슴이 사라졌다.

애나는 이렇게 자꾸 사라지는 현상에 어느 정도 체념하고 먼저 남에게 보이는 모습이라는 측면에서(누가 알아차리기는 할까?), 둘째로는 그 사라짐으로 인해 발생할 수 있는 현실적인 문제라는 측면에서 이 현상의 결과를 가늠해볼 수 있게 되었다.

어떻게 봐도 사라진 젖가슴은 극복할 수 없는 장애가 아니었다. 사라진 젖가슴 때문에 균형이 살짝 어긋나는 것이 느껴질 수도 있겠지만, 젖가슴의 부재는 옷으로 가릴 수 있었다. 여름이라면 문제가 될지 몰라도 지금은 전혀 고민할 문제가 아니었다.

그녀는 웃음을 터뜨렸다.

자신이 왜 웃는지 알 수 없었다. 사라진 젖가슴이 갑자기 웃겨 죽겠는데 설명할 수 없었다. 그녀는 마침내 브래지어에서, 와이어에 갇혀 위로 올려지고 앞으로 모아지고 보정되고 테이프가 붙고 패드가 추가되는 상태에서 해방된 그것이 도망치는 모습을 상상했다. 추파의 대상이 되고, 누군가에게 붙잡히고, 욕망의 대상이 되고, 입으로 빨리고, 유방 사진을 찍히고, 질시의 대상이 되고, 조직검사를 당하고, 조롱당하고, 아래로 처지고, 들썩거리고, 마구 몸부림치는 상태에서 자유로워져서…… 마침내 몸의 강요에 구애받지 않는 독립적인 젖가슴이 된 모습.

웃기시네. 애나는 거울에서 돌아서면서 속으로 생각했다. 그것이 행복하고 자유로운 젖가슴이 되길 바라면서, 그 자리에 임시변통으로 양말을 말아 넣기로 했다. 지금보다 더 충격적인 상황에서 젖가슴을 잃은 사람들에게 화학자들이 어떤 놀라운 일을 해줄 수 있는지 꼭 알아보자고 다짐하면서.

세상에는 이보다 심한 일도 있었다.

우선 그녀는 암에 걸린 것이 아니었다. 또 하나를 꼽는다면, 연달아 신체가 사라지는 일을 겪은 지금 애나는 이제 경악이나 두려움이 아니라 침착하다 못해 거의 초연한 흥미를 품고 있었다.

그녀에게 놀라운 일은 이렇게 감정이 없는 자신에 대해 감정이 거의 느껴지지 않는다는 점뿐이었다.

3

그녀의 삶은 예전처럼 앞으로도 죽 이어질 것이다. 그녀의 일부가 사라져도 아무도, 심지어 의사조차도 알아차리지 못할 것이다. 아무도 알아차리지 못한다면, 신경 쓰는 사람이 있겠는가? 신경 쓰는 사람이 없다면 나도 신경 쓸 필요 없지. 어쩐지 묘하게 마음이 편해지는 것 같다고 애나는 생각했다. 그 편안함이 도대체 무엇인지 지칭할 말을 찾을 수는 없었지만. 그 뒤로 몇주 동안 그녀는 사라진 것을 생각하지 않기 위해 어머니에게 정신을 집중하려고 애썼다. 그런 생각을 하는 것은 이기적이고 자기중심적인 행동이라고 속으로 되뇌면서.

그러자 신기한 방정식이 그녀의 생각 속에 자리 잡았다. 어머니를 살릴 수 있다면 자신의 몸도 더이상 사라지지 않을지 모른다는 방정식. 사실 프랜시가 증명할 수 있는 일이 하나 있다면, 그것은 나쁜 일도 언제나 좋은 일로 만들 수 있고, 자연은 언제나 의지 앞에 고개 숙일 것이고, 그들의 의지가 매사에 관철될 것이라는 점이었다.

결과가 증명해줬지. 터조의 이 말처럼 그들은 그 몇주 동안 그 오래된 집을 매물로 내놓을 준비를 했다. 토요일 아침에 일을 도우러 온 애나는 토미가 집을 비워 매물로 내놓을 준비를 하려고 몇번이나 가차 없이 쓰레기장으로 짐을 나르는 모습을 무시하려 했다. 짐을 처리하는 쪽보다는 청소에 집중했지만, 구석구석에서 반드시 보관해달라고 주장하는 물건들과 부딪혔다. 코알라 모양 토마토소스 병, 컷글라스 설탕 병, 프랜시가 옛날에 마르멜로 잼과 살구 잼을 만들던 낡은 냄비. 하지만 결국 그것들도 버려졌다.

그 냄새 기억나, 애니? 그녀가 그 냄비를 보여주자 토미가 이렇게 물었다. 어머니가 버터를 바른 빵에 따뜻한 살구와 시럽 덩어리를 크게 바르던 건? 난 지금도 그 맛이 생생해.

하지만 애나는 잼을 입에 넣었을 때의 그 놀라움, 집을 가득 채웠던 여름의 향기를 떠올리고 싶지 않았다. 더럽고 불결한 집 안 꼴이 너무나 충격적이었다. 어머니 집에 거의 매일 들락거린 토미는 알아차리지 못하는 것 같았다. 그는 마치 여기 사는 사람처럼 수납장과 서랍을 청소하다가 숨겨둔 초콜릿을 여러 개 발견했다. 대부분 날짜가 지난 것이었다. 그는 냉장고 아래 쥐들의 성소에서부터 프랜시가 식탁에서 앉는 자리까지 이어진 쥐똥을 손으로 가리키며 웃음을 터뜨렸다. 프랜시가 식사를 하다가 음식을 아래로 떨어뜨리면 쥐들이 나와서 먹었다.

아아아 프랜시가 이런 생태계를 보존하고 있었어. 토미가 말했다. 이게 사라지다니 슬프네.

애나는 자기도 그걸 보니 슬프다고 말했다.

어머니는 앞이 잘 안 보였어. 토미가 말했다. 시력이 형편없어서 자기가 사는 집이 어떤 꼴인지 전혀 몰랐다고. 나나 다른 사람이 청소하겠다고 해도 어머니가 말렸지. 아마 이게 어머니한테 맞았나봐.

하지만 애나에게는 그 무엇도 맞지 않았다. 그 냄새, 노인 냄새가 맞지 않았다. 어머니가 싫어하는 먼지가 사방에 있었다. 어떤 곳에는 덤불처럼, 공처럼 뭉쳐 있기도 했다.

그것도 맞지 않았다. 낡은 천과 깔개, 깨지고 고장 난 물건들. 부엌 의자의 다리는 금방이라도 쓰러질 것 같고, 프라이팬은 바닥이 뒤틀리고 핸들이 헐거웠다. 전기주전자에는 전선이 노출되어 있었다. 열리지 않는 창문, 제대로 닫히지 않는 문. 욕실에서 나는 고약한 암모니아 냄새. 참기가 힘들었다. 프랜시와 호리가 결혼한 뒤에 만들어서 자식들을 잉태하고 달랬던 침대, 호리가 낙엽을 모아놓고 태웠던 침대는 이제 쓰레기장에나 어울리는 물건이 되었다. 침대 측면에는 사용한 화장지와 악취를 풍기는 손수건이 잔뜩 쌓여 있었다. 어머니의 나이프, 포크, 스푼, 사기그릇은 가장 상태가 좋은 것이라 해도 만지면 기름기가 느껴졌고, 오래전 거기에 달라붙어 단단하게 굳어버린 음식 찌꺼기가 줄줄이 묻어 있는 것이 많았다. 프랜시가 앉아서 텔레비전을 보던 의자의 팔걸이는 역청을 바른 듯 시커멓고 찐득거렸다. 어머니가 엎지른 달콤한 차의 종착역이 거기였다.

모든 것이 맞지 않았다. 짐을 모두 내가고 깨끗이 청소를 하고 나니, 그곳은 이제 집이 아니라 **부동산**이 되어 주말에 팔려나갔다. 그렇게 마련한 돈과 터조와 애나가 각각 7만 5천 달러씩 내놓은 돈을 합쳐 교외의 작은 아파트를 급히 구입한 뒤, 목수를 구해 터조의 감독하에 경사로를 신속하게 만들고, 난간을 설치하고, 앉아서 샤워할 수 있게 욕실을 개조했다.

그러나 이번에는 가족들의 의지와 돈만으로는 부족했다.

4

프랜시의 귀가가 일주일 미뤄졌다가, 다시 여러주 더 미뤄졌다. 아주 순조롭게 회복하는 것 같다가도 항상 몸이 다시 쇠약해지거나 감염, 궤양, 이런저런 부위의 일시적인 마비가 발생했다. 이런 일이 도무지 멈추질 않았다. 이런 대규모의 후퇴(그들은 이 말을 사용했다. 마치 돌이킬 수 있는 일처럼) 다음에는 항상 어머니의 상태가 조금 좋아졌지만, 매번 어머니의 몸은 그 전에 비해 근본적으로 약해져 있었다.

이렇게 어머니는 병원과 재활시설과 호스피스를 오갔다. 병원 일반병동에서 투석실로 갔다가 다시 일반병동으로 왔다가 재활시설로 갔다가 거기서 호스피스로 갔다가 다시 병원에 오는 일이 뱅글뱅글 돌아가듯 계속되었다. 나중에는 이것이 하나의 패턴처럼, 삶의 방식처럼 느껴질 정도여서 그들은 서로를 칭찬하며 터조의 말을 메아리처럼 따라 했다. 살아 있으면 된 거야!

하지만 그때 프랜시는 어찌 된 영문인지 독립적인 생활에서 완전히 의존적인 생활로 혹 건너뛰어, 갑자기 너무

들끓는 꿈의 바다   **193**

늙고, 너무 쇠약하고, 너무 무능력하고, 너무 연약하고, 너무 혼란스럽고, 너무 딱한 사람이 되었다. 간단히 말해서, 자기 집에서 혼자 사는 것을 감당할 수 없게 되었다. 토미도 그것을 알고, 애나도 알았다. 터조는 이제 프랜시가 결코 독립적인 생활로 돌아갈 수 없게 되었다는 사실을 입에 담지 않으려 했다. 그 긴 시간 동안 그들이 인정하지 않으려 했던 패턴을 보면, 프랜시가 병원에 있는 시간이 점점 늘어나고 있었다. 병원에 있을 때 누군가가 계속 옆에서 보살펴야 하는 시간도 점점 늘어났다. 프랜시가 죽어가고 있다는 것, 오래전부터 죽어가고 있었다는 것을 누구도 인정하려 하지 않았다. 입에 담는 건 그보다 훨씬 더했다.

5

이 모든 변화로도 충분하지 않았는지, 몇달 전, 즉 애나가 프랜시를 위해 10만 달러를 내놓겠다고 약속한 직후, 애나의 집에서 돈이 사라지기 시작했다.

그녀는 2주에 한번씩 20달러 지폐로 500달러를 인출하곤 했다. 낡은 방식이라는 건 그녀도 알았지만, 그렇게 찾아온 돈을 부엌 서랍에 보관했다. 그런데 이 지폐 다발이 이상하게 금방 줄어들기 시작하자 그녀는 장을 보러 갈 때

나 밤에 외출할 때 자신이 돈을 얼마나 빼 가는지 적어두
었다. 그랬더니 매번 지폐 한두장이 더 없어지는 것을 알
게 되었다. 그러다 나중에는 네댓장이, 그다음에는 그보다
훨씬 더 많은 돈이 사라졌다.

거스였다.

그녀도 알았다. 왜 거스인지는 그녀도 몰랐고 메그에게
는 거스가 아니라고 말했다.

메그는 거스라고 마약 때문이라고 말했다.

그냥 몇 달러잖아 별것 아니야. 애나는 이렇게 말했다.
거스가 그럴 애가 아닌데 우울증 때문이야 시대가 그렇고
해로운 남성성 주택시장 새천년의 절망 태양흑점 때문이
야. 기분이 우울할 때는 그녀가 엄마로서 실패했기 때문인
것 같기도 했다.

그러니까 그게 바로 거스라는 얘기잖아. 메그가 말했다.
애나는 전혀 그런 말이 아니라고 대답했지만 그런 말이라
는 사실을 두 사람 모두 알고 있었다.

6

곧 다른 것들도 없어지기 시작했다. 다이아몬드 반지 두
개, 하나는 가치가 있었지만 다른 하나는 어머니가 주신

것으로 가치는 덜해도 그녀에게는 귀한 물건이었다. 금 목걸이와 은 귀걸이도 없어졌다. 물건을 가져가는 행위가 점점 뻔뻔스러워졌다. 그녀가 갖고 있는 그림 중 유일하게 가치가 있는 블랙먼의 초기 그림이 사라졌고, 그다음에는 앤티크 의자가 사라졌고, 그다음에는 카르티에 탱크워치가 사라졌다. 결혼생활이 순조로웠을 때 거스의 아버지가 선물로 준 물건이었다. 거스의 아버지는 그립지 않았지만 시계는 아쉬웠다.

거스가 집에 있는 시간이 줄어들었다. 이건 그가 집에 있지만 사실은 없는 거나 마찬가지라는 뜻이었다. 학위과정을 끝냈는데도 애나에게는 아직 **몇몇 과목을 따라잡는 중**이라고 말했다. 이게 무슨 뜻인지는 몰라도 애나 역시 자세히 묻지 않았다. 거스가 그녀를 피하고 있는 것 같았다. 그는 방에서 거의 나오지 않고 늦게 일어나 밤중에 식사를 하는 뱀파이어 같은 생활을 했다.

하지만 도둑질을 한번 할 때마다 거스가 더 상냥하고, 다정하고, 배려 깊은 사람이 되어 부엌을 청소하거나 자리에 앉아 심지어 이야기를 나누는 노력까지 기울인다는 것을 애나는 눈치챘다. 그러니 그가 거짓말을 하고 그녀는 도둑질을 무시한 채 거스의 말이 모두 진실인 척해야 할 동기가 있는 셈이었다. 기괴한 방식이긴 해도 그 덕분에 집안 분위기가 조금 편안해졌다. 도둑질이 기묘하지만 꼭 필요한 윤활제인 것 같았다. 그러나 애나가 거스의 얼굴을 보지 못할 때가 대부분이었다. 그나마 볼 수 있는 날도 옛날만 못했다. 덜 즐겁고, 웃음이 덜 나오고, 수다도 줄었다.

거스도 더 작아졌다.

7

거스가 어렸을 때, 기껏해야 예닐곱살이었을 때, 남편과 헤어진 애나는 시드니의 새집에서 프리랜서로 일했다. 누구보다 큰 담보대출을 받아 라이카트에 산 그 자그마한 집 테라스의 가장 작은 방을 그녀는 작업실로 꾸몄다. 긴 자, 삼각자, 각도기가 달린 제도탁자를 들여놓고, 맞은편 벽 앞에는 건축용 톱 위에 올린 문짝을 놓고 잡다한 드로잉을 위한 또 하나의 탁자로 삼았다. 고향에서 멀리 떨어진 낯선 도시에서 아이를 돌보는 일에 가족의 도움을 받을 수 없었으므로, 거스는 몇시간 동안 혼자서 방치된 채 놀아야 했다.

애나는 작업실 문을 닫는 방법을 터득했고 거스는 밤에 들어오면 안 된다는 것을 배웠다. 하지만 얼마쯤 시간이 지나면 거스가 문을 두드리고 안으로 들어와 수많은 이야기를 늘어놓곤 했다. 사실도 있고 꾸며낸 것도 있는 그 이야

들끓는 꿈의 바다　　　**197**

기들은 텔레비전 때문에, 화장실 때문에, 옷 때문에, 음식 때문에 엄마의 도움이 필요하다는 내용이었다. 애나는 거스가 말한 그 일을 보살펴주었지만 거스가 원하는 방식으로는 할 수 없었다. 즉, 시간과 애정을 들여 전심전력을 기울이지 못했다는 뜻이다. 그녀는 단호한 태도로 짜증을 있는 대로 드러내며 아이에게 어린애처럼 굴지 말라고 창피를 주었다. 자신이 텔레비전, 화장실, 옷, 음식 등을 사랑이 아니라 일로만 대할 것임을, 사랑도 시간에 따라 움직이는 것이며 그 시간이 지나면 각자 자기만의 고립된 세상으로 돌아가야 한다는 것을 아이에게 새겨줄 필요가 있었다.

그러고 나서 그녀는 다시 문을 닫았다. 설계에 대해 생각하던 것이 흐트러지고, 어떤 아이디어나 문제에 대해 작게 흥분했던 마음은 말로 표현할 수도 없을 만큼 거대한 감정에 압도당했다. 지금 문을 열면 거스가 바닥에 앉아 기다리고 있으리라는 것을 그녀는 알았다. 그녀의 인생에서 아무도 그녀를 기다려주지 않던 그 시기에. 가끔 거스는 문 아래로 엄마에게 보내는 메시지를 밀어 넣었다. 자신과 엄마가 함께 있는 그림이었다. 그럴 때면 그녀는 자신이 부서질 것 같았다. 아이만이 줄 수 있는 사랑이 그녀를 압도하고, 그녀를 부정해서 거의 정신이 나갈 것 같았다. 그녀는 일어섰다가 앉았다. 다시 일어섰다가 앉으면서 이번에는 일어나지 않겠다고 결심했다. 다시 일어서서 아이를 방으로 불러들였다.

하나뿐인 자식에 대한 그녀의 감정은 거의 견딜 수 없을 만큼 강렬했다. 너무 강해서 그녀 자신이 충격을 받을 정도였다. 그녀는 아이를 위해서라면 목숨도 내놓을 수 있었다. 하지만 오로지 아이만을 위해 인생을 살 수는 없었다. 두 사람에게 다른 인생은 없었다. 그녀는 그런 상황에 처한 여자가 아들을 위해 할 수 있는 일을 자신이 모두 했음을 알았다. 그것이 아들에게는 충분하지 않다는 것도 알았다. 한참 시간이 흐른 뒤에야 그녀는 자신에게도 그것이 충분하지 않았음을 깨달았다. 하지만 다르게 사는 것은 불가능했다. 자존심과 포부가 높은 그녀에게는 지금보다 덜한 존재가 되는 것이 불가능해 보였다. 그럴 때는 그녀의 일과 인생이 그녀에게 고통이 되어 아들이 미워졌다. 둘이서 계속 살아가려면 아들의 어떤 점을 꺾어놓아야 한다는 것을 그녀는 알아차렸다. 다른 방법이 없었다. 차라리 아이를 때리는 편이 덜 잔인했을 것이다. 그녀는 아들에게 남자답게 굴라고 말했다. 그렇게 얼마쯤 시간이 흘러 그가 남자가 된 것을 보고 커다란 안도와 커다란 죄책감을 느꼈다.

그러다 가끔은 무너져서 아들에게 용서를 빌었다. 어느 날 쇼핑센터 안마당 설계를 맡아 독창성, 설계의 가치, 에너지와 빛을 융합하려고 애썼으나 결국은 그냥 쇼핑센터 안마당이 되어버린 설계도 앞에 앉아 그녀는 아들을 꼭 끌어안고 울면서 이유를 모르겠다고 말했다.

아들은 그녀를 빤히 바라보다가 팔 한짝을 그녀의 품에서 빼내 그녀의 뒤통수를 손으로 감싸고 아주 약한데도 거대하게 느껴지는 힘으로 아직 통통하던 애나의 뺨과 깜짝 놀란 눈과 주름진 이마를 더듬었다. 그의 손길에 질책은 없고 애나에게는 무시무시한 깨달음만이 있었다. 그녀는 자신이 절망적으로 묶여버렸음을, 약자로서 강자에게 묶여버렸음을 느꼈다. 하지만 그녀의 연약함을 더듬는 아이의 손길에는 아름다운 위안이 있었다.

그녀는 자기 방에 어린이 의자와 커피탁자를 가져다놓고 아이를 앉혔다. 그러고는 리노베이션, 교실, 사무실 개조 등의 설계도를 그리는 작업으로 돌아갔다. 그동안 아이는 엄마를 흉내 내려는 것처럼 자기만의 건물들을 조용히 그렸다. 그가 집이라고 부르는 건물들을 무한히 변형시키며, 키 큰 막대기 여자와 키 작은 막대기 소년이 웃으며 그 앞에 서 있는 모습을 그렸다. 그는 엄마의 인정, 엄마의 관심을 받으려고 그 그림을 가져왔지만, 그녀가 그에게 줄 수 있는 것에는 한계가 있었다. 모든 일에 문제가 있었다. 그것이 신체적인 고통으로 나타나 숨이 가빠지거나 가슴이 답답해지거나 몸에 기운이 빠지거나 현기증이 심해졌다. 하지만 문제는 그녀의 몸속이 아니라 밖에 있음을, 그것이 그녀보다 무한히 커서 그녀와 거스가 어떻게든 앞으로 나아가려면 그 거대한 압박을 견뎌야 함을 그녀는 알고 있었다. 그렇게 그녀는 앞으로 나아갔지만 거스는 나아가지 못했다. 그것을 그녀는 이제야 깨달았다.

8

그 생각을 너무 많이 하다보면 그녀는…… 하지만 그녀는 그 생각을 너무 많이 하지 않거나 아예 안 하려고 했다. 그 생각을 조금이라도 하면 끔찍하기 짝이 없는 현기증이 엄습하기 때문에.

그냥 서 있는 것만도 힘들었다.

하지만 어느 날 메그의 수많은 잔소리도 있고 그녀가 부모로서 지닌 양심이 마침내 목소리를 내기도 해서 그녀는 거스의 방문을 노크하고 안으로 들어갔다. 자신이 사실을 안다고 말할 준비가 되어 있었다. 어떤 의미에서는 심지어 그를 이해한다는 말도 하려고 했다.

하지만 그런 짓은 이제 그만두어야 한다고.

거스가 컴퓨터에서 휙 고개를 돌렸을 때, 그녀는 그의 코가 사라진 것을 보았다.

9

바쁘게 사는 것이 도움이 되었다. 3주 뒤, 프랜시가 다시 기운을 차렸고 말도 조리 있게 할 뿐만 아니라 심지어 체중도 좀 늘었다는 말을 듣고 안심한 애나는 부쿠레슈티에서 지속가능한 건축과 기후변화를 주제로 열리는 심포지엄에서 기조연설을 해달라는 요청을 받고 수락하기로 했다. 오스트레일리아에서 루마니아로 날아가기 전, 그녀는 현금을 인출해서 부엌 서랍 속 지폐 다발 위에 얹어놓고 거스의 방 문 앞에서 작별인사를 했다. 그리고 프랜시를 만나려고 호바트로 날아갔다.

점점 마법처럼 변해가는 사고 덕분에 그녀는 거스가 자신에게서 돈을 훔치지 않는다고 믿을 수 있었다. 또한 이렇게 뭔가가 자꾸 사라지는 현상에서 좋은 일이 생길 거라는 믿음도 있었다. 병원에서도 카눌라와 방울방울 떨어지는 약, 여러 기계, 끊임없이 움직이며 뭔가를 확인하고 측정하는 간호사들을 무시하는 방식으로 그녀는 어머니가 단순히 회복하는 데서 그치지 않고 다시 건강해지는 중이라고 믿을 수 있었다.

그녀는 호바트에서 멜버른으로, 멜버른에서 싱가포르로 날아가, 열두시간 뒤 출발하는 유럽행 비행기를 기다리고 있었다. 그때 토미가 보낸 메시지가 휴대폰 화면에 반짝 나타났다.

엄마 아파심한 패혈증. 최후수단 항생제. 의사는 투석을
중단해야 된대. ㄱㅅ

그녀는 인스타그램 페이스북 트위터를 화면에 띄웠다
손가락 두개와 엄지손가락만으로 휴대폰을 쥐고 있기가
쉽지 않았다 그녀는 읽었다 지금 거리에서 재가 날리는 광
경을 보고 있어. 지금 나무에 불이 붙는 광경을 보고 있어.
불길을 제외하면 보이는 것이 거의 없어. 도움이 더 필요
해 이 도시를 지키기 위해서. 우리는 지쳤지만 괜찮아. 여
기 우리가 있어! 사랑해, 우리 💪🖤 1956년에 부다페스트
에서 보낸 메시지를 이모티콘으로 번역한 것 같았다 엄지
를 제외하면 손가락이 두개밖에 남지 않은 손이 아파서 그
녀는 손을 바꿔 쥐고 토미에게 전화했다.
병원에서 가족들을 부르라고 했어. 토미가 전화기 속에
서 말했다.
통화를 끝낸 뒤 그녀는 생각하지 않으려고 다시 화면을
켰다. 전기가 끊겼어. 그녀는 읽었다. 모든 도로가 막혔어.
모든 길에 나무가 쓰러져 있는데, 나설 사람이 없어. 이건
검은 학살이야. 우린 고립되었어. 프랜시가 죽음을 앞두고
있다면 그녀가 지금 지구 반대편으로 비행을 계속할 수는

없었다.

또야. 옛날에 터조는 이런 농담을 했다.

10

애나가 부쿠레슈티행 비행기를 버리고 상점들이 길게 늘어선 길을 되짚어 항공사 라운지로 돌아가고 있을 때 터조에게서 전화가 걸려 왔다. 그는 어머니를 담당한 신장 전문의와 방금 통화했는데, 투석이 생명을 구해주는 수단에서 생명을 파괴하는 도구로 바뀌는 지점이 존재한다고 단호히 말하더라고 했다. 의사는 터조에게 이번에 새로 발생한 합병증은 자신이 보기에 그 지점을 이미 오래전에 지나왔다는 뜻인 것 같다고 말했다. 양심상 투석을 계속하자는 말을 도저히 할 수 없다고. 또한 중환자실에 다시 들어가는 것도 적절하지 않은 것 같다면서, 대신 이른바 **임종 돌봄**을 추천했다.

그러니까 어머니가 돌아가실 거라는 뜻이야. 터조가 말했다. 애나가 상상하기로, 터조가 거래에 박차를 가할 때 사용할 것 같은 그 짜증스럽고 높은 미국식 어조였다. 터조는 전문의가 어떻게 그리 오만할 수 있느냐고 불을 뿜었다. 자기가 무슨 신이라도 되는 줄 아나? 그런 거야?

터조는 어머니가 살아야 한다는 주장을 거의 지칠 때까지 펼쳤다. 그러다 마침내 애나에게(그녀는 탈진하고 압도당해서 또 터조에게 굴복한 상태였다) 시드니의 **친절하고 현명한** 신장 전문의 친구에게 다시 부탁해서 프랜시가 투석을 계속 받게 해달라고 말했을 때, 애나는 그러지 않는 편이 나을 것 같다고 생각하면서도 그렇게 하겠다고 대답했다.

11

하지만 애나가 시드니의 신장 전문의에게 다시 전화했을 때 그는 친절하고 현명한 것과는 거리가 아주 먼 태도를 보였다. 언뜻 소름이 끼칠 정도였다. 그는 자신의 포도밭에서 만든 빈티지 와인이 시팔 놈의 멍청한 시팔 양조 담당자 때문에 좆같이 변했다고 말했다. 그리고 호바트의 신장팀이 하는 말을 존중하는 것이 중요하다고 투덜거리듯이 말했다. 자신이 더이상 개입하면 안 될 것 같다고.

이 말을 끝으로 그는 전화를 끊었다.

애나는 더블 보드카와 소다수를 두잔 단숨에 마시고는 터조에게 문자로 나쁜 소식을 알렸다.

한시간 뒤 터조가 전화를 걸었다. 프랜시의 상태가 안정되어 위험을 벗어났다는 병원 측의 최신 소식을 전하기 위해서였다. 상황이 좋아지고 있으니, 애나가 그대로 여행을 떠나도 괜찮을 것 같다고 했다. 터조는 중국 광산회사가 제3자들을 중간에 내세워 후한 기부금을 당의 펀드에 기부할 수 있을 것 같다는 조심스러운 뜻을 그곳의 상황에 걸맞게 적절하고 간접적인 방식으로 그 광산회사 지인을 통해 자원 및 모금 담당 장관에게 전달하는 데 성공했다고 말했다. 그 자리에서 지나가는 말처럼, 어머니가 위독하다는 것과 투석에 대해 병원이 비협조적인 태도를 보인다는 말도 언급할 수 있었다.

이런 식으로 연줄과 연줄을 타고 올라가 상호 흡족한 방식으로 서로를 도울 수 있게 되었다. 발이 넓은 누군가가 다른 사람에게 말을 전하고, 바로 그날 자원부 장관이 보건부 장관에게 전화를 걸었다. 보건부 장관은 관련자에게 말을 했고, 그 관련자는 병원 CEO에게 전화를 걸었다. 그리고 CEO는 병원의 어느 복도에서 신장팀장과 이야기를 나눴고, 다시 조치가 취해졌다.

12

유럽행 비행기를 취소하고 오스트레일리아로 돌아가

는 비행기표를 샀던 애나는 이제 오스트레일리아행 비행기를 취소하고 유럽행 비행기표를 새로 사야 했다. 그 뒤 27시간 동안 시간이 어긋난 연결 항공편 때문에 중간에 한동안 대기하기도 하면서 부쿠레슈티에 도착해 호텔에 체크인했다. 바로 그때 재킷 속에서 휴대폰이 윙윙거렸다. 토미의 문자였다.

그녀는 그 문자를 열지 않고, 대신 자신이 참고 견딜 수 있을 것 같은 트위터를 열었다. 깜부기불이 눈송이처럼 휘몰아치는 사진. 연기가 어찌나 짙은지 길 건너편이 보이지 않을 정도였다. 탈출구가 막힌 4천 명이 해변에 모여 있고, 소방관들이 그들을 보호하기 위해 격리선처럼 에워싸고 있었다. 모래는 불에 타지 않는다고 누군가가 트윗을 올렸다. 아직 오전 중반도 되지 않았다. 기온은 섭씨 49도. 풍속 90킬로미터. 소방차가 사이렌을 울리면 모두 물속으로 들어가야 했다. 이 나라가 이렇게 넓은데, 사람들은 바다로 밀려났다. 빨간 불길이 일면 그들에게 남은 것은 그것뿐인가? 그녀는 읽지도 않은, 렌조 피아노에 대한 글을 리트윗했다.

13

그녀는 트위터 앱을 닫고, 휴대폰 화면을 빤히 바라보았다. 그러다 토미의 문자를 읽지 않고 휴대폰을 침대에 팽개친 뒤, 아래층으로 내려가 밖으로 나가서 젖은 콘크리트 색깔의 하늘 아래에서 가혹한 추위 속에 서 있었다. 손님을 기다리던 택시기사에게 담배를 한대 달라고 강청했다. 십대 때 이후로 처음 피우는 담배였다. 꼭 필요한 맛, 친숙한 맛이 났다.

담배로 방향을 가리키며 그녀는 호텔 맞은편의 거대한 폐허에 대해 택시기사에게 물었다. 금방 부서질 것 같은 철근 콘크리트로 지은, 고전적인 그리스 건축의 한심한 모조품, 미완성 상태인 슬래브와 짓다 만 도리스 양식 기둥을 강화해주는 강철이 밖으로 튀어나와 녹슬어가고, 거리 예술로 뒤덮인 기둥에는 축축한 잡초가 잔뜩 자라고 있었다.

택시기사는 더듬거리는 영어로 저 건물은 아직 50년도 채 되지 않았으며, 부쿠레슈티에 저런 것이 여러개 흩어져 있다고 설명했다. 독재자가 아끼던 프로젝트가 미완성 상태로 남은 것인데, 그가 실각한 뒤 그것을 완성할 돈도 부술 돈도 없다고 했다. 저걸 어떻게 해야 할지 아는 사람이 아무도 없어요. 기사는 이렇게 말했다. 그래서 저렇게 거대하고 기괴한 모습으로 부스스 부서지는 불가사의처럼 몇십년 동안 그냥 있는 거예요.

애나는 고대 세계의 유적과는 정반대라는 생각을 했다. 고대 유적은 과거 사람들이 그 안에 살던 시절을 상상해보라고 요구하지만, 저 폐허는 한번도 사람이 사용한 적이 없었다. 처음부터 그냥 폐허로만 존재했고, 시작도 하기 전에 파괴된 건물이었다. 그것은 기가 질릴 정도로 겸손을 모르던 자에 대해 말해주었다. 그 거만한 설계에는 아름다움이 전혀 없었다. 몹시 억압적으로 보였다. 애나는 히틀러가 상당히 마음에 들어 했던, 폐허의 가치에 대한 알베르트 슈페어의 이론을 떠올렸다. 어떤 시대든 그 시대의 힘은 폐허가 된 뒤에도 수천년을 견딜 수 있는 능력에서 나온다는 이론. 이런 생각이 그녀를 사로잡았다가, 당황시켰다.

나는 시리아 건축가. 택시기사가 말했다. 여기 부쿠레슈티에서는 택시기사.

애나는 그를 보았다. 옷차림은 형편없지만 미남이었다. 여기저기가 갈라진 검은 가죽 외투는 그에게 너무 컸다. 어디서 훔쳐 온 모양이었다.

이거 그들의 과거 생각하죠. 그가 말했다. 당신 미래일 수도 있어요.

이건 의견인가? 모욕인가? 진실인가? 담배를 절반밖에 피우지 않았는데도, 그녀는 마지막으로 한모금 빨아들인 뒤 담배를 배수로에 버렸다.

그러고는 다시 방으로 올라가 문자를 읽었다.

또 뇌졸중. 큰 것. Cpnfoyon 심각. T.

14

그 뒤로는 택시, 라운지, 터미널 기차, 무빙워크, 에스컬레이터, 줄, 비행기, 또 비행기, 마침내 호바트 공항 수화물 찾는 곳 옆의 자동문이 열리고, 그녀는 말도 안 되게 파란 아침 하늘 아래로 나왔다. 그녀가 78시간 전에 떠났던 병실의 텅 빈 병상에 아침 햇살이 가차 없는 빛을 던지고 있었다.

15

그녀는 가장 먼저 최악을 생각했다.

16

어머니가 이제 중환자실에서 순조롭게 회복하고 있다는 간호사의 말을 들을 때 애나의 마음속에는 엇갈리는 심정이 없지 않았다. 그녀는 병원을 가로지르면서 '순조로운 회복'이라는 말을 생각했다. 사람들은 말을 느슨하게 사용했다. 시차 때문에 지칠 대로 지친 몸으로 그녀는 생각했다. 물론 어머니는 계속 죽어가고 있어. 하지만 결코 죽지는 않았어.

이런 생각 때문에, 해골 같은 어머니의 몸에 이불이 덮인 광경이 묘하게 뜻밖이었다. 그녀의 어머니지만 이제는 전혀 어머니 같지 않았다. 애나는 어머니의 이름을 불렀다. 쇠약해진 몸으로 불쌍하게 모로 누워 있는 어머니는 소리를 내지도 않고 움직이지도 않았다.

간호사가 바퀴 수레를 밀고 들어와 크고 쾌활한 목소리로 프랜시에게 뭐라고 재잘거리며 요구르트와 으깬 약을 한데 섞었다.

정말 긴 싸움이죠. 간호사가 말했다. 하지만 환자분은 투사예요. 안 그래요, 폴리 부인? 그녀는 프랜시의 몸 아래로 손을 넣어 일으켜 앉혔다.

그녀가 뜻밖에도 아주 애정이 담긴 손길로 어머니를 대했기 때문에, 애나는 이렇게 친밀한 순간을 옆에서 목격하는 일이 잘못인 것 같다는 생각이 들 정도였다. 간호사는 애나와 달리, 병상에서 스러져가는 저 동물에게 불쾌감을 느끼지 않는 모양이었다. 애나는 그녀의 딸이고 간호사는 타인인데. 왜 그녀가 아니라 저 간호사에게 이런 친밀함이 허락된 걸까? 어떻게 타인이 딸인 그녀에게도 없는 연민을 저렇게 많이 갖고 있을까?

어쨌든 간호사는 그랬다.

폴리 부인이 이제 음식을 한결 수월하게 삼키시는 편이에요. 간호사는 이렇게 말하면서 앉아 있는 프랜시를 붙잡아주었다. 마치 그녀가 아픈 자식이고 간호사 본인은 그 아이의 어머니인 것 같았다. 간호사는 약을 섞은 우유 색 요구르트를 스푼으로 떠서 프랜시의 입에 넣어주었다. 그렇죠, 폴리 부인?

그녀는 요구르트를 또 스푼으로 떠서 프랜시의 벌어진 입에 넣어주었다.

애나는 어머니가 지금 알약을 몇개나 드시는 거냐고 간호사에게 강력하게 물었다. 간호사는 요구르트를 내려놓고 병상 발치의 차트를 확인한 뒤 열일곱알이라고 말했다. 애나가 열일곱알을 드셔도 안전하냐고 묻자 간호사는 모두 필요한 약이라며 필요하지 않았다면 의사 선생님들이 처방하지 않았을 것이라고 대답했다.

간호사는 다시 약을 섞은 요구르트를 프랜시에게 먹이

기 시작했다. 프랜시가 고개를 비스듬히 유지하고 입을 벌리는 데 온 힘을 쏟으며 열심히 집중하고 있는 것이 애나의 눈에도 보였다. 프랜시는 늙은 개처럼 스푼을 입술로 감쌌다. 주름이 져서 길게 늘어지고 접힌 목이 꼭 필요한 그 노동 때문에 거칠게, 약하게 요동쳤다.

애나가 괜찮으냐고 물었을 때에야 프랜시는 시선을 들었다. 우리에 갇혀 겁에 질린 동물처럼 그녀만의 얼어붙은 세상 속에서 정신없이 두리번거리는 두 눈이 말도 안 되게 커져서 금방이라도 튀어나올 것 같았다.

말은 나오지 않았다.

애나는 어머니의 갈라진 입술이 조금씩 움직이는 것, 애처로운 떨림을 경악 속에 지켜보았다. 필사적으로 먹이를 원하는, 눈먼 아기 새 같았다.

말씀을 못 하세요. 간호사가 흘깃 시선을 들고 말했다. 뇌졸중 때문에.

간호사의 미소가 움찔거리며 일그러졌다가 다시 미소가 되었다. 애나는 그녀의 눈이 글썽거리는 것을 보았다. 순간적으로 두 여자는 서로를 바라보며, 자신들이 여기까지는 같은 심정임을 이해했다. 애나는 이름을 붙일 수 없는 압도적인 감정 때문에 방이 진동하며 빙글빙글 도는 것 같았다. 그 순간을 끝내기 위해 그녀는 시선을 돌릴 수밖에 없었다. 방이 빙글빙글 도는 것을 멈추기 위해.

그녀가 고맙다는 인사를 하려고 다시 간호사 쪽으로 시선을 돌렸을 때, 병원 직원이 프랜시를 검사실로 데려가려고 와 있고 간호사는 이미 보이지 않았다.

애나는 복도에서 어머니에게 손을 흔들어 인사한 뒤, 바퀴 침대가 한없이 이어진 복도를 따라 멀어져가는 것을 지켜보았다. 그러다 자신도 그 간호사도 아까 기묘하고 압도적이던 그 순간의 느낌을 누구에게도 설명할 수 없을 거라는 생각이 들었다. 순식간에 지나가는 시간이 어느 정도 흐르고 나면, 그들 자신도 그 순간을 완전히 잊고, 서로를 잊을 것이다. 그러면 그 거대한 감정이 그들을 사로잡았던 적이 없고 아예 아무 일도 없었던 것처럼 되어버릴 것이다.

17

아마 토미는 위로를 하고 싶었던 것 같지만, 다음 날 아침 공항으로 가는 길에 애나가 찾아갔을 때 그가 프랜시가 좋은 평생을 보냈다고 말하는 바람에 그녀는 짜증이 났다.

이건 여자들은 정해진 틀에 갇혀서 그 안에서 행복해져야 한다는 뜻인가?

토미는 그런 뜻이 아니라고 말했고, 애나는 그럼 무슨 뜻이냐고 물었다. 토미는 뻔뻔스러웠다. 프랜시가 자신이

214

가진 것에서 의미를 찾은 것 같다고 말했다.

애나는 어머니가 가정주부로 갇혀 산 세월을 고마워해야 한다는 뜻이냐고 물었다. 그런 건 시팔 인생이 아니잖아 하고 자신이 욕하는 소리를 들으면서, 그녀는 어렸을 때부터 토미와 계속하던 바로 그 논쟁에 또 붙잡혔음을 깨달았다. 세세한 부분은 항상 달랐지만, 그 뿌리에 있는 적대감은 한번도 변하지 않았다. 그가 그녀와는 완전히 반대되는 생각을 마음 깊이 품고 있으며 그 생각에 대해 그녀 못지않게 신념을 갖고 있다는 사실이 놀라웠다. 그녀는 자신이 설득할 수 없는 사람 앞에서는 단 한 순간도 그 사람의 시각으로 세상을 보려 하지 않고 당신의 세상과 내 세상은 다르다며 무조건 화를 냈다.

애나는 뱉듯이 말했다. 토미 너는 어머니의 인생을 있는 그대로 보지 않고, 네 실패를 정당화하려고 하는 것 같은데? 그러고 나서 그녀는 이렇게 고약하고 비열한 말을 한 자신이 부끄러워서 멈칫했다.

그녀의 분노는 토미에게 영향을 미치지 못했다. 어렸을 때부터 그가 이렇게 차분하게 고집을 부린 것이 기억났다. 그가 물었다. 모두가 틀에 갇힌 거라면? 누나는 건축에, 터조는 거래에, 나는 그림에 갇힌 거라면?

18

지난 몇년 동안 자주 그랬던 것처럼 두 사람은 만날 때마다 더욱 멀어지기만 하는 먼 거리에서 서로를 바라보고 있음을 깨달았다. 둘 다 당황스러웠다. 그녀는 남동생에게 더욱더 화가 났다.

애나는 자신의 틀이 프랜시의 것보다 훨씬 더 좋다고 말했다. 네 틀도 그렇고 터조의 틀도 그래.

토미는 잘 모르겠다고 말했다. 누나는 건축회사에서 파트너로 일하게 돼서 정말로 더 좋아?

그래. 애나는 대답했다. 그래, 진짜 그래 시팔 물어봐줘서 고맙다, 토미. 게다가 그들의 인생은 틀이 아니라 선택의 연속이었다. 하지만 프랜시에게는 어떤 선택지가 있었는가? 자신의 찬장조차 마음대로 정리하지 못 했는데.

그래도 토미는 언제나 그랬듯이 애나에게 동의하려 하지 않았다. 아냐, 내가 보기에 어머니는 자기만의 시각을 찾아낸 여성이고, 적어도 내가 보기에 그 시각은 어머니 자신과 어머니가 지금 있는 곳에 진실해. 그걸 삶의 방식으로 추천할 생각은 없어. 전혀. 하지만 어머니의 삶은 어려움 속에서도 의지로 거둔 승리야. 어머니는 환경에 결코 굴하지 않았던 여성이라고. 공정한 삶이나 올바른 삶은 아니지만, 그건 어머니의 삶이야.

애나는 좋은 삶이 아니었다고 반박했다.

그런 삶이 있기는 해? 토미가 물었다.

아, 젠장. 애나가 말했다. 우리는 자유롭지만, 프랜시는 그런 적이 없잖아.

이 말을 끝으로 그녀는 그곳을 나왔다.

19

하지만 프랜시가 죽음을 원할 때, 자신의 몸에 일어나는 일들을 스스로 통제하고 싶어 할 때, 자유를 아는 딸인 나는 애정을 빙자한 잔인함으로 결국 프랜시를 다시 감옥에 처넣었어. 어머니의 엄청난 의지력으로도 탈출할 수 없는 감옥에. 애나는 이렇게 생각했다.

20

프랜시가 더 살아야 한다는 주장을 모두가 받아들인 뒤에도 몇주 동안 침묵 속에 잠겨 있던 프랜시는 마침내, 거의 기적적으로 태도를 바꿨다. 터조가 의기양양하게 애나에게 전화를 걸어 한 말이다.

터조는 바로 그날 아침 어머니가 병상에서 그 쇠약한 몸을 일으켜 똑바로 앉았더니 거짓말처럼 차를 한잔 청했다고 말했다. 터조는 어머니가 그동안 움직이지 못한 것은 처음부터 어머니 자신의 유치한 외고집일 뿐이었다고 생각하는 듯했다. 살아 있다는 사실을 부정할 수 없는 이상, 어머니는 식구들이 자신을 죽게 내버려두지 않을 것임을 받아들이는 수밖에 없었지. 터조는 이렇게 말했다. 자산을 모두 잃어버렸던 회사가 불사조처럼 일어나 성공한 모습을 목격한 사람같이 경탄이 깃든 목소리였다.

상상이 가? 터조가 흥분해서 떠들어댔다. 일어나 앉았다니까. 게다가 차를 달라고? 지난 몇주 동안 한마디도 안 했으면서?

21

그 주말에 호바트에 다시 온 애나는 언제나 그랬듯이 어머니에게 인사하며 안부를 묻고 자신 역시 어머니의 안부인사에 대답할 준비를 하다가 딱지가 앉은 프랜시의 입술이 가늘게 떨리는 것을 보고 깜짝 놀랐다. 어머니의 입술이 부들부들 떨리면서 딱딱한 미소를 짓자, 아직 남아 있는 누런 치아와 금으로 씌운 치아가 서서히 드러났다. 잔

뚝 갈라지고 쉰 목소리로 어머니가 대답했다. 발음이 뭉개졌다. 널 보니 더욱더 좋구나, 애야!

22

끝이 동시에 시작이 되었다. 모든 이야기가 똑같았다. 매일 밤 그녀는 휴대폰으로 『뉴요커』와 『배너티 페어』에 실린 괴물 트럼프의 이야기 여러개를 찾아 읽으며 마음을 달랬다. 뉴스처럼 작성된 글이지만 사실은 이미 현실도 아니라서 어른을 위한 동화가 되어버린 그 이야기들의 리듬과 천편일률적인 내용 덕분에 그녀는 잠들 수 있었지만, 그래봤자 어느 때보다 더 불안한 심정으로 다시 깨어날 뿐이었다. 데이비가 올린 뱀파이어 이미지 아래에 사제가 감옥에 갇히는 이야기가 있었는데 터조가 항상 진실에 해박하다고 말하던 옛 제자가 내놓은 증거 때문이었다. 또 다른 사제의 변호사는 복사服事를 구강 강간한 사건을 평범하고 근거 없는 성적인 삽입사례로 무시해버렸다. 어떻게? 애나는 생각했다. 화재로 한 구역이 초토화되고 2주뒤 두번째 화재가 그곳을 휩쓸고 지나가면서 이미 불에 탄것들을 모조리 또 불태웠다. 어떻게 이런 게 가능하지?

제 8 부

1

그녀의 얇고 창백한 입술이 느릿느릿 키스를 얼추 흉내
냈다. 이제 얼굴과 입술의 기본적인 움직임조차 뜻대로 좌
우하지 못하는 몸의 필사적인 노력이었다. 남은 것은 겁에
질린 절망뿐이었다. 애나는 어머니의 팔에 한 손을 얹었
다. 이번에도 마치 마법처럼 살을 뚫고 뼈만 움켜쥔 것 같
았다. 프랜시의 몸에 남은 것이 너무 없어서, 모든 것이 주
름처럼 헐겁게 늘어져 매달려 있는 것 같았다. 잠옷, 반지,
겨울나무에 들러붙은 것 같은 피부.

애니, 얘야. 어머니가 숨을 몰아쉬며 말했다. 이 말을 할
기운을 모으느라 어머니는 또 삼십초를 쏟았다. 어머니가

베개에서 머리를 들어올렸다. 제발. 어머니의 목소리가 거칠게 갈라졌다. 제발, 얘야. 이제 아픈 건 싫어.

애나는 프랜시를 바라보았다. 그녀를 지탱해주는 것은 습성과 탈진뿐인 것 같았다. 애나가 보기에는 그랬다. 그녀는 어머니의 얼굴에 앉은 수많은 딱지를 처음으로 인지했다. 어머니의 피부가 너무나 건조해서 불에 탄 종이처럼 부서지기 직전이라는 것, 부스러질 일만 남은 흙과 같다는 것도. 온전한 모습으로 죽음을 허락받지 못한 그녀의 몸에서 구성요소들이 각각 몸부림을 포기하고 허물로, 얇은 조각으로 해체되려 하는 것 같았다. 프랜시는 입을 벌린 채 마른침을 삼켰다. 둥글게 꼬부라진 뻣뻣한 흰색 털이 연한 수염처럼 나 있는 턱이 길게 늘어져 있었다.

애나는 프랜시의 화장품 속에서 족집게를 찾아내, 그 수염을 하나씩 뽑기 시작했다. 프랜시는 그녀의 행동을 이해했는지 단호하고 결의에 찬 모습으로 자제력을 발휘해 얼굴을 움직이지 않았다. 털이 한가닥씩 뽑힐 때마다 그녀는 밤처럼 조용했다. 하지만 족집게가 한번 흔들리기 시작하더니 떨림이 멈추지 않았다.

난 이미 끝에 다다랐어. 프랜시가 중얼거렸다. 그러고는 침을 꿀꺽 삼키고, 인상을 찌푸리고, 다시 표정을 정돈했다. 난 이만 가고 싶다.

애나는 어머니가 더 말을 이어갈까 싶어서 기다렸지만,

그런 게 아니었다. 프랜시의 머리가 베개 위로 넘어가고 눈이 감겼다. 그 말을 하느라고, 아니 말하는 동작 자체만으로도 탈진한 사람 같았다.

가엾은 프랜시는 계속 회복하고 있는데도 그것을 죽음과 혼동했다. 자신의 마지막에는 마지막이 존재하지 않는다는 것, 계속되는 착란이 있을 뿐이라는 것을 깨닫지 못했다. 살아 있다는 망상은, 솔직히, 삶이 아니었다. 그녀는 자신을 반드시 살리려는 자식들의 결의를 이해하지 못했다. 이해했다면, 그것을 죽음보다 더 두려워했을지도 모른다. 애나는 계속 수염을 뽑으려 했지만, 족집게가 자꾸 흔들려서 아무리 애써도 그 흔들림을 멈출 수 없었다.

2

애나가 아는 한, 그날이 프랜시가 말을 한 마지막 날이었다. 애나가 수염을 뽑으려다 실패한 그날 저녁에 프랜시는 일종의 작은 뇌졸중을 일으키고, 그 뒤로 일주일 동안 그런 일을 연달아 몇번 더 겪었다. 그녀가 며칠 동안 말을 할 수 있었던 것은 일시적인 회복이라기보다 기이한 일로 여겨지게 되었다. 나중에 애나는 프랜시가 그런 일시적 회복을 바라지 않았을지도 모른다는 생각이 들었다. 자식들이 자신의 소망을 들으면 그 뜻을 존중해서 죽게 해줄 것이라는 희망을 품고 남은 힘을 모두 동원해서 말을 했을 때 프랜시가 원한 것은 그런 회복이 아니었을 것이다.

한번씩 큰일을 겪을 때마다 프랜시는 더욱더 쇠약해지는데, 어머니를 반드시 살려야 한다는 터조의 결심은 계속 강해지기만 했다. 옛날에는 어머니가 위독할 때만 비행기를 타고 태즈메이니아로 오던 터조가 이제는 거의 매주 왔다. 와서 고작 몇시간만 있다가 갈 때도 있고, 며칠씩 머무를 때도 있었다. 그는 어머니에게 맞는 치료법과 약에 대해 스스로 공부해 와서, 의료진과 의견을 나누고 그들을 재촉했다. 다른 방법을 사용해보라고 의료진과 싸울 때도 있었다. 한 의사가 불행히도 '공격적인 개입'으로 규정한 방법이었다. 터조는 자기가 보기에 그 방법으로 어머니가 살 수도 있을 것 같다고 대답했다.

그렇게 어머니는 계속 목숨을 이어갔다. 이제 와서 사는 것이 그녀에게 무슨 의미인지는 모르겠지만. 점점 거의 광기처럼 느껴지기 시작했다 어쩌면 정말 광기일 수도 있고 어쩌면 그들 모두 어떤 의미에서 미쳤는지도 모른다고 애나는 생각했다. 토미와 함께 승리에 대한 터조의 터무니없는 소리를 그대로 되풀이하다보면 덩달아 그 말을 거의 믿게 되었다. 적어도 대안을 생각하는 것조차 거부할 정도는 되었다. 이렇게 함께 미친 상태로 그들은 연달아 발생한 작은 뇌졸중을 일종의 승리라며 반가워했다. 프랜시가 죽지 않았으니까. 하지만 연이은 발작의 영향이 축적된 결과는 참담했다. 이제 프랜시는 몸 한쪽이 마비되었다. 그래서 욕창을 막기 위해 병원 직원들이 그녀의 몸을 한시간마다 한번씩 돌려주었다.

3

그 뒤로 며칠 동안 애나는 프랜시를 옆에서 지켜보는 것 외에 할 수 있는 일이 별로 없었다. 프랜시가 몇시간 동안 투석을 받을 때 옆에 앉아 있기도 했다. 기계가 윙윙 돌아가고, 움푹 꺼진 프랜시의 얼굴은 더욱 일그러져 어두운 결심과 끝없는 고통 사이 어디쯤에 해당하는 표정을 지었다. 그러고 나면 그녀는 항상 기진맥진했다.

그때 애나는 간호사들이 프랜시에게 말을 걸 때 그녀를 병환이 깊은 팔십대 노인이 아니라 젊은 올림픽 선수처럼 대할 때가 많다는 것을 알아차렸다. 프랜시가 숨을 쉬는 것, 침을 삼키는 것, 침대에서 돌아눕는 것이 최고의 일이고, 엄청난 용기와 인내와 의지로 일군 업적이라도 되는 것 같았다.

오늘 호흡이 한결 좋아졌어요, 프랜시. 간호사들은 밝은 목소리로 이렇게 말하거나, 프랜시가 몸을 잘 **돌렸다**고 행복한 표정으로 말하곤 했다. 하지만 사실은 병원 직원들이 시체를 굴리듯이 프랜시의 쇠약한 몸을 직접 돌려준 거였다. 프랜시가 침을 삼킨 것만으로 간호사들이 넘치는 칭찬을 퍼부을 때도 있었다. 침을 삼키는 것은 다시 말을 할 수 있다는 전조일 수 있으므로, 최고의 찬사를 받을 가치가 있는 놀라운 일이었다.

어쩌면 그건 올림픽 선수의 업적과 비교할 만한 위업이 아니라 그보다 훨씬 더 놀라운 일인 것 같았다. 애나는 그렇게 생각했다. 강인한 성격 덕분인지 의료진의 보살핌 덕분인지 아니면 그냥 운이 좋았는지, 어머니는 사실 딱히 차도를 보이지 않는데도 다시 상태가 안정되었다. 더 쇠약해지지 않는 것만으로도 자식들이 보기에는 승리를 거둔 것 같았다.

애나는 요즘 프랜시가 매일 먹는 약이 몇알인지 세어보았다. 스물한알이었다. 어머니가 먹는 약을 생각해보면, 여섯알을 먹는 편이 열일곱알보다 낫고, 열일곱알이 스물한알보다 나았다. 하지만 중요한 것은 스물한알이라 해도 여전히 죽음보다는 낫다는 점이었다. 그 무엇도 죽음보다는 나았다. 죽음을 물리치는 것이 무엇보다 중요했다. 그것만이 중요했다.

그런 이유로 프랜시는 앞으로 매일매일 영원히 열심히

힘을 내야 했다. 프랜시가 살기 위해 올림픽 금메달리스트처럼 열심히 노력해서 매일 스물한알의 약을 삼켜야 한다면, 그렇게 하는 수밖에 없었다. 개처럼 살아야 한다면, 음, 그것도 사는 것 아닌가? 어차피 사는 것이 죽는 것보다 낫지 않은가?

4

그 뒤 두달 동안 어머니는 뇌졸중에서 (일부만이라도) 서서히 회복했다. 처음에는 몸통이 움직였고, 그다음에는 팔다리가 차례로 움직였다. 하지만 말은 돌아오지 않았다. 마침내 손을 쓸 수 있게 되었을 때, 그녀는 알파벳 판에서 손가락으로 글자를 짚어 힘들게 단어를 완성하는 방식으로 의사소통을 하는 수밖에 없었다.

애나는 프랜시 옆에 앉아 그녀가 짚는 글자들을 받아 적었다. 그러다 마침내 의미가 명확해지면 소리 내어 단어를 읽었다. 프랜시는 그때그때 고개를 끄덕이거나 저어서 자신의 뜻을 표현했다.

우리가 그때

글자들의 순서가 수시로 뒤바뀌어 다시 풀어내야 할 때가 많았다. 문장은 앞뒤가 맞지 않아 의미를 짐작하기가 아예 불가능하지는 않을망정 몹시 힘들었다. 그보다 나쁜 것은 이상하게 앞뒤가 맞기는 하는데 의미가 없는 경우였다.

사방에 눈이

어떤 경우에는 애나가 단어들을 소리 내어 읽는 것을 듣고 둘 다 웃음을 터뜨렸다. 프랜시는 이런 웃기는 상황을 피하지 못했지만, 그것이 웃기다는 사실을 이해하는 것은 인정해줄 만했다.

그녀 하느님 주다

대개 어머니는 금방 지쳐서 알파벳 판을 짚던 손을 옆구리로 떨어뜨리고 고개를 돌려버렸다. 그러면 맹금류의 얼굴처럼 변해버린 수척한 옆모습(애나가 기억하는 통통한 얼굴의 어머니와 너무나 달랐다)이 세워놓은 베개에 새겨지고, 어머니는 기절하듯 잠이 들었다. 애나는 잠든 어머니의 얼굴에서 전혀 설명할 수 없고 전에는 본 적이 없는 사나움을 보았다. 그것은 계시인 동시에 비난이었다.

그녀는 알파벳 판으로 글자를 짚는 어머니를 도우려고 몸을 가까이 기울였다. 언제나 그렇듯이 너무 가까이 다가가기가 싫었다. 프랜시의 체취는 방부제로 부패를 막아놓은 냄새였다. 마치 오래전에 죽은 개구리나 양의 태아가 포름알데히드에 절여져 누렇게 변해가는 병을 연 것 같았다. 약 냄새에 대변 냄새가 살짝 섞인 것 같은 냄새. 그래도 애나는 인내심과 약간의 심술로 고집을 꺾지 않고 어머니가 깨어 있을 때마다 항상 억지로 그 알파벳 판을 사용하게 했다. 어머니가 다시 의사소통을 하게 만들겠다는 의지였다. 프랜시는 알파벳 판을 쓰다가 갑갑해하면서 계속 같은 글자들을 가리켰다.

T. E. L. M. E. G. O.

애나는 혹시 '나 가라고 말해tell me go'라는 뜻이냐고 물었다. 하지만 프랜시의 얼굴은 전혀 움직이지 않았다. 글자판 위에서 프랜시는 부들부들 떨리는 손가락으로 다시 여기, 여기, 여기를 쿡쿡 찍기 시작했다. 애나는 각각의 글자를 소리 내어 따라 하다가, 그 글자들을 조합해서 만들 수 있는 단어를 말했다.

L —e —t. 그녀가 말했다. Let?

프랜시가 고개를 끄덕이는 것 같았다. 프랜시의 손가락이 다시 움찔거리며 허공에 어른거렸다. 그녀의 몸과 마음이 세상에서 가장 어려운 임무를 위해 협조하려 애쓰고 있었다.

M —e. Let me? 애나가 물었다.

프랜시가 또 고개를 끄덕이는 것 같더니, 다시 부들부들 떨면서 글자를 찔러댔다.

G —o. Go? 날 보내줘Let me go? 애나가 물었다.

어머니의 손이 아래로 떨어졌다.

날 보내줘? 애나가 물었다. 어머니가 나한테 요구하는 게 그거예요?

일부가 마비된 프랜시의 얼굴 한쪽이 흔들렸다. 누가 그녀의 입술을 한땀 꿰매서 실을 세게 잡아당겼다가 놓아주고, 다시 세게 잡아당기기라도 하는 것처럼 기묘한 움직임이었다.

어디로요, 프랜시? 애나가 물었다.

어머니가 대답하지 않자 그녀는 다시 물었다. 어디로 보내줘요, 프랜시? 어디에 가고 싶어요?

애나는 프랜시가 자신을 빤히 보고 있음을 깨달았다.

몸이 나을 거예요, 엄마. 애나는 미소를 지으며 말했다.

어머니가 그녀를 빤히 바라보았다. 그것이 놀란 표정인지 겁먹은 표정인지 알 수 없었다.

계속 살아갈 거고요. 애나가 말했다.

글자판이 바닥에 떨어졌다.

심란한 마음이 계속 커지기만 하네. 애나는 속으로 생각했다.

5

그다음 날 12시 30분 비행기를 타고 집으로 돌아갈 예정이었으나 이륙이 지연되었다. 시드니를 덮은 연기 때문이었다. 출발시각이 2시 15분으로, 다시 5시 50분으로 미뤄졌다가, 마침내 비행기가 출발한 시각은 8시 55분이었다. 비행기에 오른 뒤 애나는 옆 좌석의 여성에게 긴 기다림에 대한 농담을 한마디 했다. 그 농담이 가볍게 서로를 놀리는 대화가 되었다.

그 여자의 이름은 리사 샨이었다. 애나보다 훨씬 젊어서 아마도 삼십대 중반인 것 같았다. 검은 머리를 볼품없이 하나로 묶었고, 코에는 링을 끼웠으며, 신발은 블런드스톤 부츠, 옷은 올리브색 리넨 퀼로트와 자주색 니트 점퍼였다. 추레한데 매력이 있었다. 그녀는 노랑배도라지앵무를 구하기 위한 정부 프로그램을 운영하는 과학자였다. 야생에 남은 그 새는 스무마리가 채 안 된다고 했다.

애나는 새들이 사라지는 것을 막을 수 있었느냐고 물었다. 리사 샨은 그게 요점이 아니라고 대답했다. 새들은 십중팔구 사라질 터였다. 아니면 사라지지 않을 수도 있고. 어쨌든 그들은 새들이 사라지는 것을 막는 데 성공하지 못했다.

승무원이 음료수 수레를 끌고 다가왔다. 리사 샨이 진토닉을 한잔 사는 것을 보고 애나는 자신도 한잔 살까 생각했다. 두 사람은 작은 플라스틱 잔을 서로에게 들어 보였다.

리사 샨이 플라스틱 잔을 창문 쪽으로 들고 구름을 가리키며 말했다. 이 컵보다 작은 새가 저기서 돌아다니고 있다는 게 상상이 가요? 그 녀석들은 원래 그렇게 만들어지지 않았어요. 놀라운 섬새류나 제비갈매기나 중부리도요나 흑꼬리도요랑은 달라요. 얘들은 매년 북극과 시베리아에서 지구를 가로질러 태즈메이니아로 왔다가 다시 돌아가죠. 거기에 비하면 노랑배도라지앵무는 그냥 화려한 앵무새예요. 하층계급이라고요.

그리고 나서 그녀는 이 날아다니는 찻잔(그녀는 녀석들을 이렇게 불렀다)들이 매년 봄 오스트레일리아 본토에서 태즈메이니아의 가장 외딴곳인 포트 데이비까지 어떻게 이동하는지 생생하게 설명했다. 그것이 뜻밖에도 애나의 내면 깊숙한 곳의 어떤 것과 공명했다. 그 자그마한 앵무새들이 무시무시한 폭풍, 풍력발전기, 육식동물, 탈진을 이겨내고 야생의 너른 바다 위를 수백 킬로미터나 이동해 태어난 곳인 태즈메이니아의 야생으로 돌아가서 알을 낳는다는 이야기.

리사 샨이 말했다. 그런데 매년 봄 녀석들이 줄어들고 있어요.

6

리사 샨은 술을 한모금 마시고, 잔을 내려놓은 뒤 창밖을 바라보며 생각에 잠겼다.

그러다 그녀가 갑자기 고개를 돌리는 바람에 애나는 화들짝 놀랐다. 갑자기 상념에서 깨어난 사람처럼 눈빛이 사나웠다.

애나. 그녀가 말했다. 마시나의 이야기 알아요?

자신의 이름이 이렇게 직접적으로 불리고 자신을 보는 시선이 너무 강렬해서 애나는 불편해졌다. 남의 눈앞에 자신의 모습이 드러나는 것에 묘한 기분이 들어서 자신이 다시 느낄 거라고는 미처 예상치 못했던 다양한 감정이 느껴졌다.

오래전 일이에요, 1830년대나 1840년대쯤. 리사 샨이 말했다. 마시나는 아마도 포트 데이비 부족의 마지막 생존자였던 것 같다. 그녀의 아버지는 부족의 추장이었다. 그들 부족은 그곳에서 4만년 동안 살았다. 그런데 백인들이 그녀를 부모에게서 훔쳐, 검은 공주로, 장난감으로, 기념품으로, 전리품으로 만들더니 버렸다. 식구들은 모두 죽었는데.

애나의 속에서 혼란이 정신없이 솟아오르고, 얼굴이 따끔거렸다.

믿어져요? 리사 샨이 말했다.

애나는 고개를 살짝 숙이고 혼자 미소를 지었지만, 그 미소는 곧 사라지고 입술이 굳어졌다. 그 상태로 그녀는 고개를 저었다.

그렇죠. 리사 샨은 이렇게 말하면서 다시 시선을 돌려 창밖을 바라보았다. 그렇죠, 나도 믿을 수 없어요. 어쨌든 마시나의 부족은 평원을 태워 모자이크처럼 자리 잡은 평원과 숲의 생기를 계속 유지했어요. 자그마한 앵무새들은 촉촉한 평원의 씨앗과 풀을 먹었고요. 마시나는 아마 수천, 수만마리의 노랑배도라지앵무 사이에서 살게 되었을 거예요. 하지만 원주민들이 전쟁에 지면서 소수의 생존자가 끌려가고 나자 평원을 태우는 사람도 없어졌고, 숲이 점점 늘어나 평원이 사라지기 시작했어요. 씨앗과 풀도 함께 사라졌죠. 새들도 그때부터 오랜 세월에 걸쳐 사라지게 된 거예요. 하지만 사실은 아무것도 **사라지지** 않아요. 그렇죠? 마시나의 부족을 학살한 것, 평원, 씨앗과 풀. 아름다움. 새들.

리사 샨은 이 생각을 아주 많이 해보았다고 말했다. 그녀의 목소리에서 확신이 조금 사라졌지만 한층 초점이 잡혔다. 내 말은, **누군가가** 이런 짓을 저질렀다는 거예요. 그녀가 말했다. 그게 누굴까요? 우리일까요?

그녀의 할머니 가족들은 1942년 8월 그들이 숨어 있던 집을 리투아니아 경찰이 덮치는 바람에 빌뉴스에서 체포되었다. 빌뉴스에 워낙 많은 유대인이 살아서 사람들은 그곳을 북쪽의 예루살렘이라고 불렀다. 하지만 그들 역시 사라졌다.

당시 어린아이였던 리사 샨의 할머니는 침대 밑에 웅크리고 있다가 경찰관에게 발각되었는데도 살아남았다. 경찰관이 못 본 척 방을 나가버린 덕분이었다. 그래도 다른 가족들은 모두 끌려갔다. 그녀는 가족을 두번 다시 만나지 못했다. 그날 밤 어떤 수녀가 와서 그녀를 찾아냈다. 어쩌면 그 경찰관이 수녀에게 알려줬을 수도 있고 아닐 수도 있었다. 그녀는 끝내 알지 못했다. 그렇게 수녀원에 숨어 목숨을 건진 그녀는 1956년에 멜버른으로 왔다.

애나는 리투아니아 경찰관이 왜 그런 호의를 베풀면서 다른 가족들을 죽이는 데에는 동참한 거냐고 물었다.

리사 샨은 진토닉 두잔을 더 주문했다. 그러고 나서 대답했다. 어쩌면 자신의 할머니도 마시나 같은 존재였는지 모른다고.

그녀는 플라스틱 막대로 진토닉을 저으며 챙챙 얼음 부딪히는 소리를 내다가 살짝 한모금을 마시고, 다시 얼음 부딪히는 소리를 냈다. 그동안 내내 그녀의 눈은 술만 빤히 내려다보고 있었다.

7

그녀가 얼음 부딪히는 소리를 내며 말했다. 사람들이

1930년대 말에 포트 데이비에 새로운 팔레스타인, 남쪽의 예루살렘을 거의 만들 뻔한 것 알아요? 태즈메이니아 자치정부는 유대인들에게 그곳은 물론 태즈메이니아 남서부 전체를 고향으로 제공해줄 예정이었어요. 미쳤죠? 리사 산은 술을 한모금 더 마시고 말을 이었다. 어쨌든 11월은 가장 슬픈 달이에요. 항상 그런 생각을 해요. 새들이 매년 다시 돌아오는 시기거든요. 돌아오지 못하는 녀석도 있고요. 매년 그런 녀석들이 늘어나요. 돌아온 녀석들도 애당초 몇마리 되지도 않는데 하나씩 죽어가요. 무사히 부화하는 알도 몇개 안 되는데, 어린 새끼들이 죽는 게 최악이에요. 어쨌든 나한테는 그래요.

우리는 녀석들을 살리려고 갖은 수를 쓰고 있어요. 그런데도 녀석들은 계속 죽어요. 계속 죽고 또 죽어서 매년 내가 가보면 수가 줄어들어 있어요. 어찌나 줄어들었는지 내가 이 일을 처음 시작한 때가, 그때는 위기처럼 보였는데, 지금에 비하면 진짜 에덴동산 같아요.

가끔 그녀는 새들이 앙심을 품고 일부러 그러는 것 같다는 생각이 들었다. 세상에 지쳐서, 자신들을 도우려는 인간의 노력이 자꾸 실패하는 데 지쳐서 스스로 죽음을 택하는 것 같다고. 세상이 그들에게 워낙 적대적이기 때문에.

애나는 그런 상황이라면 리사가 왜 자꾸 녀석들을 구하려고 신경을 쓰는지 묻지 않을 수 없다고 말했다.

리사 산은 어쩌면 그런 일에 신경 쓰지 않는 세상에 대한 자신의 앙심 때문인지도 모른다고 대답했다. 아니면 그 리투아니아 경찰관처럼 남들과 똑같이 대량학살을 저지르는 와중에 양심의 가책을 느끼기 때문일 수도 있고. 어쩌면 그녀에게는 새들이 마시나 같은 존재인 것 같기도 했다.

그녀는 자신의 성인 샨이 이디시어로 아름답다는 뜻인 sheyn의 엉터리 변형이라고 애나에게 말했다. 어렸을 때 그녀는 가족들이 아름답기 때문에 죽임을 당한 줄 알았다. 자란 뒤에는 그것을 진짜 터무니없는 생각으로 치부했다. 하지만 지금은 다시 생각하고 있었다. 초창기 백인 탐험가들은 포트 데이비 주위의 티트리 숲과 우림 속의 원주민 촌락을 아름답다고 묘사했다. 마치 미학적인 안목으로 위치를 정한 것처럼. 하지만 아니었다. 그러니까 '마치 ~것처럼'이라고. 그녀에게는 웃기는 소리였다.

생각하면 할수록 그건 인간이 할 수 없는 일 같았다. 아름다움과 더불어 사는 것. 그들은 아름다움을 견디지 못한다. 정말로 사라지고 있는 것은 새와 물고기와 동물과 식물이 아니라 사랑이었다. 너무 늦기 전에 사라지는 것을 막으려고 그녀가 이렇게 애쓰는 것은 바로 그 사랑인 듯싶었다. 때로는 가뭄 때의 강바닥처럼 사랑이 바싹 말라버린 것 같은 느낌이 들었다.

사랑. 그녀가 중얼거렸다. 강바닥의 바위를 뒤집어 그

아래에서 뭔가를 찾아내듯이 이 단어를 뒤집어보려는 사람처럼. 사랑.

하지만 거기엔 아무것도 없지. 애나는 리사 샨을 바라보며 생각했다.

8

그때 애나는 매일 아침 무릎을 꿇고 세상의 모든 아름다움에 대해 하느님께 감사하던 할아버지 이야기, 어머니가 위독하신데 자식들이 죽음을 허락하지 않으려 한다는 이야기, 그게 옳은 것 같으면서도 틀린 것 같다는 이야기를 리사 샨에게 했다. 그러다 문득 정신을 차리고 보니 자신이 한번도 제대로 살아보지 않은 것 같아서 무섭다는 말을 리사 샨에게 하고 있었다. 언젠가 그녀도 죽을 텐데, 죽음을 두려워하지 않을 것 같았다. 배스 해협 상공 1만 5천 미터 높이에서 그녀는 리사 샨에게 말했다. 자신이 한번도 제대로 살아보지 않아서 겁이 날 것 같다고. 처음부터 다시 시작해야 했다, 처음부터 시작해서 살아야 했다. 하지만 나이 든 사람에게 다시 시작할 기회는 주어지지 않는다.

비행 막바지에 애나는 잠이 들었다. 창문 밖으로 떨어지면서 자기 몸에 노랑배도라지앵무 같은 아름다운 초록색 날개가 자라는 꿈을 꿨다. 그녀가 육지에 닿자 날개가 지붕 형태로 굳어졌다. 그 순간 애나는 움찔 놀라 깨어났고, 비행기는 시드니 활주로에 내렸다. 그녀의 팔이 균형을 잡으려고 퍼뜩 위로 올라가는데, 손목이 있던 자리가 뭉툭하게 변한 것을 보고 더욱더 어색해졌다. 왼손이 통째로 사라졌다.

절단이네요. 그녀는 자신을 압도하려 드는 여러 감정을 숨기려고 애쓰면서 리사 샨에게 유쾌하게 말했다.

십중팔구 웃기는 소리라는 건 나도 아는데요. 리사 샨이 말했다. 하지만 매년 봄 포트 데이비에서 앵무새가 몇마리나 도착하는지 헤아리는 일에 항상 자원자들이 필요해요.

그녀는 배낭 안에서 구겨진 명함을 한장 꺼내 애나에게 건넸다. 복잡한 일에서 도망치고 싶어지면 전화하세요. 신체 일부가 절단된 사람은 특별히 환영해요. 손가락이 많이 필요하지 않거든요.

안전벨트 표시가 꺼지자마자 애나는 일어서서 바삐 통로를 걸어갔다. 리사 샨이 자신의 기분을 알아차릴까봐, 자신이 지금 더도 덜도 아닌 공포를 느끼고 있다는 것을 그녀가 알아차릴까봐 도망쳤다. 메그와 프랜시를 제외하면, 리사 샨은 그녀의 몸에서 무엇이 사라졌는지 알아차린 유일한 사람이었다.

10

택시 창문을 통해 늦은 밤 시드니 차도를 달리는 자동차들을 바라보며 공항에서 집으로 향하는 길에 애나는 지금 작업 중인 건물의 지붕 구조에 대해 새로운 생각을 떠올렸다. 꿈에서 자신이 펄럭이며 공중을 날았던 날개를 기반으로 삼으면 될 것 같았다. 하늘로 솟아오르는 형태의 구조가 그녀가 항상 바라던 것처럼 **건물을 풍경 속으로 해방시킬 것**이라는 느낌이 들었다. 그래, 고객에게 프레젠테이션을 할 때 바로 이 표현을 사용할 것이다. 집에 도착한 그녀는 데스크톱 컴퓨터로 이 아이디어를 정리하려고 서재로 달려갔다.

하지만 그녀의 책상은 깨끗했다. 값비싼 최고급 매킨토시 컴퓨터, 그녀의 CAD 프로그램을 돌릴 힘을 갖고 있는 그 컴퓨터가 온데간데없었다.

그녀는 서재에서 나와 집 안을 둘러보았다. 어질러진 흔적이나 부서진 것은 없었다. 컴퓨터를 훔쳐갈 수 있는 사람은 거스뿐이라는 걸 알면서도 인정하고 싶지 않았다. 그 생각을 자신의 현실 중 일부로, 자신의 삶에서 한 요소로, 거스와의 관계에서 한 요소로 받아들이기 싫었다.

그녀는 경찰에 신고하지 않았다. 자신이 컴퓨터가 사라졌다는 말을 했을 때 타인이 어머니의 물건을 훔쳐간 거스를 비난하는 소리를 듣고 싶지 않았다. 거스가 컴퓨터를 훔쳐갔다고 그녀가 믿어버린다면, 다른 사람들에게 허락하지 않은 그 말에 그녀가 동의해버린다면, 그때는 거스가 자신에게 거짓말을 했음을, 그녀의 아들이 엄마에게 거짓말을 했음을 받아들이는 수밖에 없었다.

참을 수가 없었다. 아들에게 나름대로 문제가 있었지만, 애나는 아들이 엄마에게 거짓말을 했을 거라고는 믿기 싫었다.

그러나 마음속 아주 깊은 곳에서 그녀는 아들이 거짓말을 했음을 알았다. 앞으로는 아들의 거짓말이 그들 사랑의 일부가 되리라는 것도 알았다. 그녀도 아들에 대해 다른 사람들에게 거짓말을 할 것이고, 아들의 말에 동의하기 위해 거짓말을 할 것이고, 아들을 위해 거짓말을 할 것이고, 어쩌면 아들과 자신 모두를 위해서도 거짓말을 할 것이다. 이상하게 사라져버린 컴퓨터 때문에 느끼는 당혹감을 거짓말과 거짓말로 표현할 것이다. 이렇게 괴상하고 에두른 방식으로 어쩌면 아들이 알아차릴 수 있는 유일한 위안을 아들에게 줄 것이다. 엄마도 아들과 함께, 아들을 위해, 아들처럼 거짓말을 하고 있으니 아들이 지금보다 더 비참한 기분이 되지 않으면 좋겠다는 위안. 생각해보니, 그녀가 남동생과 함께 어머니를 공범으로 만들어 가둬버린 그 거짓말보다 이것이 더 나쁜가 싶었다.

하지만 거스가 자신의 거짓말에 대해 가책을 느끼는지는 확실히 알 수 없었다. 확실히 알 수 없는 것이 아주 많았다. 거스의 인생이 스스로 한계를 그어 제한되어 있는가, 남을 소외시켜 스스로 소외되었는가, 이 세상이 젊은 남자들에게 제시하는 삶이 이런 것뿐인가, 아니면 그냥 거스가 게으른 것인가? 버릇이 잘못 든 것인가? 기생충인가?

그녀는 열린 차고 앞에 서 있던 호리를 기억했다. 그는 차고 안에 매달린 것에 등을 돌리고 있었다. 그는 갈퀴로 낙엽을 긁어모아 태우고 있었다. 차고 안에서 로니의 시체를 발견하기 전에. 낙엽에서 솟아오른 우중충한 연기가 그의 주위에서 꿈틀거리다가 적막하고 차가운 겨울 공기 때문에 아래로 낮게 떨어졌다. 애나는 그 뒤로 아버지가 덜덜 떨던 것만 생각했다. 그것만. 경찰차가 잔뜩 모여들고, 구급차가 도착하고, 이웃들이 모이고, 사제가 불려오는 그 소용돌이 속에서 호리는 덜덜 떨면서 서 있었다. 계속. 아버지가 벌써 사라지기 시작한 것 같았다. 그녀는 영문을 알 수 없었다. 비록 다른 사람들은 많은 해답을 갖고 있겠지만. 그녀에게는 해답이 없었다. 그건 그녀가 항상 의심하던 일이 사실임을, 즉 그 일이 그녀의 잘못임을 의미했다.

11

애나는 담배 마는 기계로 마리화나 한대를 말았다. 손이 하나뿐이라서 생각보다 간단한 일이 아니었다. 그것 한대를 피워 저녁을 견디고, 다음 날 아침에는 하루를 견디려고 한대를 더 피웠다. 젊었을 때의 이 습관에 다시 손을 대면서 그녀는 이것이 도움이 되는 것 같다고 속으로 말했다. 손가락의 통증, 그러니까 남아 있는 손가락의 통증에 도움이 되었다. 메그가 마리화나 냄새를 싫어했기 때문에 그녀는 메그에게 말했다. 솔직히 여기저기 통증에 도움이 된다고. 그녀는 아직 남아 있는 한쪽 손으로 파리를 밀어내듯이 얼굴을 한번 훑었다. 놀랍게도 턱이 아직 그 자리에 있었다. 코도! 입도!

안도감이 들었다. 상당히 많이.

그리고 얼마 뒤 마리화나 기운에 살짝 취한 상태로 친구를 만나려고 달링허스트 카페로 걸어가던 중 애나는 넘어졌다. 도로 턱에서 발을 잘못 디뎌 이미 죽어버린 사물처럼 풀썩 쓰러졌다.

발목 두군데와 위팔 한군데가 부러져서 그녀는 짜증이
났다. 병원에서 누구도 그녀의 사라진 부위들을 알아차리
지 못한 것도 그렇고, 그녀가 갖고 있는 인생의 법칙이 깨
진 것도 그랬다. 아프면 안 된다는 법칙. 노화에 굴복하지
않겠다는 법칙도 있었다.

이미 일어난 일은 어쩔 수 없어. 그녀는 속으로 말했다.
자신이 취한 상태였다는 말은 누구에게도 하지 않았다. 부
끄러워서? 음, 부끄러워서 그런 것이 맞았다. 하지만 취한
것이 부끄러운 게 아니었다. 마리화나만으로는 그렇게 대
차게 넘어진 것, 뼈가 약해진 것을 설명할 수 없었다. 몸을
일으키려다 실패했을 때 그녀는 자기 몸이 얼마나 약해졌
는지 깨닫고 충격을 받았다.

아니지, 아니지.

그녀는 자신이 늙었음을 알게 된 것이 부끄러웠다.

12

얼마 전부터 빨간 불이 깜박거리고 있었다는 생각이 들
었다. 낯선 사람들이 가끔 나이 많은 사람에게나 보이는
예의를 차릴 때 벌써 그녀의 나이가 인정된 거였다. 앞으
로 내민 팔, 그녀를 위해 비워준 좌석, 항상 감사하게 들려

서 너무나 싫은 낮은 목소리. 그 모든 행동이 그녀에게는 모욕으로 보일 뿐이었다. 남이 내민 팔이나 비워준 좌석을 받아들이는 순간 그 사람은 노인이 된다. 그녀는 이렇게 자신에게 거짓말을 했다.

젊음의 생기, 이제 그녀의 것이 아닌 그 빛과 가벼움, 그 편안함과 수월함도 점점 더 많이 의식하게 되었다.

젊은 애들은 엿같아. 애나는 이렇게 말했다.

노인의 것은 하나도 없음을 그녀는 깨달았다. 재산 또한 가치가 없음을 사람들은 너무 늦게 알아차린다. 모든 것은 젊은이의 것이다. 첫째, 미래, 둘째 그들 자신과 타인의 육체. 피부. 머리카락. 게다가 그들에게는 희망, 사랑, 믿음, 포부, 욕망, 경이가 있다.

두번 다시 자신의 것이 될 수 없는 것들을 생각하며 그녀는 현기증이 났다.

죄다 엿같아. 애나는 마리화나를 피워 물고 깊이 빨아들일 준비를 하며 이렇게 말했다.

13

하지만 뭔가가 썰물처럼 빠져나가면서, 이제는 많은 것이 중요해 보이지 않았다. 욕실 거울에 비치는 모습을 그녀는 거의 알아볼 수 없었다. 알몸으로 살짝 구부정하게 서 있는 인물, 손가락 하나, 무릎 한쪽, 젖가슴 하나, 손 하나가 없고 살이 늘어진 슬픈 여자. 이게 이렇게 웃기는 꼴이 아니었다면 비극이었을 거야. 애나는 속으로 생각했다. 오래전부터 없애버리고 싶던 것들, 즉 뜻하지 않게 찾아오는 성욕, 승부욕으로 인한 고뇌, 지독한 질투가 이제는 느껴지지 않았다. 내면의 세계가 점점 작아지고 줄어들어 이런저런 것이 사라지고, 모든 것이 느려졌다. 그녀는 그동안 좋은 여자, 비굴한 여자, 나쁜 여자, 성난 여자, 정치적인 여자, 열정적인 여자였다.

이제는 그냥 겁에 질린 여자였다.

예전에는 자신의 몸이 자랑스러웠다. 건강한 몸매, 남들보다 오래 회전할 수 있는 능력, 오십대에도 타이트스커트에 민소매 블라우스를 입고 하이힐을 신을 수 있는 것. 그녀는 기운찬 몸의 움직임, 거기서 느끼는 힘에서 기쁨을 얻었다. 여자들이 힘이 전부라는 가르침을 얻던 시절에 성인이 된 그녀는 힘을 신봉했다. 억압된 힘, 해방된 힘, 구속받지 않는 힘이 여자인 그녀에게 성배였다. 그런데 이제는 힘이 거짓이라는 생각이 들었다. 힘은 함정이다. 힘은 환상이다.

엿같은 힘.

그녀는 리사 샨의 힘없는 검은 머리를 생각했다. 유방암을 이기고 살아나 5년 생존기간을 넘기고 건강판정을 받은 다음 날 뺑소니차에 치여 죽은 열살 아래의 조를 생각했다. 그녀는 조를 사랑했다. 이런 일에 대해 힘으로 무엇을 할 수 있을까?

그녀가 마지막으로 경이를 느낀 대상은 조의 몸이었다. 거기에, 바로 거기에, 그 몸의 굴곡에, 그 친밀함과 한없는 포용과 손길, 소리와 체취에. 그녀는 조의 품에 안겼을 때의 느낌, 함께 보낸 밤의 그 비할 데 없는 달콤함을 결코 잊지 않았다.

이런 생각을 하다보니 자신이 추잡한 노파가 된 것 같았다. 그녀의 욕망은 진기한 물건을 넣어두고 아주 가끔만 열어보는 수납장에 지나지 않았다. 항상 그녀를 미소 짓게 하고, 때로는 소리 내어 웃게 만들기도 했다. 그게 나야. 그녀는 이렇게 말하곤 했다. 그게 나라고!

이모티콘 문자에는 이모티콘으로 답장했다.

하하. 한 친구가 답장했다.

하하하. 애나는 이런 문자를 답으로 보냈다.

그 친구는 문자에 하트를 하나 붙여 보냈다.

돈은 여기에도 거기에도 없어. 스위스에 있어. 애나는 이렇게 대답했다.

14

계속 물건이 사라지는 것에 대해 아무 말도 하지 않다
가, 결국 거스에게 게으름과 기생충 같은 생활방식에 대해
직접 따져야겠다는 생각이 들었다. 그의 태도를 그녀는 간
단히 말해서 삶을 거부하는 태도로 보게 되었다. 아주 솔
직히 말하자면, 징후는 여러해 전부터 분명히 드러나 있었
다. 그녀는 거스가 행복한 아이였다고, 십대 시절에 가끔
짜증스럽고 불쾌하게 굴긴 했어도 생기 있는 아이였다고
생각하고 싶었다. 하지만 아이가 성인이 되면서, 요즘 젊
은 남자들은 어른 남자가 되는 게 아니라 고민거리, 혼란,
두려움, 당혹감, 상실감, 광기, 불안감을 느끼게 되는 것 같
지만 하여튼, 그렇게 되면서 거스는 생기 있게 살아나는
대신 오히려 점점 작아지는 것 같았다. 설명할 수 없는 현
상이었다.

그는 방에서 점점 더 많은 시간을 보내고, 자신을 돌보
지 않아 추레하다 못해 더러워지고, 외모에 아무 관심이
없는 것 같았다. 그가 말하는 친구라고는 온라인에서 게임
을 하며 만난 녀석들뿐이었다. 실제로 어떤 녀석들인지는
하느님만 아실 것이다. 백인 국가주의 선언서를 쓰고 아직
대량학살은 기획하기 전의 아네르스 브레이비크* 같은 유
형? 광산에서 장시간 노동을 하고 와서, 간수들 대신 강제

로 월드오브워크래프트 게임을 하며 점수를 얻어주는 중국 죄수? 아니, 이건 터무니없는 생각이었다. 애나는 오랫동안 아들의 친구 관계를 무시했다. 모든 것을 무시해버리고, 문제는 거스가 아니라 자신에게 있는 것처럼 굴었다. 기대 때문에, 잘못된 포부 때문에, 비현실적인 희망 때문에 불안감을 느끼는 거라고.

어떤 날은 모든 일이 잘 돌아가고 있다고 거의 믿을 수 있었다. 물건들이 자꾸 사라지는 것과 아들이 사라지는 것을 무시할 수 있었다. 아들도 그녀의 몸이 사라지는 것을 무시하는 듯했다. 어떤 날은 심지어 거스가 그녀에게 아주 다정하게 말을 걸기도 했다. 아들이 부엌에 나와 뜻밖의 상냥함을 보여줄 때도 있었다. 예를 들어 차를 한잔 만들어준다든가, 부탁하지도 않았는데 식기세척기를 비워준다든가, 엄마와 함께 저녁식사를 준비한다든가.

그러나 그런 일이 단 한번도 없이 일주일이 흐르면서 많은 고뇌 끝에 애나는 앞으로 몸을 기울여 거스에게 자신의 데스크톱 매킨토시 컴퓨터에 대해 물어보았다.

그는 전혀 모르는 일이라고 말했다. 그녀는 그것이 거짓말임을, 너무나 설득력 없는 거짓말임을 알았다. 거스에게 돈이 필요하냐고 물었다. 돈이 필요하다면 엄마에게 말만

* 2011년 7월 노르웨이 오슬로의 정부청사에서 폭탄 테러로 8명을 죽이고, 청소년 캠프에서 총기난사로 69명을 죽인 범인.

하면 되는데 거스는 한번도 말하지 않았다. 아뇨, 괜찮아
요. 거스가 말했다. 그는 그냥 물건을 훔치며 거짓말을 했
고, 그녀는 그냥 고개를 끄덕였다.

15

거스는 그녀를 아주 혼란스럽게 만들 수 있었다. 또한
묘한 두려움도 주었다. 그와 함께 있을 때마다 그녀의 세
상은 현실이 아니고 그의 세상이 현실인 것 같았다(무슨
일에도 관여하지 않으려는 거스의 태도와 드러내놓고 하
는 도둑질도 역시).

그녀는 그를 보면서 아들이 얼마나 잘생겼는지, 얼마나
영리한지 생각했다. 그리고 더욱더 혼란스러워졌다. 내가
저렇게 좋은 것들을 줬는데, 저 애는 왜 성공하지 못하지?
이해가 가지 않았다. 아들에게 깔끔하게 씻으라고, 엄마와
같은 세계에서, 그러니까 엄마가 그린 가족이라는 깔끔한
청사진 안에서 살아야 한다고 요구할 수는 있었지만 이렇
다 할 효과는 없었다.

그가 그렇게 살려 하지 않았다.

겉으로는 힘없는 실패작처럼 굴지만, 그의 내면에는 매
번 그녀를 물리치는 힘과 결의가 있었다. 점점 더 뻔뻔해

지는 도둑질은 그녀가 가족으로서 구축하려고 애쓰던 이미지에 대한 마지막 타격이었다. 이런 생각을 하다보면 자신과 아들이 모두 미워졌다. 아들이 자신의 인생에서 그냥 사라지면 좋겠다 싶다가도, 아들과 자신이 손쓸 수 없게 하나로 얽혀 있어서 아들의 실패가 곧 그녀의 실패이자 처벌이라는 생각이 들었다. 하지만 그녀가 무슨 범죄를 저지른 거지?

애나에게 사랑이란 아들과 자신을 하나로 묶어주는 요소를 지칭하기에 부족하고 감상적인 단어 같았다. 멍청한 단어였다. 그녀에게 이렇게 큰 고통을 주는 그 요소를 설명하기에는 진부한 단어였다. 마치 둘이 공유하는 끔찍한 상처, 어떤 단어로도 설명할 수 없을 만큼 둘에게 고통을 주는 파멸이 둘을 하나로 묶어주는 것 같았다. 가끔 그녀는 한대 맞은 사람처럼 정말로 고통을 느끼며 숨을 가쁘게 몰아쉬었다. 너무나 오랫동안 그녀는 잘생기고 똑똑한 아들에 대해 이야기했으나, 이제 그 이야기에 대한 아들의 비평이 나왔다. 믿을 수 없고, 사실이 아니며, 헛소리가 너무 많다.

거스의 진정한 모습이 무엇인지는 알 수 없지만, 게으르고 거짓말을 일삼는 도둑이라는 증거를 보면 그녀가 지금까지 말하던 것과는 다른 사람이었다. 지금보다 젊었다면 그것을 힘과 관련된 현상으로 이해하려 했을지 모른다. 한 이야기가 다른 이야기를 압도하려 하는 것으로. 마치 그가 그녀의 포부와 성공이 얼마나 공허한지 증명하려고 일부러 작정하고 실패자가 된 것처럼.

하지만 이제는 그 원인이 더 근본적인 것이 아닌지, 즉 자신의 상상력이 부족한 것이 아닌지 모르겠다는 생각이 들었다. 그녀는 거스의 코, 자신의 손가락, 무릎, 젖가슴, 손을 생각했다. 그것들이 사라질 거라고는 상상조차 하지 못했다. 하지만 그것들이 사라진 지금은 처음부터 사라질 운명이었음을 이해하게 되었다. 그녀의 실패가 모두 똑같은 실패였나?

그녀는 좋은 여자, 성공한 어머니의 특권을 원했다. 그 증거는 성공한 아들이었다. 아니, 그냥 정상적인 아들이기만 해도 되었다. 어떤 의미에서 그녀는 거스를 위한 웅대한 계획을 갖고 있었으나, 거스는 그 계획대로 되지 않았다. 그의 인생은 그녀가 부쿠레슈티에서 본 폐허와 비슷했다. 죽은 독재자의 폐기된 꿈을 상기시키는 이상한 폐허. 망가진 아들 거스가 폐허라는 가설.

16

애나는 거스를 위해 굴욕적인 함정을 놓기로 마음을 다

졌다. 현금이 필요하면 엄마에게 말하기만 하면 된다, 만일의 경우를 대비해서 책꽂이에 있는 낡은 음악상자 안에 항상 돈을 조금 넣어둔다고 말한 것이 바로 함정이었다. 그녀가 생활비로 부엌 서랍에 보관해두는 돈, 몇달 전부터 거스가 일상적으로 훔쳐가는 그 돈 외에, 그녀는 추가로 2천 달러를 인출해서 그 음악상자에 넣어두었다.

며칠 동안은 아무 일도 일어나지 않았다.

애나는 자신이 왜 굳이 그런 짓을 했는지 잘 알 수 없었다. 그저 의심의 여지 없이 최종적으로 확인할 필요가 있었을 뿐이다. 그녀는 음악상자 안에 넣어둔 돈의 액수가 자주 변하는 것처럼 보이게 그 돈을 꺼내 갔다가 다시 돌려놓곤 했다. 하지만 사실 그녀는 그 돈을 한푼도 사용하지 않았다. 아니나 다를까 한달 뒤 500달러가 사라졌다. 그녀는 그 돈을 채워 넣고, 기묘한 게임을 다시 시작했다. 그녀가 음악상자에서 돈을 가져갔다가 돌려놓고, 그는 돈을 훔쳐가고, 그녀가 그 금액을 다시 채워 넣는 게임. 그는 훔치지 않는 척했고, 그녀는 그가 훔쳐간 돈을 자신이 쓰는 척했다.

심장이 터질 것 같았다. 그녀가 놓은 함정은 아들에게 굴욕을 주려던 것인데, 오히려 그녀가 굴욕을 느꼈다. 그래도 그녀는 아들을 도와야 했다. 이제 스물여섯살인 아들은 직장도, 돈도, 미래도 없이 헤매고 있었다. 심지어 여자에 대한 관심도 사라진 것 같았다. 마지막으로 여자를 사귄 것이 벌써 몇년 전이었다. 그는 자신의 젠더에 대해서도 확신하지 못했다. 게이는 아니고, 장애인도 아니고, 난민 촌의 로힝야족도 아니고, 사우디아라비아의 여자도 아니고, 젠더를 막론하고 북한에 사는 북한인도 아니었다. 그는 불안하다고 말했다. 그게 무슨 뜻일까? 그의 머리가 혼탁한 것 같고, 그가 사는 세계는 음모와 어두운 세력이 판치는 어스름한 곳이었다. 그는 거대한 사라짐으로 이어지는 세력이 존재한다고 믿었다. 확신했다. 무서워했다. 그가 아직도 열정을 보일 수 있는 유일한 화제인 것 같았다.

가끔 그녀는 어둡고 퀴퀴한 그의 방으로 감히 들어가서 그의 등을 보았다. 헤드폰을 쓴 머리 뒤에 배경으로 자리한 밝은 화면에서는 색색의 닌자들이 뛰어오르고, 군인들이 쓰러지고, 폭탄이 터지고, 총구에서 바라본 세상이 펼쳐지고, 조준기 십자선에 누군가가, 지하드 전사, 트롤, 오거, 군인, 게릴라, 사이보그 등이 잡혔다. 주인공은 영원히 달리고, 뛰어오르고, 성큼성큼 뛰고, 총을 쏘고, 모든 것을 파괴하고 죽이는 자의 관점에서 모든 것을 바라봐야 하는 저주에 걸려 있었다. 그의 시선 앞에서 컴퓨터의 힘을 입은 그의 손에 모든 것이 불덩이로 폭발해 사라졌다.

그는 항상 사라지고 있었으나, 그녀는 어느 날 아침 한 번 더 아들의 방문을 노크하고 그 무시무시한 방에 들어갈 때까지 깨닫지 못했다. 젊은 남자의 숫염소 같은 냄새, 어질러진 모습, 무시무시한 어둠이 있는 방. 그녀는 돈, 도둑질, 컴퓨터, 아들의 인생에 대해 담판을 지어야겠다고 굳게 마음먹고 있었다.

그녀가 아들의 이름을 불렀다. 아들이 컴퓨터의 밝은 화면에서 고개를 돌렸을 때 그녀는 한쪽 눈과 양쪽 귀가 사라진 것을 보았다. 남은 것은 입과 눈 하나. 어찌 된 영문인지 그 눈이 얼굴 중앙으로 옮겨와 슬픈 듯이 공허하게 그녀를 빤히 바라보았다. 부엌에서 전화벨 소리가 들려서 그녀는 그 방에서 도망쳐 나와 누구에게도 이야기하지 않았다.

제 9 부

1

휴대폰 너머에서 그의 혀가 t자에 캐스터네츠처럼 달라
붙는 소리가 들렸다. 그래, 그렇게 되었구나. 애나는 이런
생각을 하며 전화를 끊었다.

2

시간이 필요했다 생각하지 않을 필요 느끼지 않을 필요
가 있었다. 그녀는 뉴스 게시물을 열었다. 거대한 불의 적
란운이 불길 위로 7킬로미터나 솟아올랐다가 무너지면서

불의 토네이도가 되어 8톤짜리 소방트럭을 뒤집어버리는 바람에 소방관이 죽었다 그녀의 전화기가 울렸다, 울먹이는 메그의 목소리, 그녀의 남자형제에게서 전화가 왔는데, 블루마운틴스에 있는 그의 도시가 불써 공격을 받고 있고, 모두 도망칠 준비가 되어 있으며, 그의 자녀들은 자기들에게 미래가 있을지 두려워하며 욕실에서 열을 식히고 있었다. 그녀의 남자형제는 무슨 말을 해야 할지 몰랐다, 그가 아이들의 아버지인데 자기도 잘 모르기 때문에 아이들에게 말할 수 없었다. 자기도 잘 모르는 거, 그것 때문에 죽겠대, 잘 모르는 거.

메그는 말하고, 애나는 어린 여자아이를 보았다. 두살도 안 된 여자아이가 하얀 바탕에 연한 파란색 줄무늬가 있는 민소매 여름 원피스 차림으로 혼자 서 있는데, 한 손에는 먹다 만 초코칩 쿠키를 들고 다른 손은 아버지의 관 위에 있는 난간에 늘어져 있었다, 불길 속에서 죽은 소방관, 마치 그 난간이 아이 아버지의 바지 자락 같고 그가 아직 살아서 아이를 지켜주는 것 같았다. 메그는 작별인사를 한다 어린 여자아이는 초코칩 쿠키를 들고 있고 어느 정치인은 기후변화에 관해서는 증거를 신뢰하지 않는다고 말한다 어느 정치인은 기후변화에 관해서는 더 높은 권위를 지닌 사람이 있다고 말한다 어느 정치인은 느긋하게 샤카 제스처를 한다 어느 정치인! 어느 정치인! 어떤 소방관이 어머니에게 문자를 보낸다 불길이 우리를 덮쳤어요. 트럭이 불타요. 사랑해요.

3

메그? 마침내 애나가 말했다. 하지만 메그의 전화는 이미 끊겼다. 그녀는 토미에게 다시 전화를 걸어 한번도 하지 않았던 행동을 했다 계속 말을 더듬는 토미의 말을 중간에 끊었다.

어떡해, 어떡해, 엄마. 애나가 토미에게 이렇게 말하고 있었다.

이 말과 함께 사실이 폭로되었다.

엄마가 아니야. 토미가 불쑥 그녀에게 말했다. 터조야.

터조는 이른 아침에 자전거를 타려고 나갔다. 그러다 교차로에서 어떤 트럭에 치여 자전거와 함께 100미터를 질질 끌려갔어. 토미가 말했다. 터조가 트럭에 부딪히는 순간 즉사한 것 같대.

4

그다음 날, 또 급히 태즈메이니아로 날아온 애나는 그 참담한 소식을 프랜시에게 전하기 위해 토미와 함께 병원으로 갔다. 터조의 주도로 그들은 어머니의 죽음을 받아들이지 않았는데 이제는 죽음이 터조를 데려가버렸다. 돈은 여기도 없고 거기도 없어. 스위스에 있어. 그날 프랜시를 본 애나는 어머니가 이미 그곳에 존재하지 않는다는 것을 분명히 깨달았다. 하지만 프랜시가 정확히 어디에 있는지는 아무도 몰랐다. 취리히? 마라케시? 화성?

그들의 묵직한 의지, 그리고 그 의지가 불러올 수 있는 막강한 기술이 어머니의 약해진 장기에는 너무 강력했음이, 부풀어 오르는 허파와 죽어가는 심장이 반대하기에는 너무 압도적이었음이 증명되었다. 그들의 무시무시한 선의가 증폭되면서, 마구 뒤엉킨 수많은 튜브와 고통으로 변했다. 투석기계, 급식대, 산소호흡기 삽관, 각종 튜브와 링거대, 거기에 꽃줄처럼 걸린 약주머니들, 생명에 꼭 필요한 액체, 오피오이드,* 항생제, 보충제 등이 프랜시를 고통에 묶어두었다. 딸깍딸깍, 틱틱, 삐삐거리는 기계들이 자기들의 고통스러운 굴레에 묶인 가엾은 동물에게 살아 있

* 아편과 비슷한 합성 진통·마취제.

지 않은데도 죽음을 거부하는 것들의 수치를 헤아려 알려주었다. 모두 사랑에서 우러나온 행동…… 오로지 증오만으로 그토록 잔인한 결과가 나오는 것은 불가능했다…… 그런 사랑은 계속 자라고 또 자라다가 결국 이런 꼴이 되었다. 세상에서 가장 무섭고 고독한 고통.

어머니를 이미 잃었으면서도 여전히 붙드는 것이 어떻게 가능할까? 애나는 속으로 생각했다. 남은 게 뭐지?

허례, 의무, 책임. 그녀는 속으로 말했다. 어떤 생각에 대한 경의. 하지만 애나가 어머니에게 보이는 모든 행동에서 이제는 인간적인 유대가, 인간적인 의미가 전혀 느껴지지 않았다. 그 순간 느낀 그 공포를 그녀는 말로 표현할 수 없었다.

그녀와 터조가 원한 것이 이런 것인가?

애나는 알 수 없었다. 아는 것이라고는 이런 상황 덕분에 터조의 소식을 프랜시에게 알리기가 더 쉬워진 동시에(그것이 어머니에게 뭔가 의미를 지닐 가능성이 희박하니까), 더 어려워졌다는(그것이 어머니에게 뭔가 의미를 지닐 가능성이 희박하니까) 점뿐이었다.

5

애나는 머리를 떠나지 않는 세세한 부분들을 생략했다. 터조와 함께 자전거를 탄 사람들이 그 비극의 현장에서 본 으스스한 화재 연기. 트럭이 터조와 자전거를 질질 끌고 가던 모습. 그의 망가진 시체. 머리가 달걀처럼 깨져서 움 푹 들어가 있었다는 말을 토미가 들었다고 했다. 그녀는 터조가 많은 존경을 받는 인물이었기 때문에 성대한 장례 식이 치러질 거라고 어머니에게 말했다.

프랜시는 묘하게 사나운 기세로 딸의 손목을 움켜쥐었 다. 마치 뭔가를 전이 또는 전달하려는 듯, 자신의 상처를 전달하려는 듯, 아니면 딸에게 상처를 입히려는 듯했다. 어머니가 발휘하는 이 뜻밖의 힘이 무엇인지, 아니 그것이 무엇이기는 한지 판단하기 힘들었다. 누가 알겠는가? 그 힘은 한 순간, 단 한 순간뿐이었다. 어머니의 늙은 손이 이 불 위로 떨어졌다.

6

터조는 배에 전혀 관심이 없었다. 바다에 대해서는 말할 것도 없었다. 하지만 최근에 사이가 멀어진 그의 파트너가 준비한 장례식은 천장이 낮고, 항해 관련 페넌트들이 꽃줄처럼 걸려 있는 멜버른 요트클럽 대회의장에서 열렸다. 고작해야 40명이 참석한 무심한 장례식에서 사람들은 망가진 커스터드처럼 무리를 지었다. 회사 동료가 연단에서 짧게 연설을 했다. 학교 친구는 최근 **몇십년 동안** 터조와 연락이 끊겼다면서 마치 그 세월을 보상하려는 듯 지나치게 긴 연설을 했다. 회사 동료는 터조가 회사에서 태양왕이라는 별명으로 불렸다며 농담을 했다. 친구의 머리 뒤로 파란색과 하얀색 페넌트 두개가 토끼 귀처럼 솟아 있었다. 두 사람 모두 터조가 일을 잘했으며 자전거를 사랑했다고 말했다. 두 사람 모두 그의 죽음이 비극이라고 말했다.

장례식이 끝난 뒤 애나는 잘 모르겠다고 토미에게 말했다. 터조의 죽음이 빠르지 않았어? 비극적인 건 터조의 인생 아니야? 그렇게 자전거를 많이……

토미는 그녀의 말을 듣지 않는 것 같았다. 터조가 로니를 얼마나 좋아했는지 모른다는 말을 꺼냈다. 그는 터조가 죽은 형에게 잘 보이는 데 평생을 바쳤다고 생각했다.

애나는 멍청한 헛소리라고 말했다. 그건 아주 옛날 일이잖아, 물론 당연히 우리 모두 영향을 받기는 했지……

터조는 알고 있었어. 토미가 고개를 획 들고 턱을 가늘게 떨기 시작했다. 그-그-그-그-

애나가 토미를 쏘아보았다.

그의 입술에서 두 단어가 굴러나왔다. 어두운 곳에서 빛 속으로. 마이클 신부. 토미가 말했다. 학교의 그 사람.

그녀의 남동생들은 마리스트 학교에서 벌어진 학대 사건의 피해자가 다른 사람인 척했다. 그들 가족은 겪지 않은 일인 것처럼. 그녀는 방 안에 진하게 퍼져 있는 매캐한 화재 연기의 타르 같은 맛을 입에서 없애려고 침을 꿀꺽 삼켰다.

그건 누-누-누나가 생각하는 그런 일이 아니야. 학생들은 사제들을 참고 견뎌야 했어. 그런 일이야. 로니는 마이클 신부를 참고 견뎌야 했지. 마이클 신부가 로니에게 사랑한다고 말한 뒤에도.

7

그녀는 전혀 몰랐다.

그녀는 항상 알고 있었다.

8

어쩌면 사실은 아무 일도 없었을 수 있어. 토미가 말했다. 나도 잘 몰라. 증거가 없으니까. 로니는 그걸 농담처럼 취급했고.

애나는 로니가 겨우 열네살 때 사제에게서 그런 말을 듣고 너무 힘들었겠다고 말했다.

로니는 마이클 신부를 사랑하지 않았어. 토미가 대꾸했다.

그녀는 생전 처음 보는 사람처럼 토미를 바라보았다.

로니는 자기가 마이클 신부를 좋아하는지도 알지 못했어. 로니는 신부의 등 뒤에서 농담을 하곤 했대. 마이크 자지라고. 하지만 신부한테 미안한 마음도 있었어. 로니가 토미에게 직접 해준 말이었다. 그를 불쌍하게 생각했다고. 그래서 로니가 그렇게 힘들었던 거야.

애나가 말을 하려고 했지만, 웬일로 토미가 그녀를 누르고 말을 이었다.

힘들지 않으면서 힘들었어.

그녀는 그래서 로니가 그렇게……

토미는 자기도 모른다고 말했다. 그럴 수도 있고, 아닐 수도 있고. 아마 그럴 거야. 토미는 프랜시에게서 유서가 있다는 말을 들었다. 호리가 유서를 발견했는데, 바로 그 날 낙엽과 함께 태워버렸다고 했다. 호리는 유서의 내용을 프랜시에게 끝내 말해주지 않았다. 나중에는 기억할 수 없게 되었다. 그러니 누가 알겠는가?

하지만 그 전에 마이클 신부가 터조한테 점점 관심을 갖게 되었어. 아마 로니한테는 흥미를 잃은 것 같아. 싫증이 났는지. 그러고는 로니의 동생한테 눈을 돌린 거지. 로니는 터조에게 사제들을 피하는 법을 가르쳤어. 누구를 피해야 하는지. 그러고는 터조를 보살피고 보호했지. 터조가 무사할 수 있게. 그러다 그 일 이후에…… 뭐, 터조는, 음, 터조가 된 거야.

사람들은 요즘 온갖 얘기를 해. 모든 피해자가 진실을 말하지는 않는다, 사실을 과장한다, 모든 사제가 거짓말을 하지는 않는다, 요즘 누가 사제를 믿나? 옛날에는 사제들이 절대 잘못을 범할 수 없다고 믿었다면, 요즘은 절대 옳은 일을 할 수 없는 존재가 됐어. 비난하기는 쉬워도, 토미에게 확실한 증거가 있냐면…… 아니, 증거는 없었다.

토미가 아는 것은 마이클 신부가 로니의 장례미사를 주재하러 왔을 때 자신이 그와 가까운 곳에 있는 것을 견딜 수 없었다는 사실뿐이었다.

애나는 갑자기 토미에게 물어보고 싶은 것이 많아졌다. 아마도 뻔한 질문이지 싶었다.

토미가 말했다. 요점은 우리가 남동생을 지키고 싶어도 그-그-그-

그가 말을 더듬는 동안 말로 표현할 수 없는 슬픔의 사슬이 갑자기 애나 앞에 나타났다. 그녀의 혀끝에 수많은 질문이 어른거렸다. 하지만 갑자기 말이 너무 무거워져서, 단어들이 말이 되지 못한 채 바닥으로 떨어졌다. 분명하고 흔한 사례. 어쩌면 그녀는 질문의 답이 두려웠다 어쩌면 그녀는 답을 알고 있었다 옛날부터 줄곧 알고 있었을까?

9

그녀가 항상 터조에게 열등감을 느꼈다는 생각. 자신이 뒤떨어졌다는 느낌에서 탈출하기 위해 그녀가 보기에 더 많이 가진 사람을 흉내 내려 했다는 생각. 그녀는 때로 터조에게 반발했지만, 결국은 항상 터조의 뜻에 동조했다. 터조와 싸우면서도 터조를 떠받들었다. 그렇게 터조를 떠받드는 감정이 그녀가 터조에게 느낀 모든 분노의 뿌리였다. 항상 터조와 경쟁하면서도 자신이 결코 터조를 이기지 못할 것임을 고통스럽게 의식했기 때문에.

그런데 이제 이렇게 되었다.

터조! 터조! 젠장, 터조!

마리스트에서 무슨 끔찍한 일을 겪었든. 그녀가 터조만큼 훌륭해지고 어떤 면에서는 터조를 능가했을지라도. 그녀는 그를 부러워했다. 그녀 자신의 성공도 그 부러움을 녹여버리지 못해서 그녀는 스스로를 증오하고, 터조를 더욱더 증오했다. 그의 죽음이든 뭐든. 그 순간 터조가 너무 미워서 그녀는 인스타에서 빠져나오겠다고 소리 없이 맹세했다. 과거에 그녀가 항상 터조가 하는 일을 사랑하든지 아니면 깔봐야 한다고 느꼈던 곳. 여행, 건물, 그럭저럭 명성이 있는 사람들과 함께 찍은 사진.

터조가 일찍 결혼했기 때문에 그녀도 그것을 흉내 내고 싶어서 스물두살에 결혼했다. 그녀의 남편에게 어렴풋이 보이는 듯한 영업에 대한 관심, 침착함, 사회에서 무척 가치 있는 그 재능, 즉 아무 말 없이 웃는 얼굴만으로 남들을 추어줄 수 있는 재능, 그리고 기타 성공의 장식품들은 그의 부유한 집안이 드리워준 그림자에 지나지 않았다. 그는 젊은 사람들 사이에서는 관능과 아름다움으로 통하고 나이 든 사람들 사이에서는 불쾌하게 보이는 타성을 지니고 있었다. 그녀가 처음에 느낀 사랑은 모두 기만적이었다. 그녀는 자신의 에너지를 그의 것으로 생각하고, 행동에 나서는 데 무심한 그의 성격을 그저 나른한 매력의 일면이라고 생각했다. 그는 돈에 무심해도 될 만큼 여유가 있었지만 그녀는 아니었다. 그가 비틀거리며 인생을 살아갈 수 있었던 것은 그가 밟고 있는 바닥이 남들 머리 위로 몇층을 더 올라간 높이에 있기 때문이었다. 그녀는 그 천장을 뚫고 올라가고 싶었다.

거스를 낳은 뒤 그들은 아이를 낳지 않았다. 순전히 거

스가 있다는 이유 때문이었으나, 지금 생각해보면 그때 그
녀는 이미 알고 있었던 건지도 모른다. 그녀는 사랑과 그
상실을 가르는 비극적인 순간이 있어야 한다고 자주 생각
했다. 불륜, 사산, 배신 또는 비극 같은 것. 그런 건 전혀 없
었다. 남편의 어떤 점이 그녀의 사랑을 부정했다. 그녀의
애정, 존경, 호기심, 이 모든 것이 그라는 사막에 떨어진 물
처럼 점점 줄어들다가 사라져버렸다.

어쨌든, 어쨌든.

사람들은 모두 자신의 일을 자기만의 방식으로 처리한
다. 그녀는 그와 헤어졌다. 그는 별거가 최선이라는 그녀
의 말에 동의함으로써 자신이 무가치한 인간임을 증명했
을 뿐이다. 그녀가 터조보다 못한 인간이었던 것처럼, 그
녀의 남편이 그녀보다 못한 인간일 필요가 있었다. 정확히
이 승리를 거둔 뒤 그녀는 자기보다 잘나지 않았다는 이유
로 남편을 경멸했다.

그건 실수였다 아니었다 실수였다…… 하지만 그걸로
끝난 거야!

어쨌든.

터조가 죽은 지금 애나는 누구인가?

목발에 몸을 의지하고, 방한부츠 안의 발은 민망할 정도로 부어오른 상태로 애나는 터조의 벤처캐피털 회사에서 온 동료 무리 속에 서 있었다. 이제 터조가 죽었으니 회사에 승진하는 사람이 있겠다는 대화가 좀 오가다가, 애나가 들어온 뒤에는 즉시 일반적이고 평범한 이야기로 바뀌었다.

자전거를 얼마나 잘 탔는지 몰라! 한 사람이 말했다. 매일 아침 5시에 일어났지. 다른 사람이 말했다. 그러고는 곧장 밖으로 나왔다고 그 태양왕이 나한테 말했어. 난 그 말을 믿었다고!

하지만 그들의 화제는 터조에서 금방 관계자들의 전통적인 탄식으로 바뀌었다. 모두들 조금 긴장을 푸는 것 같더니 모두들 금융규제가 지나치다면서 관료주의 파란불 관료주의 정부가 반드시 펀딩을 장려해야 한다 반드시 가치창조를 지원해야 한다 반드시 규제를 풀어야 한다 반드시 R&D 세금 인센티브를 규정해야 한다 반드시 소프트웨어 엔지니어들의 비자를 패스트트랙으로 처리해야 한다 반드시 이 업계에서 잽싸게 도망쳐야 한다 반드시! 반드시! 반드시! 한번 달아올라 긴장을 푼 그들은 핀테크와 농업테크와 교육테크 법률테크 규제테크 테크테크를 이야기했다.

A 라운드 B 라운드 다운 라운드, LP와 변동시세와 피닉스 그러다 마침내 관료주의와 파란불로 돌아가 노래를 처음부터 다시 시작했다.

애나는 거기 서서 온갖 테크와 반드시에 고개를 끄덕이고, 그들이 무엇보다 걱정스러운 일이라고 말하는 것에 맞장구를 치면서 자신이 왜 맞장구를 치는지 알지 못했다. 아무리 생각해봐도 그건 그녀와 관련이 없는 일이었으니까. 심지어 그들에게조차 정말로 중요한 일인지 잘 알 수 없었다. 그들의 말을 듣다보니, 그건 말이 아니라 터조의 삶을 생각하지 않으려는 주문, 서로 입을 모아 아주 많이 중얼거린다면 자신들에게 가장 중요한 일에 대해 스스로를 속일 수 있게 해주는 주문 같았다.

11

하지만 목발 위에 늘어져 미소를 지으며 앞으로 더 몸을 기울이는 순간 애나는 문득 이런 생각이 들었다. 아무도 무섭다는 말을 감히 하지 않는다고. 리사 샨과 달리 자신이 사랑하는 것을 굳이 묘사하려 하지 않는다고, 그들은 어떤 것을 보고 아름답다고 느껴도 그것을 말하지 못하고, 자식이나 부모와 대화하는 법을 이제 모르겠다고 어쩌면 처음부터 몰랐던 것 같다고 어떻게 해야 할지 모르겠다고 외롭다고 고백하는 건 더욱더 하지 못했다.

대신 그들은 소리 내어 말하면 진실이 될지도 모른다는 희망을 안고 사소한 일들을 거듭 소리 내어 말했다. 애나의 눈에 갑자기 꼭 필요한 일처럼 보이게 된 이런 기만이 없다면, 그들은 자신의 인생이 근본적인 거짓을 기초로 삼았음을 알게 될지도 몰랐다. 아니면 터조의 이른 죽음이 그 거짓을 드러내게 될지도 몰랐다. 마치 모두가 세상의 많은 부분을 차지하는 고통을 알면서도 그것에 대해 전혀 손을 쓰지 않기로 똑같이 결의를 다진 것 같았다.

어떻게 이럴 수가 있지? 애나는 속으로 생각했다. 그것이 수수께끼였다. 그들은 알고 알면서 아무것도 안 하다니. 그들은 그것에 대해 말하지 못해서, 그것이 실제로 중요하다고 자신 있게 말하지 않는 방편으로 이야기를 했다, 아니 그날 남동생의 장례식에서 애나가 보기에는 그랬다, 그들은 금융규제법이 이미 오래전에 법전에서 사라졌어야 한다고 주장했다.

그들은 자신의 판단은 절대적이고 남들의 판단은 최악의 벌을 받아 마땅한 사악한 것이거나 멍청한 것이라고 생각했다. 마치 모두가 그들의 이야기를, 그것이 무엇이든 무조건 믿어야 하는 것 같았다. 만약 사람들이 그것을 더이상 믿지 않게 된다면, 그들에게는 현실만 남을 테니까.

누구도 회의를 품거나 머뭇거리지 않았다. 그들 각자는 무오류의 인간이었다. 그것이 그들의 진실이므로. 따라서 진실은 있을 수 없고 잘못된 것은 세상이었다.

무엇이 병이고 무엇이 건강인지, 사는 것이 무엇이고 죽는 것이 무엇인지 누구도 더이상 규정할 수 없게 된 것이 어쩌면 놀라운 일이 아닐 수도 있었다. 선과 악을 아는 것은 그보다 훨씬 더 힘들었다. 그들은 자신이 내뱉은 말이 항상 옳다는 확신, 금융규제개혁이 시급하다는 확신에 대해서만 자신 있고 당당했다. 그 결과로 발생하는 난장판 속에서 그들은 서로를 해칠 뿐이었다. 그것이야말로 그들이 매일 진지하게 하는 일인 것 같다고 애나는 생각했다.

12

어떤 젊은 남자, 이목구비가 너무나 희미해서 애나가 호텔 키카드를 떠올릴 정도인 그 남자가 다가와 저스틴이라고 자신을 소개했다. 터조의 자전거 파트너라는 그는 애도의 뜻을 표했다.

그는 그때 터조와 함께 있었다면서…… 음, 좀 이상했어요. 이렇게 말했다. 순간적으로 그가 멍하니 그녀를 보는 바람에 애나는 자신의 몰골이 정말로 엉망인가 하고 걱정이 되었다. 다리를 반쯤 절다시피 하고, 젖가슴도 반밖에 없고, 손도 하나밖에 없으니까. 하지만 그는 저 멀리 어딘가의 클라우드 서버에서 적절한 정보를 찾아낸 사람처럼 갑자기 리부팅되는 것 같았다. 그가 미소를 지으며 다시 말을 시작했다. 사람들이 하는 말은 그렇게, 그러니까 그가 아는 한은, 그것이 그냥 끔찍한 사고임을 그녀에게 알리고 싶다고 했다. 사람들은 그가 일부러 트럭 속으로 들어갔다고 말하고 있었다. 말도 안 돼! 그는 그 자리에 있었으므로 그 말을 믿지 않았다! 터조가 그럴 리가! 다른 사람도 아니고 태양왕이 그런 짓을 왜 해?

애나가 생각할 수 있는 거라고는 그 기묘하고 가느다란 손가락, 고통에 약해진 것 같던 그 손가락이 자전거 핸들을 점점 더 단단히 쥐는 모습뿐이었다.

저스틴이 말을 이었다. 그 바퀴 18개짜리 트럭이 오는 걸 보고 터조가 그냥 고개를 숙인 채 더 세게 페달을 밟은 건 사실입니다. 거기서 브레이크를 잡거나, 방향을 꺾거나, 자전거에서 몸을 날릴 수도 있었을 것이다. 저스틴은 터조가 왜 그렇게 하지 않았는지 알지 못했다. 어쨌든 그는 그렇게 하지 않았다. 이유는 수없이 많을 것이다. 애나의 남동생 터조는 대담했다. 그는 경주를 좋아했다. 때로 무모하게 굴었지만 언제나 승리했다. 어쩌면 화재 연기 때문에 터조가 그 거대한 트럭을 잘못 판단했는지도 모른다.

애나는 정말 이상하다는 생각이 들었다. 동생의 손가락이 그렇게 못생겼다니. 물론 동생의 손에는 손가락이 다 있었다. 그건 일종의 축복이었다. 그래도 트럭이 점점 가까워지던 순간의 그 손가락, 터조, 가운데로 모이던 어깨가 여전히 눈에 보였다.

의도적인 행동은 아니었습니다. 저스틴이 말하고 있었다. 그뿐이에요. 그는 확신하고 있었다. 사람들이 잘못 알았다. 그는 터조를 잘 알았다. 사람이 왜 그런 짓을 하겠는가? 그래, 그것은 그저 끔찍한 사고였다. 그는 자신이 현장에서 모든 것을 목격했으므로, 그것이 그저 끔찍한 비극이었음을 알리고 싶다며, 그녀에게 애도의 뜻을 표했다. 그처럼 터조도 도로 사이클링을 몹시 좋아했다. 그래서 무엇보다 터조가 분명히 자살한 것이 아님을 가족들도 알아야 한다고 생각했다.

13

몸이 안 좋다는 핑계로 장례식장에서 나온 애나는 최대한 빠른 속도로 절룩거리며 요트클럽에서 멀어졌다. 그렇게 물러나는 도중 상점 진열창에 비친 자신의 얼굴이 조금 이상한 것 같았지만 그냥 무시하고 계속 절룩거리며 걸었다. 그러다 어느 빵집의 넓은 진열창 속, 베르사유의 코르티잔처럼 하얀 분을 바른 산딸기 디저트 접시 위에서 그것을 다시 보았다.

그녀는 걸음을 멈추고 고개를 이리저리 돌려보았다. 부정할 수 없었다. 그녀는 조금 더 걷다가 주차된 자동차 옆에 서서 사이드미러에 비친 자신의 모습을 더 자세히 들여다보았다.

그녀의 얼굴이 해체되고 있었다. 끔찍한 환상 속에 들어온 것 같았다. 코뿐만 아니라 한쪽 눈도 사라지고, 남은 한 눈은 어찌 된 영문인지 이마 한가운데로 이동한 상태였다. 그런데도 사람들은 그녀 옆을 지나치면서 아무 말도 하지 않았다. 장례식장에서도 그녀의 얼굴에 대해 아무도 뭐라고 하지 않았다. 그러고 보니, 손이 없는 것에 대해서도 마찬가지였다. 예의를 차린 건가? 상냥함을 발휘한 건가? 아니면 무서워서? 많은 질문이 그녀의 머릿속을 점령했다. 이 일이 벌어진 건 장례식 때인가 아니면 그 전인가? 방금 일어난 건가?

혼란과 동요 속에서 애나는 방금 새로 알게 된 사실에서 멀어지고 싶다는 생각만으로 전차에 올라탔다. 그러고는 곧바로 겁에 질렸다. 다른 승객들이 뭐라고 할까 싶어서. 자기 옆에 앉으면 안 된다고 큰 소리로 떠들어대는 고집불통이 있을까? 아니면 사람들이 그녀의 얼굴을 보고 겁에 질려서 필요하다면 폭력을 동원해서라도 그녀를 밖으로 내쫓으라고 요구할까? 그녀는 다리를 하나로 모으고 고개를 숙여 최대한 작은 공간을 차지한 상태로 자신이 자기만의 블랙홀이 된 건 아닌지 걱정했다.

누구도 뭐라고 말하지 않았다.

그녀는 사람들과 눈이 마주치는 것을 피하려고 바닥, 위, 밖, 하늘을 바라보았다. 다른 승객이 아니라면 어디든 좋았다. 그래도 가끔은 그녀의 시선이 방황했다.

모두 아무것도 알아차리지 못했다. 시선을 드는 사람도 없었다. 모두 각자 휴대폰만 바라보았다. 휴대폰 신호가 약하다 해도, 신호 막대가 한개만이라도 뜨는 구멍을 하늘에서 찾아낼 수만 있다면 모든 것이 괜찮아질 거라고 생각하는 것 같았다, 마치 저 밖에서 그들이 모두 기다리는 메시지가 이제 곧 전달될 참인 것 같았다.

아주 오랫동안 그들은 검색하고, 좋아요를 누르고, 친구 맺기를 하고, 댓글을 달고, 이모티콘을 보냈다가 취소하고, 친구 맺기를 취소하고, 화면을 밀어 다시 스크롤을 하면서 자기들이 자신의 세상을 쓰고 또 고쳐 쓸 뿐이라고 생각했다. 그동안 내내 감각 하나하나, 감정 하나하나, 생각 하나하나, 두려움 대 두려움, 거짓 대 거짓, 느낌 하나하나, 그들 자신이 완전히 새로운 종류의 인간으로 서서히 고쳐 써지고 있었다. 자신이 처음부터 지워지고 있음을 그들이 어떻게 알 수 있을까?

그제야 그녀의 눈에 보였다. 전차 안의 사람들에게도 둘 중 한명꼴로 눈이 하나밖에 없었다.

14

그날 밤 그녀는 시드니행 마지막 비행기를 타고 날아가, 우버를 타고 집으로 향했다. 침대로 가던 중 거스의 방에서 무슨 소리가 들린 것 같아서 그녀는 걸음을 멈췄다.

아들의 방문을 노크했다. 아들의 이름을 불렀다. 그녀의 노크에 대답하는 소리가 안에서 전혀 들리지 않았다. 거스는 항상 이어폰을 갑옷처럼 끼고 이어폰 무덤 속에 빠져 있었으니까. 빛을 주는 것은 그가 컴퓨터로 하고 있는 게임이나 그가 참여하는 소셜미디어의 게시물뿐이었다. 깊고 깊은 바다 밑바닥에 있는 것처럼 세상과 동떨어져 있었다. 애나가 가끔 하는 생각이었다.

어렸을 때 거스가 자주 그녀의 다리에 매달리던 기억이 났다. 그런 애정의 순간을 지금 경험할 수 있다면 무엇인들 내놓지 않을까! 하지만 그때 그녀는 아이를 밀어냈고, 아이는 애써 매달렸다. 그녀는 밀어내고 아이는 계속 매달렸다, 무서운 폭풍 속에서 나무에 매달리듯이. 그는 어렸을 때 더할 나위 없이 다정하고, 항상 상상 속의 게임을 하고, 사람들에게 친절했다. 아이의 무방비한 모습에 애나는 겁이 났다. 그래서 그 무방비함을 없애버리려고 했다. 남동생이 상처 입은 것처럼, 아이가 다른 사람들에게 상처받지 않게 하려고 의식적으로 그렇게 했다. 그녀는 밀어내고 밀어내서 마침내 승리했다, 마침내 그 무방비함이 사라지고 아이는 더이상 그녀의 다리에 매달리지 않았다.

그녀는 그곳에 있지만 없는 아들, 눈에 보이지만 보이지 않는 아들, 매일 조금씩 사라지는 아들을 생각했다. 이 생각과 더불어 고집스러운 말을 믿을 수 없다는 생각을 했다. 같은 말을 여러번 자꾸만 반복하다보면(사랑사랑사랑 또는 가족가족가족) 그 말은 의미를 잃어버린다. 그런 말은 음식 자체가 아니라 음식 광고 같았다. 그녀가 어느 날 밤 거스에게 이렇게 말해주자, 거스는 대략 그런 것 같아요, 하고 말했다. 그것이 거스의 방식이었다. 그녀처럼 이런저런 말이나 일을 걱정하지 않았다. 그런 것 같아요. 거스가 말했다. 하지만 그녀는 이제 그 무엇도 생각할 수 없었다. 하지만 거스가 말에 부주의하다고 말한다면 그건 틀린 말이었다. 그는 자신이 믿지 않는 일이나 멍청한 일을 말한 적이 없는 반면, 그녀는 멍청한 소리를 수없이 하면서 어떻게든 그것이 진지한 이야기가 될 것이며 자신의 감정에 이름을 붙이면 그 감정이 진짜가 될 거라고 생각했다. 이제는 그렇게 해서 감정이 그냥 거짓이 된 것 아닌가 싶었다. 사람들은 어떤 대상을 알려면 그 대상에 이름을 붙여야 한다고 말한다. 하지만 때로 애나는 자신의 진정한 감정에 이름을 붙이지 않는 것이 더 현명한 일이 아닌가 하는 생각이 들었다. 그러면 그 감정을 계속 느낄 수 있지 않을까. 모든 이름은 그 대상을 십자가에 고정하고, 허공을 날다 멈추게 한다. 모든 이름은 죽일 상대를 찾는 탄환이라는 생각이 들었다.

거스는 어렸을 때도 그녀가 강요하지 않는 이상 그녀를 사랑한다는 말을 결코 하지 않으려 했다. 강요를 받으면 그는 웃음을 터뜨리며 그 말을 했다. 이 모든 것이 사소한 농담이며, 자신들에게 걸맞지 않은 일이라는 듯이. 자라면서 그는 엄마를 생각한다, 엄마를 좋아한다, 엄마랑 같이 있어서 행복하다, 엄마랑 같이 있을 때 가장 마음이 편하다, 등의 말을 했다. 오랫동안 그녀는 자신이 강요하지 않는 이상 아들이 사랑한다는 말을 해주지 않는 것에 화를 냈다. 그녀가 사랑한다는 말을 따라 하라고 강요하면, 그는 재미있다고 생각했다. 바로 그것이 거짓이고 진심이 아니기 때문에. 너무 오랫동안 그녀는 화를 내고 있었다. 애나는 이제야 그런 생각이 들었다. 단순히 화를 내는 정도가 아니라 분노했다. 자신과 아들 사이에 문제가 있는 것 같다는 느낌이 든 지 아마 20년은 됐지 싶었다. 아들이 그 말을 하려고 하지 않아서. 하지만 아들은 항상 진심이 담긴 말을 했다. 어쩌면 아들의 진심이 사랑보다 강하고, 더 복잡한 것, 말로 할 수 없는 것이었는지도 모른다.

15

그녀는 잠시 가만히 있다가 목발을 짚고 계속 절룩거리며 걸었다. 방은 어둡고 악취가 났다. 불빛이라고는 거스의 컴퓨터 화면에서 진행 중인 전쟁 게임의 생생한 빛뿐이었다. 그 단 하나의 자극을 제외하면 거의 완전히 감각이 결핍된 곳이었다. 기묘하게 익사한 물속 세계 같은 그곳에서 빛은 영원히 불타는 덤불이었다.

거스가 앉은 채 의자를 휙 돌렸다. 순간적으로 그녀는 그의 얼굴에서 고뇌를 볼 수 있을 것 같은, 아니 본 것 같은, 아니 어쩌면 정말 순간적으로 인식한 것 같은 생각이 들었다. 하지만 그것은 순간에 지나지 않았다. 그의 입술과 하나밖에 없던 눈(그의 얼굴에 마지막으로 남은 것)도 이제 사라져서, 설사 그가 뭔가를 표현하고 싶더라도 감정을 드러내기가 불가능해졌음을 그녀는 깨달았다.

지금 그의 얼굴은 초창기 그리스도교인들이 날뛰면서 모욕한 고전 시대 조각상만큼이나 속을 알 수 없고 불가사의했다. 세상 또한 사라져버린 그때 조각상들은 색깔도, 콧구멍도, 입술도, 눈동자도, 모두 폭력에 얻어맞아 영원히 사라져버렸다. 마치 거스의 얼굴이 머리에서 미끄러지듯 떨어져나온 것 같았다. 접시에서 저녁식사 요리가 미끄러져 떨어지듯이.

어쩌면 그녀가 놀라서 숨을 삼켰는지도 모른다. 어쩌면 충격 때문에 아무 소리도 내지 않았는지도 모른다. 시간이 흐른 뒤 그녀는 자신이 그때 어떻게 했는지 알 수 없었다. 그 슬픈 타원형 물체가 자신을 빤히 바라보던 광경 외에 다른 것은 잘 기억나지 않았다. 그 타원형은 그 형태와 머리카락, 우울한 움직임 때문에 어떻게든 여전히 거스로 보였다. 그녀를 알아보고, 화면 속에서 폭발한 폭탄의 불빛을 받아 뭐라고 정의할 수 없고 정체도 알 수 없는 슬픔을 언뜻 내보인다는 점에서 어떻게든 여전히 인간이기도 했다.

그녀는 아들을 안아주려고 다가갔다. 아들을 자신의 몸으로 끌어안고 다시는 놓아주지 않으려고 다가갔다. 아들이 의자에서 일어서는데, 팔 한짝도 사라진 것이 보였다. 그녀는 팔이 없는 것을 보고 충격받지는 않았다. 아들이 예전처럼 그녀를 안아줄 일이 이제 두번 다시 없으리라는 사실이 슬플 뿐이었다.

그런 건 아무래도 상관없다고 그녀는 속으로 말했다. 그녀가 아들을 안아주면 되었다. 그래, 그건 아직 가능했다.

하지만 사실, 정말로, 이제 정상적인 일은 전혀 불가능했다. 애나는 이런 생각을 하면서 목발을 놓고, 점점 텅 비어가는 자신의 인생을 양팔로 감쌌다. 아들을 그렇게 안고 있는 동안, 무서울 정도로 텅 빈 아들의 얼굴이 그녀를 올려다보았다. 그 슬픈 타원형에 솟은 수염자국과 이목구비가 없는 살에 걸쳐진 이상한 한알짜리 안경만이 어설프게 얼굴 흉내를 내고 있었다. 그녀는 경악하기보다는 뜻밖의 감동을 느꼈다. 심지어 매혹되기도 했다. 얘는 저 이상한 안경을 도대체 어디서 구한 거지? 그녀는 마치 베일이 찢어져 사라진 것처럼 아들의 텅 빈 얼굴을 마주 바라보았다.

남은 것이 별로 없는 아들의 얼굴에 떠오른 저것은 후회인가 아니면 미움인가? 아니면 오로지 그녀만의 것인 완전하고 철저한 실패의 표현인가?

16

메그의 얼굴이 밝아졌다. 그녀는 그림자가 지지 않은 초저녁의 황토색 안개 속에서 서리힐스 카페에 애나와 함께 앉아 로제와인을 마시는 중이었다. 화재 연기가 도시풍경을 가리고, 애나가 느끼는 포도주 맛을 포함한 모든 것을 망쳐버렸다. 제법 늦은 시각인데도 저 더러운 빛 때문에 어스름이 내린다는 감각이 전혀 없어서 기분이 이상했다.

이상하지만, 정상이었다.

메그는 예전에 늙은 친구의 집 앞을 지나간 적이 있다는 얘기를 하고 있었다. 여기서 '늙었다'는 말은 메그가 젊었을 때 그 친구가 이미 늙은 여자였다는 뜻이었다. 그 노부인은 재미있고 상냥한 사람이었다. 줄담배를 피우는 시인이었는데, 당시에는 메그 자신도 시인이 되고 싶었다.

애나는 메그와 눈을 마주치며 말을 잃었다. 눈에 뻔히 보이는 것을 소리 내어 말할 수 없었다. 메그도 이제는 그녀와 똑같이 눈이 하나밖에 없었다. 하지만 그녀의 눈은 중앙으로 이동하지 않고, 왼쪽에 그대로 남아 거북딱지 외알안경을 쓰고 있었다. 메그는 왜 애나의 하나뿐인 눈을 보고 그녀처럼 충격받지 않는 걸까?

메그…… 그녀는 입을 열었다 원했다 시도했다. 메그! 제발! 우리는…… 우리 이야기 좀 해.

한쪽 다리를 다른 쪽 다리 아래로 넣으면서 메그는 그 노부인이 코코뱅 같은 이국적인 음식들을 만들어줬다고 말을 이었다.

예전에 애나는 메그와 함께 있을 때 무슨 이야기든 할 수 있다는 자유를 느꼈다. 아무리 비밀스러운 이야기도, 아무리 하찮은 이야기도, 아무리 이상한 이야기도. 하지만 지금 느끼는 기분은 정반대였다. 그녀와는 아무것도 공유

할 수 없고, 입을 다문 채 자신의 침묵 속에서 부자유를 느끼는 기분. 한쪽 다리 아래에 다른 쪽 다리를 접어 넣는 것은 메그의 무심한 습관인데, 예전에는 매력적이던 그 습관이 이제는 짜증스럽다 못해 혐오스러울 정도였다.

그 부인이 셰리주를 너무 많이 내놨어. 메그가 말했다. 그러고는 테드 휴즈와 함께 케임브리지에 다녔다고 말하는 거야. 상상이 가? 전부 80년대의 울런공*에서는 아주 이국적인 이야기였어. 사랑스러운 노부인이었는데, 앞마당에 커다란 페퍼트리가 있는 낡은 오두막에 살았어. 그러고 얼마 뒤 세상을 떠났지.

메그. 애나가 말했다. 메그, 내가 보여?

당연히 보이지. 메그가 말했다. 그녀는 눈에서 외알안경을 떼어내, 앞으로 들고 아주 귀한 것을 보듯이 앞뒤로 돌려보았다. 그러고는 미소를 지었다. 귀엽지? 나더러 항상 안경을 어색해하면 안 된다고 잔소리를 했잖아. 이제 이 외알안경이 있으니 모든 걸 선명하게 볼 수 있어.

애나는 메그의 어두운색 눈을 빤히 바라보았다. 그 변화무쌍한 밤색 눈이 예전에는 애나의 무장을 해제했지만 지금은 공포만 안겨주었다. 그녀는 메그에게 다리를 그렇게 겹치고 있으니 조금 아이처럼 보인다면서 다리를 내려놓

* 오스트레일리아 뉴사우스웨일스주의 해안 마을.

을 수 있느냐고 물었다.

메그는 다리를 내리고 이야기를 계속했다.

세월이 흐른 뒤 메그는 차를 몰고 그 오두막 앞을 지나다가 페퍼트리가 베인 것을 알게 되었다. 웃음소리와 신비와 마법과 즐거움이 있던 그 작은 오두막이 이제는 그냥 평범한 집으로 보였다. 무엇보다 지독한 슬픔이 엄습했다. 노부인도 사라지고, 마법도 사라졌다. 인생에 아무 의미도 없는 것 같았다. 페퍼트리가 그렇게 간단히 사라지면서 인생에 의미를 부여하던 모든 것이 함께 사라진 만큼.

메그. 애나가 말했다. 제발 좀 봐. 안 보여?

메그는 다리를 다시 올려서 다른 쪽 다리 밑에 접어 넣으면서 말을 이었다. 그날 차 안에서 그 오두막을 올려다보며 그녀는 아무런 답을 찾을 수 없었다. 그 오두막, 그 시절, 그 코코뱅이 자기 인생에서 뭔가 훌륭한 일의 시작이었다고 생각했는데 아니었다. 그녀를 먹어치울 수도 있을 강한 허기처럼 무서운 구멍이 그녀의 배 속에 하나 생겼다. 안에서부터 그녀를 삼켜버릴 수 있을 것 같았다. 그녀는 엔지니어가 되었다.

처음에는 그것이 또한 끝이기도 하다는 걸 절대 몰라. 메그가 말했다. 사물만 사라지는 게 아니라 자신 또한 사라지는 걸 모른다고.

央

17

인생이 그럭저럭 비슷하게 흘러가고 있다고 애나는 생각했다. 대도시에는 대중교통이 계속 운행할 것인지, 쓰레기가 제대로 수거될 것인지, 임금이 지불될 것인지 아니면 사용될 것인지 등 시급한 문제가 많았다. 사람들이 사고파는 물건이 아주 많았고, 그 물건과 더불어 불필요한 물건 또한 필요할 뿐만 아니라 심지어 아주 기본적인 요소라는 생각도 따라왔다. 삶의 다른 부분들이 멈추거나 생각하기도 싫을 만큼 기괴하고 무섭게 변해버렸을 때도 거대한 서커스는 계속되었다.

때로 지나가는 말처럼, 또는 사람들이 취했을 때, 누군가의 성인 아들에게 손 하나, 몸짓 하나, 그림자 하나만 남았다는 이야기가 나오곤 했다. 하지만 메그의 말처럼 그런 이야기는 분위기를 망쳤기 때문에, 강물처럼 사람들 사이를 한바퀴 돈 뒤 양지바른 계곡으로 흘러갔다.

애나는 세상이 주목하지 않는 것보다 더 심각한 일은 얄궂게도 세상이 주목할 때인 것 같다는 생각이 차츰 들었다. 자꾸만 사라지는 현상을 세상이 사소한 이야기로 만들어, 그것이 기껏해야 괴짜들의 영역이나 소셜미디어의 음모론에 지나지 않는 것처럼 대안적인 뉴스매체에 파묻어버리는 일. 그것이 옳지 않다는 생각은 그냥 상식이야. 애나는 메그에게 이렇게 말했다. 하지만 메그의 지적처럼, 틀린 것들이 모두 이제는 상식이었다.

한동안 애나는 그 이야기를 해보려고 시도했지만, 그 화제를 계속 꺼낼수록 사람들은 다른 화제에 더 정신을 팔았다. 그녀가 사라진 코나 귓불을 입에 담는 순간, 사람들은 정치나 넷플릭스나 틱톡에 대한 이야기를 시작하곤 했다. 그녀가 자신의 화제에 집착할수록, 사람들은 자기들의 화제에 집착했다. 그녀가 사라진 눈에 대해 이야기하면 그들은 총리에 대해 이야기했다. 그녀가 사라진 아들들에 대해 이야기하면 그들은 담보대출 스트레스에 대해 이야기했다. 예전처럼 코가 있었다면 바로 코앞이라고 해야 할 자리에서 벌어지는 일을 어떻게 말해야 할지 아무도 몰랐다.

애나는 세상이 그 문제를 진지하게 받아들이려 한다는 증거를 어디에서도 볼 수 없었다. 근본적인 세상이 사라질수록 사람들은 근본적이지 않은 세상에 집착할 필요가 있는 것 같았다.

그럼 뭘 기대했어? 메그가 말했다. 메그의 존재가 점점 짜증스러워졌다.

물론 사람들은 지금도 이야기를 나눴다. 하지만 애나는 근본적으로 그들을 이해할 수 없었다. 그들의 이야기는 엄밀히 말해서 결코 대화가 아니라, 각자가 대화의 가능성을 회피하기 위해 점점 더 고집스럽게 떠들어대는 비非대화였다.

어쨌든 지금은 여름이었다. 여름은 이제 제대로 끝나지도 않고 제대로 시작되지도 않았다. 그냥 참을 수 없을 만큼 더울 뿐이었다. 술집과 식당과 카페는 행복하게 북적거렸다. 이제 사람들이 때로 '사라짐'이라고 부르는 현상이 조금 화제에 오르기는 했지만, 아주 조금일 뿐이었다. 말할 것이 워낙 많았고, 매일 더 웃기고 더 비극적이고 더 우습고 더 뉴스 가치가 있는 일들이 일어났다. 정치 스캔들, 어린이 살인 사건, 성난 여자가 애인의 음경을 물어뜯은 사건. 걱정하는 사람도 있었지만, 현실 속에서 대부분의 사람은 걱정하지 않았다. 적어도 충분히 걱정하지는 않았다.

첫 기근이 시작되었을 때, 그건 다른 곳의 일이었다. 점점 늘어나는 전쟁도 다른 곳의 일, 잔혹하고 무서운 사건들도 다른 곳의 일, 그리고 그 다른 곳의 일은 항상 다른 사람의 잘못이고, 그 다른 사람들은 항상 덜 유능하고 더 어리석었다. 따라서 사람들은 그런 일에 대해서도 크게 걱정하지 않았다. 그런 무서운 일에서 도망친 난민들이 국경에서 입국을 거절당하거나 구금될 때도 그들은 크게 걱정하지 않았다. 두 눈과 코가 있는 난민들은 그들과 다른 괴물임이 분명하기 때문이었다.

애나는 속으로 말했다. 어쩌면 사라짐이 그렇게까지 나쁜 일은 아닌지도 모른다고. 그것이 전혀 문제가 아니라

자연스러운 적응이라는 주장까지도 가능했다. 다만 사회가 그 과정을 이해하고 대처하는 데 시간이 조금 걸릴 뿐이었다.

어쩌면 그럴 수도 있었다. 눈과 팔다리와 신체 말단뿐만 아니라 아들들까지도 사라지기 시작했다는 보도가 나오기 시작할 무렵에는 비정상이 정상이 된 지 오래였다.

소수의 사람들은 사라짐에 대중의 관심을 돌려보려고 노력했고, 어떤 사람들은 격렬한 시위를 벌였으며, 한줌의 사람들은 무의미하고 끔찍한 테러 행위에 탐닉했다. 하지만 이 모든 것이, 심지어 무도하기 짝이 없는 일까지도, 결국은 삼급 뉴스에 불과했다. 대부분의 사람들은 이런 뉴스에 관심이 없었고, 모두가 이런 뉴스를 너무 우울하다고 생각했다. 아직 행복한 일이 아주 많았다. 적어도 사람들이 자신을 행복하게 만들어준다고 믿는 일들이었다. 하지만 애나는 자기도 모르게 터조의 장례식을 다시 떠올리며 몇가지 세세한 기억에서 벗어나지 못했다. 강렬한 조명등이 좌우대칭의 별자리처럼 붙어 있던 낮은 하얀색 천장, 멋진 페넌트, 그녀를 압도할 것 같던 엄청난 공허감.

18

이제는 말이 사람들 사이의 다리가 아니라 장벽이 된 것
같았다. 그 장벽을 높이 쌓기만 한다면, 그 뒤편에서 점점
커져가는 사라진 것들의 사막을 아무도 보지 못할 것이다.
마치 모두가 원래 목적대로 말을 사용하는 것을 회피하려
고 말을 사용하고 있는 것 같았다. 혹시 말이 있어야 하는
이유 또한 사라진 것이 아닌지 궁금해졌다. 애나 자신이
듣는 사람들의 말, 메그의 말은 말이라기보다 단조롭게 웅
웅거리는 소리였다. 토미가 항상 지루하고 장황하게 떠들
어대던 그 단조로운 소리.

그녀에게도 이제는 그 소리가 들리기 시작했다. 터조의
장례식에서, 카페에서, 거리에서. 문과 창문을 모두 닫은
방 안까지 뚫고 들어오고, 그녀가 잠들었을 때 침대와 베
개를 뚫고 솟아올랐다. 꿈을 꾸는 동안 그 소리가 치아 신
경 속으로 드릴처럼 파고드는 느낌이 들 정도였다. 하지만
애나가 무슨 소리가 들리지 않느냐고 물으면 메그는 대답
대신 그냥 땅파기 소리만 냈다. 어차피 관심이 없어서 애
나의 말을 듣지도 않기 때문이었다.

애나는 메그를 점점 덜 만나게 되었다.

메그에게서 볼 수 있는 것이 점점 줄어들고 있기도 했
다. 어느 날 밤 애나는 마음속에 할 말을 준비하고 침대에

서 일어나 앉았다. 메그, 난 이제 너를 사랑하는 마음에서 벗어난 것 같아. 훌륭한 미니멀리스트 건축가답게 그 말은 우아하고 강렬하며, 다시 다듬을 필요도 없을 것 같았다. 하지만 거스가 그랬듯이 메그에게서도 매일 이런저런 것들이 사라져갔다. 손가락 손 팔다리가 사라졌다. 메그는 자신의 그런 변화도 다른 사람들의 변화도 알아보지 못했다. 애나가 그녀의 어깨를 잡으려고 했는데, 그 자리에는 이미 아무것도 없었다.

애나? 메그가 땅파기 소리를 냈다.

아무것도 아냐. 애나가 대답했다. 아무것도 아냐.

한동안 애나는 그 소리를 잊을 수 있었지만, 곧 소리가 되돌아왔다. 고음의 소음. 삐 하는 소리일 때도 있고, 박동 소리일 때도 있고, 끈질기게 이어지는 날카로운 사이렌 소리 같을 때도 있고, 인간이 아닌 것의 비명에 가까울 때도 있었다. 고통이나 상실감과 비슷했다. 어쩌면 고통이었는지도 모른다. 오로지 고통. 그 소리가 지속되는 동안에는 모든 것이 불가능했다. 의논도 이렇다 할 말도 없이 더이상 메그와 잠자리를 하지 않게 되었음을 그녀는 깨달았다. 그보다 더 나쁜 것은 휴대폰을 읽으며 혼자 자는 편이 더 좋다는 점.

19

그녀는 구글에서 '남쪽의 예루살렘'과 '포트 데이비'를 검색했다. 아카이브와 비평과 역사와 논문을 통해 점점 이 야기를 꿰어맞추기 시작했다.

라트비아 출신의 정통파 유대교 신자인 이삭 스타인버 그가 홀로코스트를 예견하고 가장 위험한 시기에 전 세계 유대인을 위한 새로운 본거지를 찾으려고 나섰다. 레닌의 첫번째 정부 치하에서 한때 사회정의를 담당한 인민위원 으로 모스크바의 도살자로 불렸으며 나중에 레닌에 의해 투옥된 스타인버그는 그곳에서 탈출해, 시온주의 운동에 서 이탈한 무리를 이끌게 되었다. 그는 19세기 말 신세계 에서 유대인들의 본거지를 세울 땅을 구하려고 했다. 마다 가스카르. 에티오피아. 오스트레일리아 북서부. 하지만 그 에게 새로운 팔레스타인을 건설하는 데 필요한 땅을 줄 것 인지 고민이라도 해본 곳은 태즈메이니아뿐이었다. 그들 은 포트 데이비와 그곳을 에워싼 빈 땅, 즉 태즈메이니아 섬의 4분의 1에 해당하는 남서쪽 땅을 고려했다.

그 땅이 몇명이나 구할 수 있을까?

스타인버그는 유럽에서 어떤 일이 벌어질지 미리 경고 했지만, 사람들은 스타인버그가 본 것을 보지 못했다. 그 래서 자기들이 세상을 구할 수 있다는 말을 믿지 못했다.

1942년 무렵에는 심지어 스타인버그도 그런 생각을 하지 않았다.

하지만 단 한명의 이교도는 생각이 달랐다.

그의 이름은 크리츨리 파커. 페이지를 넘길 때마다 노인처럼 로딩에 시간이 걸리는 웹사이트에서 애나는 2009년 태즈메이니아 역사학회 서류와 회의록에 실린 파커에 대한 발언 원문을 찾아냈다.

파커는 멜버른에서 스타인버그를 지지하던 유대인 유부녀와 사랑에 빠졌다. 1942년 4월 유럽에서 대학살의 여름이 막 시작되던 무렵에, 기질도 건강도 경험도 살아온 배경도 황무지에서 살아남기에는 지독히 맞지 않는 그 깡마른 청년은 어쩌다보니 포트 데이비와 그 너머의 땅을 탐험하게 되었다. 사람이 살지 않는 그곳은 거의 미지의 땅이었다. 유럽에서 치클론 B 가스를 이용한 대량학살 방법이 등장하면서 인종학살이 산업적인 규모로 커지는 동안, 크리츨리 파커는 노랑배도라지앵무의 고향에 전 세계 유대인의 위대한 수도를 지을 계획을 세웠다.

그가 이런 일을 한 것은 멜버른의 그 부인에게 잘 보이고 싶어서였다. 어쩌다보니 그의 쓸쓸한 사랑과 그녀의 사회운동이 하나가 되었기 때문이다. 그는 그 먼 땅에서 홀로 숨을 거뒀다. 이 글을 쓴 저자는 그가 지나친 사랑 때문에 죽었다고 말해도 될 것 같다고 말했다. 어쩌면 그는 어

리석은 짓을 한 건지도 모른다. 무의미한 짓을 한 건지도
모른다.

하지만 애나는 감동을 받았다. 그 사람이 해냈어.

그녀의 눈에는 그것이 왠지 승리 같았다.

애나는 그 문서의 맨 아래로 화면을 내렸다. 저자는 태
즈메이니아 대학 동물학과 부교수이며 조류 멸종 전문가
라는 설명이 있었다.

이름은 리사 샨.

이듬해 봄 노랑배도라지앵무가 돌아왔을 때, 땅을 조사
하러 온 사람들이 침낭 안에서 끈적끈적하게 변한 유해
를 발견했다. 크리즐리 파커였다. 그의 텐트는 이미 오래
전 바람에 날려갔고, 그의 시체 옆에는 그가 르코르뷔지에
에게 설계를 맡겨 전 세계 유대인의 수도를 짓겠다는 꿈과
계획을 기록한 일기장이 있었다.

르코르뷔지에밖에 없지 않나? 그는 이렇게 썼다.

그때 북반구는 겨울이었다. 유럽에서 홀로코스트로 죽
어갈 운명이었던 유대인들 중 4분의 3이, 리사 샨의 가족
도 포함해서, 이미 죽은 뒤였다.

20

애나는 마침내 뼈가 나은 뒤에도 매일 달리기를 하던 일상으로 돌아가지 않았다. 헬스장에도 나가지 않았다. 자신의 몸이 생기를 되찾기를 거부하는 것을, 단단하고 팽팽해지지 않고 힘을 되찾으려 하지 않는 것을 무심하게 지켜보았다. 살이 축축 늘어지든 퀭하니 물렁뼈가 도드라지든 무슨 상관일까. 그녀는 사람들의 관찰력이 놀라울 정도로 형편없다는 것을 배웠다. 눈앞에서 사람이 차츰 사라져가는데도 그들은 그 사람이 여전히 똑같다고 생각했다. 그들이 조금씩 해체되는데도 그것을 누구도 알아차리지 못하는 것 같았다. 변화가 늘어날수록 사람들은 각자의 스크린만 더 열심히 들여다보며 다른 세상에서 살았다. 현실 세계는 화면 속 세상의 모조품에 지나지 않고, 그들의 현실 인생은 온라인 인생의 그림자에 지나지 않았다. 사라지는 사람이 늘어날수록 그들은 온라인에서 더욱 자신을 드러냈다. 모종의 기괴한 방정식이나 전이 같았다. 밈 아티스트, 인플루언서, 블로거, 온라인 회고록 작가. 그들이 그곳으로 더 많이 옮겨갈수록 이곳에 남은 부분이 줄어드는 건가 하는 생각이 들었다. 하지만 애나가 답을 어찌 알겠는가.

그래, 나는 모르지. 애나는 속으로 생각했다. 그녀는 아무것도 몰랐지만, 때로는 사람들이 단순히 변화를 못 보는 것이 아니라 어쩌면 보고 싶어 하지 않는 것이 아닌가(그녀에게는 이것이 무엇보다 무서웠다) 싶었다.

그녀는 무엇보다도 보고 싶었다.

사람들이 말하는 세상이 아니라 있는 그대로의 세상을 한번 더 보고 싶었다. 사라진 것에 당황하지 않고 현재에 주의를 기울이고 싶었다. 세상이 그녀 앞에 드러내는 모습을 그대로 정확히 알아야 했다. 거기서 멍들고 손상된 우주가 나타난다 해도, 바로 그 상처 속에 약간의 희망이 있을지도 몰랐다. 이런 것들이 갑자기 명확해진 듯했다. 하지만 이 생각을 실천하는 방법은 그리 명확하지 않았다. 그녀는 와츠앱을 확인하고 인스타를 확인했다. 불에 탄 오색앵무의 모습에 그녀는 스크롤을 멈췄다.

21

파도에 실려 바닷가로 밀려온 젖은 검댕 사이에 불에 타고 물에 빠져 죽은 새가 있었다. 부리는 밝은 빨간색이고, 정수리는 생생한 파란색이고, 초록색 노랑색 주황색 몸통은 불에 타고 기름기가 있는 이파리와 검은 나무껍질처럼 보였다. 뜨고 있는 한쪽 눈이 무시무시한 판관처럼 애나를 올려다보았다.

저것이 봤어!

저것이 봤어 봤어!

공포가 아주 가까이에서 느껴졌다. 요즘 모두가 이야기
하는 게 바로 저런 것 아닌가? 여름이 무서웠다. 연기가 무
서웠다. 아이를 낳는 것이 무서웠다. 숲에서 살기가 무서
웠다. 도시에서 숨이 막히는 것도 무서웠다. 오늘이 무서
웠다. 내일이 무서웠다. 우리가 내일까지 살 수 있을지 모
르지만.

22

그다음 날 그녀는 겉옷 주머니에서 리사 샨의 명함을 발
견했다. 그것을 둥글게 뭉쳐 쓰레기통에 버리려다 그만두
고, 명함을 다시 매끈하게 폈다. 그리고 한동안 빤히 바라
보았다. 리사 샨의 힘없는 머리카락, 그녀가 애나라고 부
르던 모습, 애나를 바라보던 강렬한 시선, 그리고 무엇보
다도 특히 그녀의 손이 사라진 것을 알아봤다는 사실이 생
각났다. 애나는 휴대폰을 들어 리사 샨에게 전화했다. 이
유는 그녀도 잘 몰랐다. 전화가 음성사서함으로 연결되었
다. 그녀는 메시지를 남기지 않고 전화를 끊었다. 그리고
열쇠를 넣어두는 작은 바구니에 명함을 넣었다. 몇주가 지

난 어느 날 애나는 열쇠 바구니 속의 잡동사니 쓰레기가 점점 늘어나는 것에 짜증이 나서 바구니를 비우러 갔다. 하지만 버리기 직전에 명함을 보고 생각에 잠겼다가 다시 리사 샨의 번호로 전화를 걸었다.

이번에는 리사 샨이 전화를 받았다.

애나는 리사 샨에게 무슨 말을 할지 아무 생각이 없는 채로, 자신이 비행기에서 만난 그 여자, 손이 하나 사라진 그 여자인데 이제는 머리를 잃어버릴 것 같다고 자신 있게 천천히 설명하는 자신의 목소리를 들었다. 그녀는 불에 타 죽은 오색앵무의 사진을 봤는데, 너무나 아름다운 새라서 마음이 아팠다고 말했다. 주제넘은 일인지 모르겠지만, 혹시 한가지 질문을 해도 되느냐고 물었다.

제10부

1

타락 재생 부패. 라식스 지스로맥스 와파린 넥시움 펜타닐. 바보들이 하는 이야기는 어디서 의사들이 점점 말이 안 되는 소리를 하고 누가 누구 다음인지?

프랜시는 죽을 수도 있고 아닐 수도 있었다 예스 살아 있을 수도 있고 살아 있었을 수도 있었다 예스 잘 지내고 있었다 예스 사실은 전혀 잘 지내지 못한다는 점만 빼면. 예스 예스 예스 노라고, 정말? 지식은 그렇게 많은데 지혜는 너무 조금. 의사들은 프랜시가 이런저런 치료에 잘 반응한다고 아주 좋아했다 프랜시가 전혀 반응하지 않는데. 새로운 방식 과거의 무상함 대안 치료는 사실 전혀 치료가 아니었다 많은 감사의 말 노 예스 전혀. 언제나 **노력은 해볼 수 있죠.** 예스 노 아마도. 절망을 받아들이지 않는 한은 희망이 있다.

가끔은 잔인함을 구현하는 프로그램에 불과한 것처럼 보인다고 애나는 생각했다. 거기서 유일하게 흥미로운 점은 한번 발을 잘못 디딜 때마다 프랜시의 비참함이 서서히 증가한다는 것.

의료 시스템이라는 수수께끼의 중심부에 무엇보다 고약한 점이 있다. 그 시스템 안에서 일하는 사람들의 상냥함. 병원 직원은 참을성이 아주 많고, 간호사는 무한히 상냥하고, 프랜시가 이제는 아주 드문드문 음식을 먹지만 하여튼 프랜시에게 식사를 가져다주는 여자도 아주 친절했다. 스리랑카 출신 젊은 여자 의사도 환자에게 애정을 보였다.

하지만 그들의 온갖 보살핌과 상냥함이 프랜시에게는 그저 더 많은 고통일 뿐이었다. 애나는 생명계 어디서든 지능을 지닌 생명체에게 그런 고통을 가하는 행동이 사이코패스적인 범죄로 간주되어 중한 처벌을 받을 것 같다는 생각을 가끔 했다.

이 눈에 보이지 않는 범죄가 꽃을 피울 수 있었던 것은 순전히 거짓말 때문임을 애나는 깨달았다. 자식들, 의사들, 간호사들이 모두 부추긴 거짓말이었다. 죽음을 뒤로 미루는 것이 삶이라는 거짓말. 그 사악한 거짓말이 이제 프랜시를 그 어떤 감옥보다 더 절대적이고 완벽하고 무시무시한 고독 속에 가둬버렸다.

애나는 그 어떤 병보다 이 거짓말 때문에 프랜시가 더 이상 의사소통을 하지 않는 것인가 하는 생각이 들었다. 아무도 들어주지 않는데 프랜시가 왜 의견을 밝히겠는가? 그녀의 말과 소망이 모두 그녀를 겨냥하는 무기가 되는데 왜? 모든 것이 그 거짓말의 틀 안에 있었다. 음식을 먹으면 몸이 좋아질 것이라는 말에서부터, 약을 먹으면 그녀가 다시 두 발로 일어설 수 있게 해줄 다음 치료방법 시도 때까지 절대 죽지 않을 것이라는 말까지.

그 거짓말은 연민 때문에 시작되었다. 애나와 터조와 의사들이 함께 느끼던 연민. 그런 연민은 그 자체로서 가장 끔찍한 자만심의 표현에 지나지 않는다. 애당초 연민이 무엇인가? 내게 힘이 있다는 환상에 기초한 슬픔이 아닌가? 그럼 힘은 무엇인가? 아무것도 아니지. 애나는 속으로 생각했다. 아무것도 아니야. 그들은 프랜시를 구할 수 없지만, 그녀를 고통스럽게 할 수는 있었다. 그것이 그들의 유일한 힘이었다.

2

애나는 어머니가 여러시간 동안 투석을 받고 나서 회복 중인 병상 옆에 서 있었다. 자신이 지난번에 다녀간 뒤로 시간이 얼마 흐르지도 않았는데, 그새 어머니의 몸이 얼마나 상했는지 알 수 있었다. 이제는 모든 것이 프랜시를 고통스럽게 하는 것 같았다. 심지어 숨쉬기도 힘들어서, 목이 간지러워지는 걸 막으려고 얕게 숨을 헐떡거렸다. 목이 간지러워지면 격렬한 기침 발작이 일어나 결국은 그녀가 초록색 담즙을 토한 뒤에야 끝나곤 했다. 몸이 너무나 약해져서 기침이 멈추는 순간 프랜시는 잠이 들었다. 그렇게 잠든 상태에서 호흡이 가끔 완전히 멈춘다는 점이 너무나 무서웠다.

마치 자식들이 어머니가 살아 있다는 환상을 꼭두각시 인형처럼 붙들고 계속 움직이게 하는 것 같았다. 그 환상이 프랜시보다 훨씬 더 필요했다. 프랜시는 이제 생명을 망치는 액체들과 기계에서 다양한 문합 부위, 카테터, 구멍 등으로 이어진 수많은 튜브에 매달린 그들의 마리오네트에 불과했다.

어머님은 정말 대단한 분이세요. 젊은 스리랑카인 의사가 어느 날 이렇게 말했다.

애나는 프랜시를 그런 식으로 생각해본 적이 없었다. 아니, 따지자면 가정과 가족이라는 범주 밖에서 생각해본 적이 없었다. 그래서 어머니를 자식들과는 별개의 성인으로 생각하는 것이 그녀에게는 충격이었다. 다른 사람들은 프랜시와 함께 있는 시간, 그녀의 성격, 모두 온전히 구현되었지만 지금까지는 눈에 보이지도 않고 인정받지도 못했던 인간적인 특징들을 좋아한다는 점이.

젊은 스리랑카인 의사는 자신이 의대생일 때 어떤 나이 많은 의사가 해준 말을 이제야 조금씩 이해할 수 있을 것 같다고 말했다. 사람됨을 보여주는 것은 우리의 말이나 생각이 아니라 고통이라는 시험 속에서 나타나는 모습이라는 말이었다.

프랜시의 고통에는 이제 끝이 없었다. 그녀의 몸은 죽음을 원하고 자식들은 그 몸을 반드시 살리겠다고 결심한 상황에서 프랜시는 극단적인 시험을 당하는 중이었다.

3

애나는 다시 시드니로 날아가 우버를 타고 집으로 갔다. 집에 도착한 뒤에는 거스의 방문을 두드렸다. 아무 대답이 들려오지 않았지만, 그녀는 절룩거리며 그 방으로 들어갔다.

어둠 속에서 컴퓨터 화면이 깜박거리는 빛을 던졌다. 거스는 어디에도 보이지 않았지만, 애나는 화면에서 총 조준기가 새로 변해 날고 있는 동물을 좇아 움직이는 것을 알아차렸다. 화면 아래에 한 손으로 조작하는 게임기가 보였다. 사용한 흔적이 있는 매끈한 검은색 게임기를 감싼 엄지손가락 하나와 다른 손가락 세개가 그림자 속을 넘나들며 움직였다.

하지만 손은 보이지 않았다. 애나는 이 사실을 깨닫고 구역질이 날 것 같았다. 팔도 없고 몸도 없었다. 그녀는 불안한 마음으로 아들 몸에 달리 남은 부분이 있는지 방 안을 훑어보았다. 없었다. 거스가 없었다.

그녀는 하나 남은 손을 뻗어 문틀을 붙잡고 몸을 지탱했다. 공기를 들이마시려고 여러번 훅훅 숨을 삼켰다. 마치 쉬는 사람처럼 잠깐 그렇게 서 있었다. 어둠 속의 작은 여자.

총 조준기의 시야가 달리고 뛰고 성큼성큼 걷고 공중을 날며 다음 탄환을, 미사일을, 묵시록을 피하려고 하는 저주받은 세계에 고정되었다. 그 구세계가 폭발해 무無로 화하는 동안 화면 아래에는 그녀의 아들 몸에서 유일하게 남은 엄지손가락과 다른 손가락 세개가 고등학교 생물시간의 개구리 다리처럼 앞뒤로 움찔움찔 움직였다.

총 조준기는 도망치는 가여운 새를 찾아 화면 속을 불길하게 배회했다. 손가락 몇개만 남은 거스의 손은 그동안 게임기를 움켜쥐고 앞뒤로 살금살금 움직이며 총 조준기의 움직임을 재현했다. 거스의 손가락이 게임기를 움직이는 건지 아니면 게임기가 거스의 손가락을 움직이는 건지 애나는 선뜻 판단할 수 없었다. 움찔거리는 그 손가락들이 화면 속 진짜의 아바타인데 지금 점점 사라지는 중인 것 같았다. 그녀의 아름답고 귀여운 아들의 몸에서 남은 그 손가락들에 디지털 총 조준기가 생명을 불어넣고 있었다.

그녀의 목구멍에 비명이 모이고, 입이 벌어졌지만, 거기서 튀어나온 것은 붕괴하는 무한공간뿐이었다. 그녀는 자신이 그 공간 속으로 사라져버릴까봐 겁에 질렸다. 뭔가를 토하고 싶은데 아무것도 뭔가가 모든 것이 아무것도. 비명이라는 가능성조차 사라져버렸다. 그녀는 말 한마디 없이 (말을 하면 그런 공포를 꿰뚫을 수 있을까) 방을 나가 등 뒤로 조용히 문을 닫았다.

4

내 아들은 항상 여기 있으면서 있지 않았다고 할 수 있어. 애나는 속으로 생각했다. 아들은 점점 더 여기 있지 않게 되었다. 아들은 거기에도 없었다. 스위스에도 없었다. 어디에도 없었다.

5

괜찮아요. 간호사가 말했다. 항상 괜찮다는 말뿐이었다. 그렇게 괜찮다는 말이 쌓이는 것이 더 나빴다. 프랜시는 이제 음식을 삼키지도 못해서, 영양성분을 강화한 액체를 목구멍에 삽입한 튜브로 주입받아 생명을 유지할 수밖에 없는데.

의사가 지시를 남기고 떠난 지 삼십분 뒤에 간호사들이 프랜시에게 왔다. 다 잘될 거라고 안심시키면서 그들은 애나에게 나가달라고 요청했다. 그녀가 돌아왔을 때 프랜시의 입이 이상하게 늘어져 있고, 코에서 나온 플라스틱 튜브는 둥근 고리 모양으로 감겨서 노란색 액체가 매달린 링거 대에 연결되어 있었다.

프랜시가 뭔가 금지된 행동을 하다 들킨 사람처럼, 살아 있는 것이 죄스럽다는 듯이 애나에게 고개를 돌렸다. 평소에는 건조해서 가루가 묻어날 것 같은 뺨이 번들거리고, 눈 옆에는 은색으로 변한 주름이 자글자글했다. 그들이 로니를 묻은 뒤로 애나가 어머니의 얼굴에서 처음으로 눈물을 본 날이었다.

6

자식들의 눈앞에서 프랜시는 소멸하고 있었다. 어머니가 쇠약해지는 것을 막을 수 있다면 무엇이든 고집하고, 요구하고, 간청하고, 빌리고, 돈으로 사들이는 동안 거의 공황상태에 가까운 감정이 애나를 덮쳤다. 프랜시의 몸이 더 부서지는 것을 막으려고 다양한 기계가 그 몸을 수의처럼 감싸기 시작했다. 컴퓨터의 조종에 따라 여러 부위가 정기적으로 따로따로 부풀었다 꺼지기를 반복하면서 혈액순환을 자극해 욕창을 막아주는 매트리스, 이제는 너무 연약해서 침대보조차 위협이 되는 몸이 침대보에 비벼지지 않게 해주는 고리.

어머니를 볼 때마다 충격이 너무 커서 애나의 속에서 뭔가가 거칠게 요동쳤다. 때로는 균형을 잃고 넘어질 뻔할 정도라서 파란색 비닐 안락의자를 붙잡거나 벽에 등을 기대고 몸을 지탱해야 했다. 어머니를 만나러 올 때마다 어머니는 다른 사람이 되어 있었다. 매번 지난번보다 더 줄어든 모습이고, 매번 지난번 여자와 비슷한 점이 줄어들었다. 매번 애나는 점점 어머니 같지 않은 여자에게 인사를 건넸다.

일단 균형을 되찾고 나면 애나는 앞으로 나아가 어머니의 얼굴을 어루만지며 아주 차분하고 부드럽게 말하기 시작했다. 그녀 자신도 자기 목소리인지 알아차릴 수 없는 그 목소리로, 이런 시기에 이런 곳에서 이런 병상을 찾는 모든 문병객처럼 단조로운 이야기, 사소한 소식을 들려주었다. 매번 똑같은 그 단호한 수다가 허공 속으로 사라졌다.

그녀는 뼈만 앙상한 어머니의 손마디를 문질렀다. 프랜시가 갈라진 목소리를 조금이라도 내면 애나는 그 말을 알아들을 수 있을까 싶어서 앞으로 몸을 기울이고, 아직 남은 손가락으로 어머니 손의 늘어진 주름들을 부드럽게 어루만졌다.

하지만 알아들을 수 없었다. 프랜시가 종부성사를 요청한 뒤로 한번도 알아듣지 못했다. 심지어 어머니가 무슨 생각을 하는지도 알 수 없었다. 이제는 팔과 손이 제대로 움직이지 않아서 글자판도 사용할 수 없었다. 어머니와 의사소통을 할 수 없다는 것, 프랜시가 어딘가 먼 곳으로 사라져 다시 돌아오지 않으리라는 것만 알 수 있었다.

이제는 돌이킬 수 없었다.

한번은 애나가 병원에 도착해 프랜시가 지독한 고통을 느끼며 깨어나는 광경을 목격했다. 앙상한 팔다리가 파리채에 맞은 곤충의 다리처럼 접히고, 일그러진 얼굴에서 고통이 입을 벌렸다. 또 다른 날 오후에는 한쪽 눈꺼풀이 떠지지 않았다. 의사들은 다 괜찮다고, 프랜시의 상태가 안정적이라고, 프랜시가 편안한 상태라고 말했지만, 프랜시는 고통스러운 듯 불분명한 소리를 냈다. 울부짖는 소리와 높게 우는 소리 중간쯤에 있는, 무시무시한 짐승의 소리였다. 하지만 그런 소리를 고작 몇번 내고 나면 프랜시는 기진맥진해서 소리를 멈추고 잠들었다. 하지만 일이분 뒤 다시 깨어나 또 고통에 울부짖기 시작했다. 기괴하고 비인간적이고 너무나 짐승 같아서 애나는 도망치고 싶었다.

7

하지만 그녀는 도망치지 않았다. 거스를 생각했다. 거스를 얼마나 안고 싶은지 생각했다.

그래서 애나는 어머니를 안고 천천히 몸을 앞뒤로 흔들었다. 이제는 그녀가 어머니가 아니라 어린 자식인 것 같았다. 그녀가 어머니를 꼭 끌어안은 것은 할 수 있는 일이 그것밖에 없기 때문에, 자신이 손을 놓는 순간 모든 일이 로니 때처럼, 호리 때처럼, 터조 때처럼, 지금의 거스처럼 흘러갈까 두려웠기 때문에.

프랜시의 병상 옆 탁자에 놓인 문병객 방명록에 토미는 시와 노래의 감상적인 구절들을 적어놓았다. 애나는 그것이 거슬렸다. 어머니가 겪고 있는 엄청난 일에 비해 그 진부한 감상이 너무 어울리지 않기 때문인 것 같았다. 하지만 그 구절들을 읽으면서 그녀는 가끔 울었다. 쇠약해진 어머니 때문에, 이런 구절에 감동받는 자신의 약한 모습 때문에, 슬픔이 크면 진부한 반응만 나오는 것 같아서. 그녀는 심지어 그 구절들을 반쯤 믿기까지 했다. 말의 논리라는 함정 속에 그녀의 생각이 빠졌듯이, 그녀는 그 그물에 걸렸다.

하지만 그 어린이용 공책에 어머니가 한번 그 어떤 논리도 눈에 띄지 않고 해독할 수도 없는 상형문자를 가득 채운 적이 있었다. 오로지 거기서만, 상대가 알아들을 수 있는 의미가 전혀 없는 그 글자들 안에서만 어머니의 비극이 선명하게 보인 것 같다고 애나는 생각했다. 어머니가 올바르게 그린 알파벳이 하나라도 있었다면 그 비극이 조금 덜한 것으로, 그리 고통스럽지 않은 것으로, 진실이 아닌 것으로 보였을 것이다.

그녀가 가진 생애 최초의 기억: 어머니의 침대로 기어올라가 어머니의 체취와 그 따스함 속에서 뒹굴던 일. 빗줄기가 양철 지붕과 창문을 두드려댔지만, 그녀의 세계는 바로 그 품, 그 체취와 따스함이었으므로 세상의 소음은 사라져버렸다.

애나는 다시 한번 어머니의 침대로 기어 올라갔다. 이제는 어머니에게서 나는 냄새가 역하지 않고, 어머니가 내는 소리도 무섭지 않았다. 그녀는 어머니를 단단히 끌어안고, 불안하게 자리한 링거 줄들 아래로 손을 끼워 넣어 최대한 부드럽고 온화하게 넝마처럼 늘어진 살을 쓰다듬었다. 그것이 어머니의 팔이었다. 너무 오랜 기간 동안 바늘과 카눌라에 시달려 까맣고 파랗게 멍이 든 팔. 그녀는 자신의 고독과 어머니의 고독을 의식하고, 프랜시를 품에 안는다고 해서 두 사람의 고독이 끝나지 않는다는 것을 의식했다.

애나가 어머니를 안았는데 어머니는 마주 안아주지 않았다. 어머니는 누가 자신의 몸에 팔을 걸치고 억지로 안더라도 그것을 막을 힘이 없었다. 저항할 힘도 반길 힘도 없었다. 자신들이 어머니를 이렇게 만들었다고 애나는 생각했다. 여자가 아닌 여자, 인간이 아닌 인간, 사랑할 수 없는 사랑.

어머니가 예전처럼 느껴지지 않았다. 몸과 의견과 자신감에 생기가 넘쳤는데, 지금은 사방에 뼈들이 제멋대로 튀어나와 있었다. 그래, 막대기 같은 뼈와 그 안에 점점 고이고 있는 공허만이 느껴졌다.

자신이 어머니를 안고 있는 한 자신과 어머니 모두 함께 고통을 견디며, 점점 커져가는 공허 속에서 서로의 존재를 도울 수 있을 거라는 생각이 들었다. 어둠을 쫓아낼 수 없다면, 적어도 서로의 몸을 맞대고 위안을 얻을 수는 있을 것이다. 그 정도는. 그 덕분에 두 사람은 잠깐 동안 평화를 얻었다. 일인용 참호 속에서 다음 폭격을 대비하는 군인처럼 그들에게 필사적으로 필요한 위안도 얻었다. 다행이었다.

그러다 어느 순간 저녁 늦은 시간이 되었음을 깨달은 애나는 침대에서 나와 어머니의 자세를 보살펴준 뒤 병실을 떠났다.

8

밖에는 보름달이 떠 있었다. 그녀는 자기도 모르게 강을 따라 제1차 세계대전 기념비까지 걸어갔다가, 거기서 도메인까지 다시 걸었다. 한때 이 도시의 훌륭한 식민지 시대 공원이었던 도메인은 이제 주차장과 운동경기장의 슬픈 혼합물로 콘크리트와 아스팔트 사이 여기저기에 예전의 수풀이 조금씩 남아 있었다. 조각나서 종말을 앞둔 잔재였다. 그녀가 찾아낸 페퍼민트 검 나무*의 가지들은 소용돌이처럼 휘돌고, 달빛을 받은 줄기는 굽이치는 대리석과 슬레이트 같았다. 그녀는 그 아래에 앉았다.

그 유칼립투스의 뿌리가 커다란 새의 발톱처럼 나무를

---

* 유칼립투스속의 나무로 잎에서 박하 향이 난다.

땅에 붙잡아두는 것 같았다. 몸부림치며 위로 뻗은 가지들을 보니 애나는 새 장갑을 끼려고 곧게 뻗은 여자의 손가락이 생각났다. 예전에 그녀는 늙은 유칼립투스 나무에서 어렴풋이 에로틱한 느낌을 받았다. 지금은 아니지만 그때는 그것이 사라진 가족과 어렸을 때 공유했으나 지금은 잊어버린 언어 같다고 생각했다. 나무가 빛과 그림자와 바람을 꿈처럼 가지고 노는 모습, 가지가 삐걱거리는 소리와 껍질에서 나는 덜걱덜걱 통통 소리와 이파리의 쉿 하는 소리, 도깨비 같은 그림자의 춤, 이런 것들을 보여주는 늙은 유칼립투스 나무가 애나의 눈에는 항상 수많은 것을 표현하지만 결코 말에 의존하지 않는 개성적이고 생기 있는 존재로 보였다.

그들은 그냥 존재했다.

그들은 그렇게 존재하면서 다른 개체에게 이렇게 물을 뿐이었다. 너희도 그래?

음, 나는 그런가? 애나는 생각했다.

그래.

아냐.

어쩌면.

어렸을 때 식구들과 교회에 갔는데, 작은 목조 헛간이 바로 교회였다. 거기서 유일하게 아름다운 것은 건물 밖에 우아하게 서 있는 유칼립투스와 얼룩덜룩한 그림자, 나무 냄새, 팽팽한 줄기에서 나던 퉁퉁 소리, 새 울음소리와 나무껍질이 덜걱거리는 소리, 빈둥빈둥 게으름을 피우는 수많은 언월도 같은 우아한 이파리들, 흙먼지와 수액의 냄새, 자신의 요람인 이파리들 속과 그 아래에 살고 있는 애벌레와 개미와 거미뿐이었다. 압도적이고, 취할 것 같고, 황홀한 우주였다.

그녀는 그런 냄새를 두번 다시 맡지 못했다.

그때의 온갖 곤충이 생각났다. 벌레가 어찌나 많은지 EH 홀든의 앞 유리창에는 항상 조각난 매미나 귀뚜라미나 여왕개미가 노랗고 까만 얼룩으로 남아 있었다. 그들이 살고 있던 마을 바닷가의 작은 집에서 밤에 식구들이 둘러앉아 카드놀이를 할 때면 거대한 황제검나방이 사방을 가득 채웠다. 거칠게 탁탁거리던 그들의 날갯짓 소리. 그녀는 그런 광경을 두번 다시 보지 못했다.

그들의 삶은 보잘것없었다는 생각이 들었다. 그럴 수밖에 없지 않나? 그들에게 허락된 것이 그런 삶이었고, 이 섬의 과거라는 커다란 공백과 폐허 속에서 중간에 멈춰버린 성장이 다시 가능해진 것도 그런 삶 덕분이었다. 그 안에 갇힌 상태에서는 위대한 망각이 또한 위대한 기억이기도 했다. 그들이 감히 용기를 내서 그 기억에 자신의 마음을 열기만 한다면.

하지만 바닷가, 수풀, 바다, 강, 벌레, 동물, 물고기, 이 모든 것이 무한하고 광대했다. 그들의 세계는 거대했다. 끝이 없었다. 그들의 삶은 보잘것없지만 그들의 세계는 거대했다. 그 세계의 경이는 무한했다. 역사나 정치나 예술과 견주어 판단한다면, 그녀를 비롯한 그 섬 사람들은 아무것도 아니었다. 그들의 자리는 항상 피고석이었으며, 그들은 재판을 하기도 전에 이미 유죄였다. 죄인. 혼혈아. 시골뜨기. 근친교배의 산물. 머리가 두개. 그들은 추하다고 규정되었는데도 아름다움 속에서 살았다. 그 세계에서 그들이 얼마나 커졌는지, 얼마나 무한했는지. 그 무한함 속에서 자유, 사랑, 희망은 그들이 날 때부터 지닌 권리였다. 교회는 텅 빈 헛간이고 바닷가는 생명이 흘러넘치는 우주였다. 거기에 그들의 진정한 종교가 있었다. 모래언덕과 풀과 부비알라* 숲에, 파도와 물결과 조수간만 속에, 눈부신 태양과 꺼끌꺼끌한 바닷바람 속에, 늦은 오후에 바다가 뒤로 물러나면서 남기고 간 눈부시게 반짝이는 모래 물결, 소금기, 첫 파도 속으로 뛰어들어 파도와 함께 쑥 꺼졌다가 솟아오르는 사람들의 들뜬 기분 속에, 세상의 회복력 속에.

　최근 상태가 최악일 때에도 그 기억은 애나의 머리에서 결코 사라지지 않았다. 새벽녘 바람이 몸에 닿는 느낌과 소금 냄새, 햇빛, 한낮의 눈부심, 티트리가 바스락거리는

* 오스트레일리아 해안 지역에서 자라는 식물.

소리, 바닷바람 속에서 유칼립투스가 부르르 떠는 소리, 뜨거운 오후의 그림자가 지닌 관능적인 손길 속에서 그녀는 온전해진 느낌이 들었다. 그때 세상에는 항상 새로운 것이 덧붙여지기만 했을 뿐, 지금처럼 뭔가가 사라지지는 않았다.

가끔 밤에, 보름달이 뜬 밤에, 식구들은 바닷가에 모이곤 했다. 남자들은 부서지는 파도 너머 은색과 흰색 물속으로 긴 후릿그물을 던져 해변과 직각으로 질질 끌고 가다가 크게 반원을 그리며 잡아채서 여자들과 아이들이 양동이를 들고 기다리는 해변에 올려놓았다. 그녀는 로니의 손을 잡고 그 광경을 지켜보며, 항상 그 기적에 놀라움을 금치 못했다. 텅 빈 물속에서 마법처럼 나타난 생명. 해변으로 돌아온 그물 속에는 수많은 물고기가, 수많은 먹거리가 우글거렸다. 그 즐거움과 기쁨과 풍요, 바다의 축복이 한번도 그녀를 떠나지 않았다.

9

그날 아침 그녀는 일찍 일어났다. 전화벨이 울렸을 때, 마치 전날 밤부터 또는 옛날부터 항상 알고 있었던 것 같은 기분이 들었다. 이렇게 벨이 울리고 토미가 이러이러

들끓는 꿈의 바다

한 말을 하리라는 것을. 여전히 꿈속에서 자신이 멈추거나
바꿀 수 없고 오로지 되풀이할 수 있을 뿐인 사건들에 떠
밀리는 세상에 살고 있는 것 같았다. 그 순간부터 모든 것
이 빨라지는 것 같았다. 그녀 자신의 움직임만 빼고 모든
것이 무거워진 것 같았다. 그녀의 움직임은 사실 움직임
이 아니라, 집, 거리, 문, 복도, 승강기를 점점 빠르게 제멋
대로 지나치는 표류였다. 이제는 친숙해진 그 병실을 향해
가서, 결국 프랜시가 중환자실로 옮겨졌다는 사실을 알게
될 것이다. 언젠가 꾼 적이 있는 꿈인 것처럼, 아직도 그 꿈
속에 붙잡혀 있는 것처럼, 중환자실에 가보니 분위기가 한
층 더 부산했다. 숨을 죽여야 할 만큼 조용하고 의료진이
세심하게 움직이는데도 커다란 감정이, 뜻밖의 감정이 느
껴졌다. 모든 행동, 모든 몸짓, 간호사들의 모든 속삭임에
치명적인 의미가 실려 있는 것 같았다. 아니, 정말로 그럴
것 같았다.

　프랜시는 자고 있었다. 적어도 눈을 감고 있기는 했다.
이제 그녀는 생명에 필요한 다양한 액체를 빼내거나 더하
는 봉지들이 달린 링거 대와 여러 기계의 닻으로서만 존재
하는 것 같았다. 프랜시는 이미 죽었고, 이 모든 것이 정교
한 방부처리 과정인 것 같았다.

　저 기계들은 이 세계의 현실처럼 보이지만 어머니는 이
미 이 세계에 속하지 않는 것 같다는 생각이 문득 들었다.

어머니의 얼굴 한쪽이 아주 시커멓게 변해서 마치 자동차 충돌사고를 당한 사람 같았지만, 그것은 뇌중풍 발작을 막기 위해 투여한 혈액 희석제의 불가피한 결과였다. 아주 조금만 부딪혀도 그녀는 피를 흘렸다. 하루아침에 수십년은 더 늙어버린 것 같은 프랜시의 머리는 베개 위에서 온갖 각도로 아치처럼 휘어졌으며, 갑자기 너무 가늘어진 머리카락은 두피를 덮지 못하는 거미줄 같았다. 심하게 상해서 움푹 꺼진 얼굴을 보니 19세기 아메리칸 인디언 추장들의 사진이 생각났다. 고립된 세상에서 긍지 높은 모습으로 정지해 있던 사람들.

멸망이 예정된 사람들.

프랜시의 입과 뺨이 숨을 쉬면서 한꺼번에 너무 많은 공기를 끌어들이려고 애쓰는 것처럼 일그러졌다. 애나는 죽음이(아마 프랜시는 삶에서 탈출해 죽음으로 가려고 무용하게 바라고 있을 것이라는 생각이 들었다) 아주, 아주 많은 형태를 가졌음을 깨달았다. 하지만 대부분의 죽음은 힘든 노동이었다.

그녀는 어머니의 차갑고 축축한 손을 잡았다. 파수병처럼 서 있는 기계들과 연결된 여러 줄이 함정처럼 그 손을 붙잡고 있었다. 팔에는 간호사들이 그녀를 옮기거나 씻길 때 피부가 너무 약해 찢어진 곳에 둘러놓은 붕대가 가득했다.

프랜시는 이제 자신의 잠옷이 아니라 육체를 거의 가려주지 못하는 앞치마 형태의 환자복을 입고 있었다. 한쪽 측면을 통해 젖가슴이 보였다. 가슴이 작은 애나는 항상 자신보다 풍만한 어머니의 가슴이 부러웠다. 이제는 한쪽 젖가슴마저 사라졌으니, 애나는 어머니가 더욱더 부러웠다. 아주 많은 것을 잃었는데도 어머니의 가슴은 여전했기 때문에. 프랜시의 젖가슴 피부는 여전히 부드럽고 아름답게 보였다. 어찌 보면 젊은 것 같기도 했다. 그것을 보니 애나의 기분이 나아졌다. 어머니가 젊은 여자 같았다. 그날 호바트의 그 병원에서, 어머니의 시들어버린 팔다리와 뺨이 움푹 꺼진 얼굴 너머에 그토록 생기 있는 부분이 존재하는 것이 애나에게는 이상하게 보였다.

그녀의 몸은 이제 육체에서 생명을 소개疏開시키는 임무를 수행하고 있지 않은가. 애나가 프랜시의 다리를 문지르자, 이상할 정도로 서늘했다. 프랜시의 안색도 아주 창백한 색에서 거의 회색으로 변했다. 전에는 몸이 저항했지만, 이제는 손끝과 발끝, 팔과 다리가 차례로 정해진 위치를 포기하고 있었다. 항복을 거부하고 후퇴하며 뿔뿔이 흩어지는 군대처럼.

앞뒤가 맞지 않는 프랜시의 중얼거림이 점점 약하고 낮아져서 애나는 몸을 아주 가까이 기울여야만 들을 수 있었다. 이제 얼굴에 간헐적으로 닿는 어머니의 숨결보다 더

신경을 건드리는 것은 숨소리가 들리지 않는 무서운 시간
이 매번 몇분씩 이어지는 것 같다는 점뿐이었다.

그들은 어머니를 죽음에서 구했으나, 그것은 그녀가 죽
어가는 과정을 무한히 늘린 것에 불과했다. 애나는 이런
생각이 들었다.

10

그 뒤 며칠 동안 어머니가 자력으로 할 수 있는 일이 너
무나 많이 줄어들어서 시끄러운 기계와 연결된 산소마스
크까지 쓰게 되었다. 간호사의 설명에 따르면, 프랜시는
이제 숨쉬기도 힘들 만큼 약해지는 중이었다. 그래서 시험
삼아 고유량 산소치료를 하면서, 좀 더 일반적인 비강 카
눌라로 곧 다시 돌아갈 수 있기를 바라고 있었다. 하지만
산소마스크가 억지로 산소를 주입하기보다는 오히려 생
명을 빨아내기라도 하는 것처럼, 마스크 아래에서 어머니
의 얼굴이 계속 시들어가는 것처럼 보였다.

의사들은 실망했다는 듯 못마땅한 표정으로 애나를 보
았다. 투석을 지속하는 것이 무익하고 잔인한 일이라고 의
사들이 여러번 열띤 주장을 펼친 적이 있었다. 애나는 내
심 그들의 말이 옳을까봐 두려워서 그 두려움을 죽일 필요

가 있었다. 어머니를 죽이고 싶은 거냐고, 신문사를 찾아가겠다고, 인터넷에 전부 퍼뜨리겠다고, 그들의 만행을 주저 없이 폭로하겠다고 의사들에게 고함치는 자신의 목소리가 들렸다.

날이 갈수록 조금씩 더 시들어가는 프랜시는 점점 더 데이비에게 집착하면서 그의 손을 놓으려 하지 않았다. 그러면서 애나와 토미의 존재는 점점 알아차리지 못했다. 어머니가 수염을 기른 그 아이에게 매달려 애나가 자신을 위해 기울이는 모든 노력을 알아주지 못할수록, 프랜시를 반드시 살리겠다는 애나의 결심이 더 단호해졌다. 이제는 오래전이 된 그날 간호사가 말한 그대로였다. 모든 삶은 길고 긴 싸움 아닌가요?

애나는 그때 그렇다고 대답했다. 젊은 간호사가 아무렇게나 던진 말이 그녀의 귀에는 계시처럼 들렸다. 길고 긴 싸움…… 살기 위한…… 싸우기 위한…… 살기 위한. 그래, 그래, 그거야! 그 간호사가 아무렇게나 던진 그 말이 애나에게는 이제 어머니가 끊임없이 겪고 있는 고통을 설명해주고 앞으로도 계속 고통받아야 하는 이유를 정당화해주는 심오한 말이 되었다.

살기 위한…… 싸우기 위한…… 왜 살지?…… 싸우기 위해서가 아니라면?

애나 자신의 어둠 속에 빛이 한줄기 비친 것 같았다. 비록 그 빛에 정확히 무엇이 밝혀졌는지는 애나도 알 수 없었지만. 중요한 것은 이제 그녀의 눈에 모든 것이 선명히 보인다는 점이었다. 아주 오랫동안 흐릿하고 혼란스럽던 모든 것이 갑자기 분명해졌다. 너무나 어려웠던 모든 것이 이제는 왠지 쉬워 보였다. 그녀의 머릿속에서 사납게 빙글빙글 돌아가는 이 폐쇄된 원 속으로는 아무것도 들어오지 못했다.

살기 위한…… 싸우기 위한…… 살기 위한…… 싸우기 위한……

그래도 그녀는 코스에서 벗어나지 않기 위해 토미에게 다시 전화를 걸기 시작했다. 저명한 친구들 사이에서 동맹을 찾기 위해 전화를 걸어 위협하고 구워삶고, 추가비용을 계산하고 또 계산해서 어떻게 할당하면 가장 좋을지 산출하고, 자신이 무엇보다 무서워하는 그 순간, 어머니가 죽음을 맞는 그 순간이 아니라 그다음 순간, 또 그다음 순간과 마주치지 않고 자신의 삶을 계속 이어가기 위해 어머니를 도우려면 어떤 사람이 새로 필요한지 생각했다. 그렇게 수없이 쌓일 순간에 그녀가 대항해서 바칠 수 있는 것은 어머니의 생명뿐인데, 이제 그녀가 보기에 그 생명에는 끝이 없었다.

제11부

1

아주 작은 비행기 한대가 무슨 비닐봉지처럼 이리저리
흔들리고 구르면서 시커먼 먹구름 속에 변덕스럽지만 고
집스러운 고랑을 파놓았다. 그 습한 봄날에 이 낡아빠진
프로펠러 하나짜리 4인승 세스나 기에 애나가 오르는 데
에는 적잖은 노력이 들었다. 리사 샨에게 노랑배도라지앵
무의 수를 헤아리는 일을 돕고 싶은데 가능하냐고 물었을
때, 리사 샨은 놀랍게도 다음 시즌의 자원자들 중에 방금
한명이 물러났다고 말했다. 따라서 애나가 정해진 기준에
맞고 시간을 낼 수 있다면, 대답은 '그렇다'였다. 그 뒤 겨
울 동안 그녀는 석달간의 무급휴가를 얻어내려고 끈질기

게 싸웠다. 경찰서에서 필요한 확인서를 받고, 의료 증명
서와 응급구조사 자격증을 따는 데에도 지루할 정도로 많
은 시간이 걸렸다. 이틀 동안의 오리엔테이션 과정은 말할
것도 없었다.

그런데 비행기 뒷좌석에서 식료품과 보급품이 든 상자
들 옆에 앉아 이리저리 흔들리다 못해 멀미가 난 상태로
겁에 질리고 보니 그런 노력을 기울인 것이 과연 잘한 일
인지 갑자기 몹시 의심스러워졌다.

젠장, 무슨 힐먼 밍크스*가 하늘을 나는 것도 아니고. 잡
음이 섞인 비행기 내부통신용 이어폰 속에서 헤니 카너베
일이 말했다. 헤니 카너베일은 힐먼 밍크스를 기억할 만한
나이였다. 애나와 함께 새를 관찰하기로 되어 있는 그녀는
애들레이드 출신의 판화제작자로 예순일곱살이었다. 그
녀는 앞좌석에서 무단결석한 고등학생처럼 너무 젊어서
신경에 거슬리는 조종사와 나란히 앉아 있었다. 애나와 헤
니는 지금 노랑배도라지앵무의 개체수를 세는 임무를 수
행하려고 태즈메이니아 남서부의 황야로 날아가는 중이
었다.

힐먼 밍크스 비행기가 폐소공포증을 일으키는 어두운
구름 속에서 갑자기 광대한 풍경이 선명하게 보이는 곳으

* 1931~70년에 영국에서 생산된 중형차.

들끓는 꿈의 바다

로 구르듯이 튀어나왔다. 이제는 그들도 그 풍경의 일부였다. 커다란 내륙 항구를 길도 없는 산들이 에워싸고 있었다. 처음에는 히스와 버튼그래스가 보이더니 곧 티트리 숲과 우림이 나타났다. 색색의 풍경 속에서 초록색으로 흔들리는 세계가 인간이라고는 단 한명도 살지 않는 눈 덮인 산을 향해 솟아올랐다. 작은 비행기가 안정을 찾았을 때, 애나는 비행기의 자그마한 그림자가 저 아래의 숲을 가로지르는 것을 보았다. 잉크 한 방울이 쏟아져 페이지 위를 굴러가는 것 같았다.

세상에. 헤니 카너베일이 말했다. 이거야, 망할 놈의 세상 끝이잖아.

여름이면 경비행기들이 관광객을 실어 오고, 모험심 강한 요트 족이 항구까지 들어왔다. 하지만 초봄에는 바다와 바람이 너무 거칠고 날씨가 너무 지독해서 며칠씩, 또는 몇주씩 내내 사람이 나타나지 않았다. 비행기가 조잡한 활주로 위에 보급품과 사람을 내려놓고 방향을 돌려 날아가버린 뒤, 애나는 여기 포트 데이비에 자기들밖에 없다는 사실을 깨달았다.

엿새 뒤 헤니 카너베일이 담석증으로 의심되는 증세 때문에 비행기에 실려 가자, 애나는 혼자가 되었다. 헤니가 가져와 절반쯤 피운 독한 대마초 봉지와 최대한 빨리 새 자원자를 보내주겠다는 약속만이 그녀 곁에 남아 있었다.

즉시 날씨가 악화되면서 거친 남서풍이 불어오는 바람에, 새 자원자를 싣고 오겠다던 비행기가 들어올 수 없게 되었다.

2

하루에 두번씩 둥지를 확인하는 것이 애나의 일이었다. 그녀는 사다리를 들고 다니며, 다양한 나무와 전략적인 위치의 장대에 설치된 상자형 둥지에 일일이 올라가 구멍을 통해 안을 들여다보며 확인했다. 돌아온 노랑배도라지앵무의 수를 기록하고, 나중에는 알이나 새끼의 수도 기록하는 것이 그녀의 임무였다.

하지만 기록할 것이 없었다.

11월이야 가장 슬픈 달이었다고 치더라도, 지금은 12월 초였다. 전에 새들이 돌아오던 마지막 날짜보다 2주나 늦었다. 애나가 확인한 모든 둥지는, 그녀가 도착한 뒤로 줄곧 그랬던 것처럼 여전히 텅 비어 있었다.

노랑배도라지앵무가 한마리도 없었다.

두시간 동안 정처 없이 돌아다니며 텅 빈 둥지들을 확인한 끝에 애나는 마지막 둥지에 이르렀다. 가장 높은 둥지이기도 한 그곳에서 바위를 찾아 다소 위험하게 사다리를 놓았다.

그녀는 뒤로 물러나서 헤니의 질 좋은 대마초에 불을 붙였다. 아침식사 때 미리 말아둔 대마초를 피우며 뻣뻣한 어깨를 문지르고, 긴장을 풀고, 이 세상의 것 같지 않은 평원과 산의 측량할 수 없는 경이를 눈에 담았다.

대마초를 다 피운 뒤 사다리를 올랐다. 맨 위 칸에 올라서니 사다리가 살짝 불안하게 비틀거렸다. 그녀는 상자형 둥지에서 경첩이 달린 덮개를 열고 작은 구멍을 통해 어두운 안쪽을 들여다보았다. 눈이 어둠에 적응했다. 예전에 어머니가 마녀와 콘스탄티누스의 환상을 언뜻 보았던 바로 그 창문이 서서히 선명하게 보이는 것을 보고 그녀는 깜짝 놀랐다.

가슴이 졸아들었다. 단조롭게 웅웅거리는 소리가 점점 커졌다. 그녀는 몸을 부르르 떨었다. 사다리가 휘청거렸다. 그녀는 균형을 잡으려고 급히 손을 뻗었지만, 창문이 열려 있기라도 한 것처럼 손이 창문을 통과해버렸다. 바로 그때, 사다리를 붙잡을 다른 손이 없는 애나는 균형을 잃었다.

3

그녀는 먼저 창문을 통과한 손을 따라 앞쪽의 구멍 속으로, 창문을 통과하며 떨어졌다. 갑자기 두려움이 엄습하지는 않았다. 침묵 속을 부드럽게 구르면서, 정적과 움직임이 동시에 느껴졌다. 애나는 한없이 계속 떨어졌다. 그러다 땅에 쾅 하고 충돌하기 직전 그녀의 몸이 강력한 힘으로 둥글게 휘어지더니 하늘을 날았다.

4

그녀는 이파리가 뒤얽히고 멋진 꽃이 달린 고산성 히스가 묘한 아름다움을 지닌 커다란 이불처럼 펼쳐진 고원에서 깨어났다. 나지막한 태양이 잉크를 풀어놓은 것 같은 하늘과 먼 산맥 사이에서 적막한 세상을 향해 적갈색 광선을 강력히 쏘아 보내고 있었다. 그림자와 빛의 줄무늬가 깜박거리며 히스밭을 지날 때면 눈부신 적갈색, 무쇠 색, 은은한 초록색 띠들이 드러났다. 저 멀리 아래에 검게 펼쳐진 수면에서 그녀는 생생한 빛에 화들짝 놀란 것처럼 반짝이는 포트 데이비를 알아보았다.

5

그제야 그녀는 중간쯤 되는 거리에 말고삐를 손에 쥐고 짐마차 위에 서 있는 잘생긴 청년을 보았다. 소매를 걷어 올려 힘센 팔이 드러나 있었다. 거스였다! 마법처럼 온전한 몸과, 온전한 얼굴과, 두 눈을 되찾은 거스였다. 짐마차에서 거스의 뒤에 앉아 있는 사람은 터조와 로니와 호리였다. 그들은 서로 이야기를 나누며 웃음을 터뜨리다가 시선을 들어 그녀를 보고는 손짓해 불렀다. 하지만 그들 쪽으로 걸어가려고 해도 갈 수가 없었다. 그녀의 몸이 마비되어 있었다. 그들이 그녀를 불렀다. 이리 와! 이리 와! 그들이 소리쳤다. 하지만 아무리 애써도 그녀는 움직일 수 없었다. 식구들의 목소리가 점점 커지고, 점점 끈질기게 변했다. 우리랑 가자, 애니! 하지만 몸이 움직이려 하지 않아서 그녀는 어쩔 도리가 없었다.

마침내 거스가 몸을 숙여 다른 사람들에게 낮은 목소리로 뭐라고 말하더니 다시 허리를 세웠다. 그리고 말과 짐마차의 방향을 돌려 멀어지기 시작했다. 다른 사람들은 걸어서 그 뒤를 따랐다.

그들이 먼 능선 너머로 사라지고 한참 시간이 흐른 뒤에도 그녀는 얼어붙은 채 그들을 따라가지 못하고 그들이 간 곳만 바라보았다.

6

뒤에서 탕 하는 소리가 났다. 그러고는 뜻밖의 침묵. 잠시 뒤 더 가까이에서 또 탕 하는 소리. 세번째 소리가 그리 멀지 않은 바위를 맞히고 튕겨나왔을 때 애나는 누군가가 자신에게 총을 쏘고 있음을 깨달았다. 총알들이 허공을 슉슉 날아다니는 곳에서 애나는 움직이려고 안간힘을 썼다.

몸이 갈기갈기 찢어질 것 같은 고통을 무릅쓰고 애를 쓴 끝에 한쪽 발이 마침내 움직였다. 곧 다른 쪽 발도 움직였다. 그녀는 비틀거리다가 거의 넘어질 뻔했으나, 곧 균형을 잡아 휘청거리며 나아갔다. 그러다 걸음이 점점 빨라져 나중에는 거스와 식구들이 간 곳으로 뛰었다. 이제는 총알이 주위에 비처럼 쏟아지고 있었다.

그녀는 몸을 숙이고 요리조리 총알을 피하며 더욱더 빨리 뛰었다. 팔과 손을 이용해 균형을 잡으며 뛰다보니 나중에는 자세가 구부정해지고, 손이 앞발로 변하고, 팔은 앞다리로 변했다. 옷은 나뭇가지에 걸려 갈기갈기 찢겨나가고, 몸에 줄무늬 털가죽이 차츰 자라나 그녀는 마침내 태즈메이니아주머니늑대가 되었다. 갓 태어난 새끼를 배주머니에 담은 채 그녀는 점점 빨리 뛰었다.

총알은 계속 날아왔다. 설명할 수 없는 일이었다. 총알 하나가 그녀의 배주머니를 찢으며 새끼를 죽였다. 이제 그

녀는 이 우주에 남은 최후의 유일한 태즈메이니아주머니
늑대인데도 총성이 멈추지 않았다. 열심히 뛰다보니 한번
씩 도약할 때마다 땅보다 허공을 느끼는 시간이 점점 길어
지다가 나중에는 아예 하늘로 올라가 날다가 쐐기꼬리수
리가 되어 솟아올랐지만 다시 총에 맞아 땅으로 떨어져 외
딴 산속 개울에 거대한 민물 왕새우의 모습으로 숨었다. 이
제는 총을 가진 자들이 은밀히 다가오는 대신 기계를 타고
시끄럽게 왔다. 나무가 옥수수속대 이쑤시개라도 되는 것
처럼 나무를 쓰러뜨려 가지를 자르고 껍질을 벗길 수 있는
그 기계는 수많은 빵부스러기 수많은 흙먼지를 치우듯이
숲을 단번에 밀어버려 어루만지는 손길처럼 보드라운 우
림이 울창한 강둑을 땅이 뒤집어지고 나무가 불타고 진흙
사태와 홍수가 일어난 현장으로 바꿔놓을 수 있었다. 그녀
는 침니 때문에 숨을 못 쉬다가 뒷골목에서 썩은 고기를 찢
어발기는 태즈메이니아주머니너구리가 되어 벗어났다. 잘
생긴 남자가 헤드라이트 불빛으로 그녀를 보고 빙긋 웃으
며 가속페달을 밟았다. 그녀는 타이거주머니고양이 유대
하늘다람쥐 도마뱀 거미 딱정벌레였다. 한번씩 변신할 때
마다 그녀는 그 종의 마지막 또는 거의 마지막 생물이었다.

　자신이 종말의 운반자가 된 것 같아서 무서웠다.

　하지만 그녀의 계속되는 도주는 그녀의 힘으로는 부정
할 수 없는 생명력이었다. 그녀는 도금양이었다. 그녀는

사이프러스였다. 그녀는 리치아 스코파리아 방석식물이었다. 이것들도 각각 사라졌다, 나무 풀 이끼. 그녀는 항상 자기도 모르는 사이 이것들로 변신했고, 이 모든 것 모든 세상에 그녀 안에, 이 모든 것 그녀의 전부가 사라졌다. 총에 맞고 불도저에 쓸려나가고 베이고 채굴되고 개발되고 독에 당하고 숨통이 막히고 얻어맞고 불타오르고 불에 탔다.

이것을 포용할 수 있는 슬픔 또는 상실의 언어는 없었다. 아무것도 없고 모든 것이 있고 아무것도 없었다.

7

그녀는 자신을 추월해 뛰려고 애썼지만 뜻대로 되지 않았다. 단어들이 무너져, 사방에서 벌어지는 온갖 일 앞에서 의미를 전달하는 그들의 임무가 무의미해졌다.

그녀는 그들이 에덴에서 추방된 것이 아님을 이해했다. 그들이 자신에게서 에덴을 추방한 것이었다. 돌이킬 길은 없었다. 그것이 항상 자신의 손안에 있었음을 그녀는 너무 늦게 깨달았다. 그래도 그녀는 휘청거리며 계속 움직였다. 그녀의 속도는 계절로 세기로 영겁으로 측정되었다. 고산 지대의 풀로, 천년 묵은 이끼로, 미생물로, 앞으로 백만년 뒤 경고로 되돌아올지도 모르는 영혼으로.

다리가 꼬이면서 그녀는 쓰러졌다. 팔을 뻗어보았지만 약간의 힘, 약간의 탄력성, 필요한 반응속도가 사라졌다.

그녀는 셀룰라이트와 탄소라는 실에 묶였음을 깨달았다. 수천년에 걸쳐 연쇄적인 유기체로 다듬어진 그것은 총격, 빙하기, 세월의 침식, 우연한 생물학적 사고를 이기고 살아남을 수 있었다. 하지만 지금은 역사상 처음으로 재생의 가능성이 존재하지 않았다.

8

무슨 환상소설처럼 그녀 주위에서 모든 것이 사라지고 있었다. 물고기, 새, 식물, 이 모든 것이 사라지고 있거나 멸종 직전이었다. 그런데 아무도 알아차리지 못했다. 알아차리더라도 순간에 불과했다. 생명이 더이상 존재하지 않을 때까지 삶은 계속되었다. 그녀는 자신이 성장했음을 너무 늦게 깨달았다. 사물의 가을에, 놀라운 세상에서. 오래된 우림, 거칠게 흐르는 강, 해변과 대양, 새와 동물과 물고기, 이 모든 것이 그녀에게는 자유와 초월을 향한 길이었다. 금방 사라질 일시적인 경이에 불과한 것은 하나도 없음을 그녀는 이제야 알았다. 그것들이 사라진 뒤 인간만이 아주 조금 더 남게 된다니. 정말로 아주 조금 더. 그들은 그

경이를 벗어나 혼자 살아남을 수 없었다. 그럴 수 있는 게 있을까? 그러니 그 시대도 끝날 것이다.

곧 젖은 자갈밭만 남아, 거기서 보이는 것이라고는 반점처럼 존재했다 금방 사라지는 재뿐, 절망처럼 덧없는 것. 거기서 시간이 더 흐르면 그것 역시 새로 층층이 쌓인 흙, 돌, 먼지 아래로 사라질 것이다. 지구를 한바퀴 두른 유난히 얇은 이 띠에는 무의미한 파편으로, 수많은 재와 플라스틱으로 남은 유례없는 재앙이 기록되어 있을 것이다.

그러고 나면 아무것도 없을 것이다.

9

일반병동에서 프랜시는 숨을 들이쉬고 내쉬었다. 기계들이 액체와 액체를, 기체와 기체를, 이것의 대체재와 저것의 대체재를 교환했다. 이런 식으로 어머니는 애나가 죽은 뒤에도 한참 동안 계속 살아 있었다.

저 환자는 지구보다도 오래 살 거야. 한 청소부가 대걸레 양동이에서 시선을 들고 말했다.

병상 옆에는 프랜시의 자식 중에서 이제 하나밖에 남지 않은 아들, 땅딸막한 중년 남자가 앉아 있었다. 지난번 병원에 왔을 때 그는 생후 9개월인 손녀와 함께 청소부에게 인사를 건네고는, 쇼핑백을 채운 인형과 그림책과 장난감으로 부지런히, 참을성 있게 손녀와 놀아주었다. 처음 만났을 때 그는 말을 더듬었지만 그 뒤로 모종의 변화가 있었는지 최근에는 말수가 줄기는 했어도 말 더듬는 증세가 한결 나아졌다. 청소부는 가끔 그가 하는 말을 우연히 들었다. 지금처럼 노모에게 조용히 말을 건네는 그의 목소리가 오랫동안 부드럽게 이어졌다.

그 사람들이랑 같이 가요, 엄마. 그가 말했다. 이제 가셔도 돼요 모두가 잊혔어요 시간이 잊히고 우리와 시간이 잊히고 이 침대와 창문과 마녀와 콘스탄티누스도 잊히고 이 감정도 잊히고 어머니가 가실 때는 나이 많은 사람들과 함께 가세요 프랜시 가서 로니의 웃음소리를 듣고 외할아버지가 빨간 흙에 고랑을 파서 선물상자처럼 열고 땅에 무릎을 꿇는 걸 보고 우리 이야기 기적 이야기 새들 이야기 태양과 색깔과 빛 이야기 그 사람들이랑 같이 가도 돼요 엄마 그 사람들이 기다리고 있어요 우리는 거기서 다시 만나요. 이제 가도 돼요. 그가 속삭이는 소리가 들렸다. 괜찮아요.

청소부가 발로 양동이 롤러를 누른 뒤 대걸레를 잡고 허리를 펴는 동안 그는 계속 조용히 차분하게 마음을 달래주는 주문을 외웠다. 청소부는 노부인과 함께 있는 그를 지켜보고, 손녀와 함께 있는 그를 지켜보았다. 어머니에게 보이는 애정, 아이를 돌볼 때의 세심함, 그가 기울이는 관심, 이 모든 것이 그녀를 감동시켰다. 그의 상냥함이 그녀를 감동시켰다. 그는 여기서 나가면 아이의 아버지, 즉 자기 아들을 만나러 갈 것이라고 아까 그녀에게 말했다. 아이 아빠는 병원의 정신건강병동에 있었다. 남자는 그냥 사실을 말하듯이, 수치스러운 기색 없이 이 말을 했다. 그가 다른 날 그녀에게 간단히 들려준 그의 이야기는 단순했다. 아기의 엄마는 아기를 거부했다. 그녀도 심한 성격장애를 앓고 있었는데, 대개는 상태가 괜찮았지만 최근 연기와 사라짐 현상 때문에 다시 병이 심해졌다. 나중에는 그 아이의 상태가 조금 나아질지도 모르죠. 잘은 모르지만. 어쨌든 지금은 두 아이 모두, 또는 둘 중 한명이 회복해서 아기를 다시 데려갈 수 있게 될 때까지 그가 책임을 져야 했다. 만약 두 아이가 회복하지 못한다면, 언제가 됐든 그 둘이 준비될 때까지 그가 아기를 키울 작정이었다.

청소부는 아기가 행운아라고 말했다.

그는 잘 모르겠다면서, 그러면 좋겠다고 말했다. 그가 아는 것이라고는 아기와 함께 있을 때 자신이 느끼고 싶지 않은 감정 생각하고 싶지 않은 것뿐이었다. 어쩌면 내가 행운아인지도 모르죠. 그는 작은 아기가 그의 품에서 웅크린 채 잠들어 조용해졌을 때 이렇게 말했다.

청소부는 청소해야 할 병동이 아직 여덟군데나 남았는

데 근무시간이 거의 끝나간다는 사실을 깨닫고 다시 일을
시작했다.

10

얼마 뒤 의사 한명과 간호사 두명이 들어왔다. 의사가 아
들에게 조용히 뭐라고 말하자 아들은 대답 없이 고개만 끄
덕이고는 아기를 품에 안고 일어서서 병상에서 멀어졌다.

아들은 간호사들이 액체를 하나씩 차례로 막는 모습을
지켜보았다. 그들이 노인의 몸에서 링거 줄과 카테터를 천
천히 빼내는 모습을 침묵 속에서 지켜보았다. 그녀의 입에
서 급식 튜브가 뽑혀 나오고, 마지막으로 산소마스크가 벗
겨지는 모습을 지켜보았다. 너무나 오랫동안 어머니를 수
의처럼 감싸고 있던 거미줄이 사라졌음을 그는 깨달았다.
남은 것은 펜타닐을 주입하는 링거 줄 하나뿐이었다.

모두가 조용히 서서 그녀를 물끄러미 바라보며 귀를 기
울였다.

그녀는 숨을 쉬고 있었다.

의사가 병상 발치로 가서 약물 차트를 들고 손목시계
를 확인했다. 빨간 시곗줄이 너무 딱 맞게 고정되어서 그
의 살집 있는 손목을 파고들고 있는 것이 아들의 눈에 띄

었다. 의사는 각종 약의 이름이 나열된 차트를 페이지마다 차례로 넘기며 크게 가위표를 긋고는, 각각의 페이지 맨 아래에 서명을 하고 시각을 적었다.

의사가 차트를 다시 병상에 걸었을 때, 아들은 의사가 왜 빨간 시곗줄을 좀 더 느슨하게 하지 않는지 모르겠다는 생각을 멈출 수 없었다.

그는 기계의 전원이 하나씩 차례로 꺼지는 모습을 지켜보았다. 웅웅, 윙윙, 지옥 같은 삐삐 소리가 멎었다. 그 자리를 침묵이 채웠다.

감사합니다. 아들이 말했다. 감사합니다.

간호사 한 명이 조명을 낮추고, 다른 간호사는 무릎 높이의 하얀색 압박 양말을 종아리 위로 올리는 모습을 그는 지켜보았다. 다리가 너무 여위어서 양말이 고정되지 않았다. 한 간호사가 이불을 매끈하게 펴고, 다른 간호사는 노인의 머리에 베개를 괴어 편안한 자세를 만들어주는 모습을 그는 지켜보았다. 그들이 함께 노인의 잠옷을 깨끗이 정리하고 빨간색 털실 카디건의 매무새를 가다듬어주는 모습을 그는 지켜보았다. 그들이 스펀지로 노인의 얼굴을 부드럽게 닦고, 아주 가벼운 빗질로 그녀의 머리를 구름처럼 부풀리는 모습을 그는 지켜보았다. 자칫하면 머리카락이 먼지처럼 부스러질지도 모른다는 듯 조심스러운 손길이었다.

모든 일을 끝낸 간호사와 의사가 뒤로 물러났다. 감사합니다. 아들이 말했다. 어머니가 근사해 보이시네요. 감사합니다.

그들이 나간 뒤 그는 다시 의자에 앉아, 검은 멍이 든 어머니의 손을 잡았다. 병실 안이 몹시 조용했다.

프랜시의 숨소리가 점점 약해지면서 가끔 한참 동안 아예 멈추곤 했다. 평온해 보였다. 그는 어머니와 함께 숨을 쉬려고 했다. 간호사 한명이 다시 와서 그에게 혹시 필요한 것이 있느냐고 물었다. 차? 커피? 비스킷?

그는 괜찮다고 말했다.

아기는요?

아기는 꿈을 꾸며 자고 있었다.

그는 어둠이 내릴 때까지 그 자리에 앉아 어머니와 함께 숨을 쉬려고 했다. 아기는 그의 무릎에서 잠들어 있었다. 그러다 그는 숨을 쉬는 사람이 자신 혼자뿐임을 깨달았다. 그는 한동안 더 그 자리에 앉아 의사가 왜 빨간 시곗줄을 느슨하게 하지 않는지 모르겠다는 생각에 잠겼다. 그러다 마침내 일어섰다. 잠든 아기의 머리를 어깨에 기대게 한 뒤, 그는 허리를 숙여 노인의 뺨에 입을 맞췄다.

토미는 계속 그렇게 얼굴을 대고 족히 일분이 넘게 프랜시의 얼굴을 만졌다. 아기의 얼굴이 두 사람의 얼굴 바로 옆에 있었다. 그는 잠든 손녀의 야생동물 같은 냄새와 돌아가신 어머니의 답답하고 차가운 냄새가 섞인 공기를 들이마셨다.

들리는 것은 유리창에 부딪치는 빗소리뿐이었다.

그는 몸의 균형을 유지하면서 다시 일어섰다. 한동안 허공을 멍하니 바라보다가, 아기가 깨어나 움직이기 시작하자 병실을 나갔다.

11

리사 샨은 어둠에서 시선을 떼어내고, 상자형 둥지에서 아래로 내려가 사다리를 접은 뒤 바닥에 놓았다.

그 가엾은 자원자, 솔직히 좀 이상한 여자였던 그녀가 심장발작을 일으켜 추락했을 때도 저 새가 둥지 안에 있었는지 궁금했다. 의사들의 말에 따르면, 그 자원자는 돌덩이처럼 땅으로 떨어져 거의 즉사한 것으로 보였다. 의사들은 그녀가 아무것도 몰랐을 것이라고 말했다.

하늘은 검푸른 색이고, 사방에 눈부신 검은색이 아주 많았다. 이유는 잘 모르겠지만, 세상이 갑자기 특별하게 생기를 띤 것처럼 보였다. 봄 햇살 속으로 가벼운 빗줄기가 떨어졌다. 젖은 바지가 몸에 달라붙을 때 다리의 힘이 느껴져서 그녀는 기분이 좋았다. 남서쪽에서 불어온 돌풍이

남쪽 바다의 냄새를 그녀의 콧구멍까지 운반해주었다. 소
금 냄새와 토탄 냄새가 섞인 그 습하고 퀴퀴한 냄새를 그
녀는 깊이 들이마셨다. 그 순간 그녀는 주위의 모든 것을
의식했다.

12

희망처럼 초록색을 띤 자그마한 새, 자그마한 검은색 눈
두 개가 잉크 방울처럼 반짝이는 그 새가 고개를 좀 더 오
랫동안 높이 들고 있었다. 어두운 둥지 안을 빤히 들여다
보던 젊은 여자의 놀란 눈 한쪽이 사라졌다는 확신이 들
때까지.

새가 앉은 채 엉덩이를 실룩거리자 솜털 같은 깃털이 잔
물결처럼 움직이며 모습을 드러냈다. 새는 절제된 움직임
으로 몸을 부르르 떨어 깃털을 부풀리더니, 다시 바닥에
앉아 주황색 배로 알을 품는 자세를 취했다.

13

어떤 이유나 생각 없이 리사 샨은 천천히 무릎을 꿇고

무릎이 진흙 속에 살짝 잠긴 채로 고개를 숙이고는, 우주
가 자신의 몸을 드나들며 진동하는 순간을 기다렸다. 그
우주는 그녀가 알기로 그녀 자신이기도 했다. 그 엄청난
선물, 강렬한 고마움. 이 세상에서 여자가 지닌 힘, 여자 안
에서 세상이 지닌 힘. 그녀는 무릎을 꿇고 기다렸다. 준비
가 되어 있었다. 그녀는 자신이 기가 꺾이지도, 패배하지
도 않았음을 깨닫고 경탄했다.

감사의 말

마이다, 진, 엘리자 플래너건, 메리 보스, 섀넌 트로이 박사, 케브 퍼킨스, 데브 테일러, 클라라 파머, 캐서린 힐, 니키 크리스터에게 감사한다.

과학자들은 노랑배도라지앵무가 앞으로 5년 안에 멸종할 위험이 있다고 본다. 2017년에 야생에 남은 암컷 노랑배도라지앵무 성체는 세마리였다. 2019년에는 국가적인 회복 프로그램 덕분에 스물세마리가 포트 데이비로 돌아왔다.

들끓는 꿈의 바다

초판 1쇄 발행 • 2023년 11월 15일

지은이 / 리처드 플래너건
옮긴이 / 김승욱
펴낸이 / 염종선
책임편집 / 전성이 김정현
조판 / 박지현
펴낸곳 / (주)창비
등록 / 1986년 8월 5일 제85호
주소 / 10881 경기도 파주시 회동길 184
전화 / 031-955-3333
팩시밀리 / 영업 031-955-3399 · 편집 031-955-3400
홈페이지 / www.changbi.com
전자우편 / lit@changbi.com

한국어판 ⓒ (주)창비 2023
ISBN 978-89-364-3945-3 03840